I0685464

Sara Albanese

sara.albanese@alice.it

Dove il Fiume incontra la Montagna

ISBN: 978-2-37297-2789

Sara Albanese

Dove il Fiume incontra la Montagna

Edizioni R.E.I.

Indice

Dedicato ai luoghi che hanno ispirato questo racconto,

dove il passato incontra il presente,

dove lo steccato incontra l'orizzonte,

dove la verità incontra l'illusione,

Dove il Fiume incontra la Montagna.

E dedicato a chi incontra noi.

1.

Le zampe lunghe e dinoccolate si erano ormai trasformate in solidi arti muscolosi che avevano perso quasi del tutto lo scoordinato entusiasmo delle prime settimane. Il puledro, libero nel recinto, pestava il terreno con orgoglio acerbo, sollevando sbuffi di polvere bianca con gli zoccoli scalzi, mai ancora violati dalla mano del maniscalco, così come il suo carattere non aveva ancora subìto alcuna ingerenza umana, fatta eccezione per lo steccato del pascolo in cui aveva vissuto con la madre in compagnia del piccolo branco del ranch.

Per la prima volta si trovava costretto in un recinto più piccolo, separato dai suoi simili, a pochi passi da quel giovane uomo che non sembrava poi così diverso da lui.

In piedi, in silenzio, con sguardo tranquillo ma non presuntuoso, si trovava il ragazzo. Scalzo, proprio come il puledro, esattamente come gli aveva insegnato lo zio nella vicina riserva indiana di Cheyenne Falls.

- Devi toccare il suolo, Mohe. Devi percepire ogni tonfo con cui gli zoccoli fanno vibrare la nostra comune Madre Terra per sentirti davvero suo fratello. Solo se ti accoglierà come tale, il cavallo acconsentirà a lasciarsi guidare da te -.

Era passato parecchio tempo da quando il ragazzo aveva sentito queste parole da suo zio Waquini, ma da allora non le aveva mai scordate e, sebbene fosse stato suo padre Cameron, esperto mandriano di Sheridan, ad accompagnarlo nella doma dei primi puledri dell'allevamento, il giovane cheyenne non aveva mai abbandonato la sua attitudine ancestrale a fermarsi ed ascoltare... ascoltare ciò che neppure il vento morbido del Wyoming era davvero in grado di trasportare e rendere udibile all'orecchio dell'uomo bianco.

Mohe stringeva in mano una semplice corda, curvata ed annodata in modo che un capo scorresse nell'ansa formata dal semplice intreccio, così da costruire la più elementare capezza, disegnata da un piccolo anello in cui infilare il muso del puledro ed uno molto più ampio da lasciargli scorrere dietro alle orecchie.

Le braccia del ragazzo, come le gambe del giovane Quarter Horse, avevano perso la secchezza acerba dell'infanzia ed avevano assunto l'aspetto solido e tornito della giovinezza, lucida di sudore e gonfia di energia. I muscoli erano contratti ma non in un atteggiamento impositivo, bensì nello sforzo provocato dall'attenzione.

Dopo aver lasciato che il puledro si sfogasse in qualche sgroppata energica, accompagnata da sbuffi e ampi movimenti della coda fulva, Mohe gli si avvicinò solo pochi passi. I suoi occhi evitavano quelli del cavallo per non suscitare in lui alcun desiderio di sfida e, per la stessa ragione, il suo incedere lento disegnava un'ampia curva che lo conduceva lateralmente verso il collo gonfio e fiero del Quarter. A pochi metri da lui, Mohe si fermò, percependo che solo un centimetro in più avrebbe fatto scattare la groppa fremente del puledro, lasciando indietro solo l'odore acre della polvere.

Senza spostarsi il ragazzo si accucciò, posando a terra la capezza ed appoggiando gli avambracci sulle proprie ginocchia. Allora sollevò lo sguardo e per la prima volta incrociò gli occhi del cavallo, attenti e visionari al tempo stesso. Lo vide abbassare il collo, incuriosito dalla creatura antropomorfa che stava quasi a terra, improvvisamente così vulnerabile.

Mohe sorrise quando vide il puledro incuriosito da lui, ma allo stesso tempo troppo sospettoso ed orgoglioso per dimostrarsi tale. Lo osservò dissimulare il suo interesse ed abbassare il naso annusando il terreno, per poi sbuffare rumorosamente e sollevare un pugno di polvere. Poi un anteriore si mosse, lento, seguito dall'altro. I posteriori rimasero al loro posto, come per presidiare la posizione sicura. Solo dopo una manciata di secondi, tutte e quattro le zampe furono vicine a Mohe, che si trovava ancora accucciato quando sentì le froge dell'animale annusargli i capelli neri appoggiati sulle spalle. Da qualche anno ormai aveva deciso di tenerli sciolti e piuttosto lunghi, come unica ma non trascurabile traccia dell'appartenenza alla famiglia cheyenne di sua madre.

Dopo essersi fatto annusare lungamente, Mohe si alzò in piedi con morbida lentezza e con altrettanta pazienza si avvicinò per poi appoggiare la propria spalla a quella del cavallo in un paritario rapporto di cauta complicità.

Accarezzò piano il manto vellutato con il dorso della mano e, a poco a poco, lasciò scivolare un braccio lungo il collo vibrante del puledro.

Solo a quel punto avvicinò l'altra mano, nella quale si trovava la capezza, ora lasciata pendere inerme come la treccia di una squaw.

Ancora prima che la corda toccasse il naso del cavallo, il quarter era già sparito. Veloce come la scintilla che nasce dall'impatto tra due pietre. In un rimbombo di zoccoli che scalciavano nell'aria, senza minimamente e consapevolmente sfiorare Mohe, il puledro raggiunse il lato opposto del recinto, con le orecchie appiattite sul collo in segno di offeso risentimento.

Il ragazzo scoppiò a ridere scuotendo leggermente la testa. - Sei proprio figlio di tua madre - aggiunse a bassa voce.

Quando Mohe si girò per avviarsi verso il cancello, vide due figure femminili in controluce che lo guardavano non molto lontano.

- Mamma! - rise il ragazzo con leggero imbarazzo, - da quanto tempo siete lì? -.

Asha si fermava spesso a casa del figlio da quando si era trasferito in quella che un tempo era stata la dependance del Ranch del marito, e che poi era stata sistemata per diventare la casa di Mohe quando, dopo aver lavorato per più di un anno con il bestiame del padre, aveva racimolato il denaro e l'esperienza necessaria per avviare l'allevamento di cavalli che aveva sempre sognato.

Asha e Cameron avevano fatto in modo che il ragazzo terminasse la scuola, lo avevano sostenuto con tutto l'affetto di due genitori che non si limitano solo a seguire le fantasie del figlio, ma che le mettono alla prova, testando volontà, consapevolezza e preparazione.

Il trasferimento di Mohe nella dependance era stato l'ultimo passo del percorso che il ragazzo aveva compiuto per arrivare alla sua autonomia, sancito dal simbolico quanto prezioso foglio di carta che attestava il passaggio di proprietà di alcune terre della tenuta del padre al neonato ranch del figlio.

Quasi ogni giorno, tuttavia, con una scusa o per una ragione vera e propria, Asha passava a trovare Mohe, a rassettare la casa oppure a lasciare una pentola con la cena quando il ragazzo non si fermava a mangiare direttamente a casa dei genitori, parlando con Cameron dei suoi progetti, facendo domande, esprimendo le proprie preoccupazioni per ricevere una risposta pratica dal padre ed una carezza dalla madre.

Asha spesso guardava il figlio e riconosceva lo spirito cheyenne dello zio, il fratello di lei, così intriso di indipendenza e di orgoglio, ma al tempo stesso spesso sospeso in una dimensione intima e difficile da raggiungere. Fortunatamente Mohe, a differenza dello zio Waquini, non aveva ancora visto la trasparenza del suo sorriso sciogliersi nel dolore subìto, e conservava ancora la genuinità cristallina che scopriva al mondo uno spicchio candido di anima.

- Non da tanto, Mohe - rispose Asha con divertita tenerezza - ma a sufficienza per vedere quanto sangue ha ereditato quella bestiola! -

- Proprio così, mamma. D'altronde la madre del puledro è speciale... non è vero Miss Downhill? - Il ragazzo sorrise alla giovane donna che stava in piedi di fianco alla madre e si chinò leggermente per salutarla con un veloce bacio sulla guancia.

Malgrado ormai Ann fosse veramente come una sorella per Asha, Mohe non si era mai abituato all'idea di chiamarla con il suo nome di battesimo: per lui sarebbe sempre rimasta la sua maestra di un tempo, sebbene fosse veramente una persona di famiglia. Sembrava ormai lontanissimo il giorno in cui Ann aveva lasciato Sheridan per colpa dei pregiudizi del concittadini che non erano pronti per comprendere la sua volontà di insegnare agli scolari l'importanza dell'integrazione, della curiosità, del rispetto verso culture diverse, del valore di un pensiero autonomo che potesse superare le barriere della chiusura mentale. Ann era stata via per più di un anno, ma quando il Consiglio Cittadino le aveva chiesto di tornare non aveva esitato a pianificare insieme a suo marito di rientrare in quella piccola scuola di campagna dove aveva visto crescere se stessa insieme ai suoi ragazzi. Era tornata in tempo per vedere Mohe concludere il suo percorso di studi ed iniziare la sua avventura nel Ranch, trovandolo ancora più perdutamente innamorato di Charlotte, o meglio Charlie, come erano soliti chiamarla da sempre. Non si trattava del nome di una ragazza, non ancora, bensì di una cavalla che un tempo era appartenuta ad Ann: una meravigliosa Quarter Horse con il sole riflesso sul manto e la prateria impressa nello spirito. Dolce ed irrequieta, intelligente ed istintiva, quella creatura aveva catturato il cuore di Mohe molto prima che Ann dovesse lasciare la città e avesse deciso di affidare la sua compagna ad un giovane uomo che avrebbe saputo proteggerla, rispettarla e valorizzarla come ogni creatura femminile desidererebbe.

Ann restituì il bacio con una carezza materna e sorrise - Sì, Mohe, Charlie è decisamente una mamma speciale. -

- Lo sarà anche lei, Miss Downhill! - rispose il ragazzo con il candore piatto dell'età.

Fu allora che le due amiche scoppiarono a ridere sinceramente ed Ann si accarezzò con delicatezza il ventre teneramente rotondo che riposava sotto il grembiule, mentre Mohe, non del tutto sicuro se avesse dovuto sentirsi o meno imbarazzato per la sua uscita, si accucciò ad accarezzare Horn, il lupacchiotto della maestra che prendeva il nome dalla Montagna su cui era nato, la Bighorn Mountain, attraverso la quale era passato dal mondo cheyenne a quello domestico ma mai del tutto domato di Ann.

2.

Dopo una giornata di lavoro con il bestiame, Cameron amava ripetere sempre il medesimo rassicurante rituale: sedeva sotto il portico di casa con un bicchiere fresco di birra in mano e guardava il sole scendere a poco a poco sotto la tesa del suo cappello per scomparire dietro la groppa della terra.

Da quando Mohe si era trasferito, la casa sembrava molto più tranquilla, benché Asha fosse una presenza che percorreva l'aria e la profumava di famiglia.

In quella sera di ottobre, tuttavia, Cameron apprezzava particolarmente la compagnia dell'amico James, mentre attendevano insieme le mogli che si erano fermate al Ranch di Mohe.

- Ormai non manca molto, James - sorrise Cameron sorseggiando la sua bevanda, - e poi proverai l'emozione di diventare padre. Credimi, quella creaturina cambierà la tua vita per sempre, amico mio. -

- E' così... Ann sta bene per fortuna...- fu la risposta un po' pensierosa di James che indusse Cameron a spostare gli occhi castani dalla linea dell'orizzonte verso il viso dell'altro uomo, il cui sguardo sembrava assorto mentre fissava il bicchiere di spesso vetro che teneva in mano.

- E' passato molto tempo da quando Ann ed io ci siamo sposati, ormai... più di due anni... - continuò James con aria lontana, come se stesse parlando a se stesso più che a Cameron, che annuì silenziosamente. - Ed è passato ancora più tempo, forse una vita intera da quando... -

Improvvisamente Cameron comprese. Spesso lui ed Asha si erano interrogati sul motivo per cui Ann e James non avessero voluto cercare immediatamente un figlio, considerata anche l'età matura di lui, ma la sposina aveva sempre risposto all'amica semplicemente che suo marito non si sentiva ancora pronto. Solo ora Cameron improvvisamente comprese che il dolore di James risiedeva in anni lontani, prima ancora che Sheridan fosse stata fondata ed il suo cammino lo avesse anche vagamente condotto alle terre in cui poi avrebbe incontrato Ann. Si trattava di una cicatrice mai del tutto rimarginata che risaliva al giorno maledetto in cui a Washita vennero massacrate decine e decine di innocenti cheyenne della Tribù di Pentola Nera. Era una ferita che affondava le sue radici nel momento in cui la sua compagna indiana di un tempo venne uccisa portando in grembo il suo figlio mai nato, essiccando il suo desiderio di paternità, di vita, di amore. La musica aveva apparentemente curato parte di quella sofferenza, e girare il paese in compagnia della sua chitarra per vivere dei suoi versi e delle sue note, aveva in qualche modo impedito ai sentimenti di diventare polvere insieme alla sua compagna sulle rive di quel fiume che aveva lavato via il sangue, ma non l'odore dell'ingiustizia ed il silenzio della perdita.

Incontrare Ann, giovane e piena di vita, forte come la brezza che non può essere arrestata e fragile come una foglia di betulla esposta alla grandine del mondo, aveva consentito a James di tornare a guardare il sole all'alba senza sentirsi in credito con la vita. Era stato un amore delicato ma irresistibile, in cui la sicurezza di lui aveva offerto rifugio alla vulnerabilità della ragazza, sebbene l'uomo fosse ben consapevole che fosse stata lei a trarlo in salvo dal vuoto.

Fu Cameron a rompere il silenzio: - Non so molte cose James, e sicuramente non sono bravo a dire quello che penso, come sanno fare le nostre mogli - a questo punto entrambi gli uomini lasciarono scappare un sorriso complice che stemperò la tensione - ma una cosa l'ho imparata per certo: ci sono persone che non vivono una grande opportunità per tutta la vita... e poi ci sono altre persone a cui la stessa vita regala una seconda occasione, dimostrando che malgrado tutto si sta compiendo lo scopo del loro percorso, e che tutto il resto, anche il dolore, non è stato inutile perché le ha condotte esattamente dove dovevano essere. Nessuno è dimenticato, nessuno è perso inutilmente, perché sarà sempre parte di quel cammino. - Cameron lasciò cadere pesantemente i piedi dallo steccato del porticato, come faceva abitualmente quando Asha lo rimproverava di rovinare la veranda con il tacco degli stivali. Poi in un sospiro aggiunse: - Mah, non so se quello che ho detto abbia un senso - e bevve una lunga sorsata di birra evitando volutamente gli occhi dell'amico.

James, che fino ad allora era stato in silenzio, alzò la tesa del cappello per guardare Cameron ed allungò una mano per stringere brevemente la spalla dell'altro uomo. - Ne ha eccome, amico mio. Ne ha eccome. -

I suoi occhi parevano più chiari, come se le parole avessero lavato via la colpa ed il residuo del dolore.

- Il senso della vita a volte è in un bicchiere di birra! - rise Cameron appoggiando il suo boccale quasi vuoto.

- O nella voce di una donna - aggiunse James con ruvida tenerezza ed entrambi tacquero, ascoltando il suono sommesso del chiacchiericcio di Asha ed Ann che si avvicinavano passeggiando, come due sagome scure stagliate contro il cielo rosso di occidente.

Le due amiche camminavano lentamente verso il ranch di Asha e guardavano le proprie ombre allungarsi davanti a loro come graziosi fantasmi di abeti.

- Guarda un po'... perfino la mia ombra è diventata grassa! - scherzò Ann.

- Non dire sciocchezze, non sai che per la mia Gente il ventre di una donna incinta è sacro? - rispose Asha in un finto rimprovero.

- Cambieranno tante cose adesso, vero? -

- Cambieranno molte cose sì, ma non cambierà quello che sei tu e quello che siete tu e James insieme.-

Per qualche minuto proseguirono in silenzio, guardando il ranch che si avvicinava e fissando le figure dei loro uomini nella penombra che diventavano sempre più distinguibili nella familiarità dei gesti e dell'atteggiamento, ancora prima che i dettagli fossero visibili agli occhi.

- Ha di nuovo messo i piedi sulla veranda! - esclamò improvvisamente Asha. E le due risero per qualche secondo con la materna bonarietà che si riserva a chi si ama e si rispetta.

Non appena raggiunsero la casa, Cameron e James si alzarono per salutare le rispettive mogli con un rapido bacio e scambiare qualche parola tutti insieme. Anche Horn si lasciò andare alla sua festosa danza del ritorno, ululando intorno a Cameron e scodinzolando tra le gambe di James con le orecchie allargate sulla testa in segno di fedele rispetto per il capofamiglia umano.

Asha insistette perché Ann e James si fermassero a cena, e Cameron riuscì ad estorcere all'amico la promessa di suonare qualcosa dopo lo stufato, davanti ad un buon whiskey.

La cena fu come sempre piacevole ed allegra, e, nonostante la sedia di Mohe restasse pesantemente vuota, Asha riuscì a non pensarci troppo per tutta la durata del pasto.

Come sempre Ann scherzò sul fatto che le cene dai Burton fossero l'unica occasione per James di mangiare del buon cibo, ma lui, come di consuetudine, smentì la crudele autocritica che la ragazza riservava alle proprie abilità culinarie.

- Cosa dici, ormai ti ho insegnato quasi tutti i miei segreti! - sorrise Asha.

- Mi sa però che ho imparato meglio quelli di tuo fratello! - rispose Ann con una battuta che alludeva al libro rilegato in pelle che faceva mostra di sé dallo scaffale sopra il camino.

Tutto era cambiato nella vita della ragazza quando aveva offerto a Waquini il proprio aiuto per immortalare in uno scritto gli insegnamenti dell'anziano padre Ehane, Uomo di Medicina della Tribù. Ricordava ancora il rifiuto sprezzante del giovane cheyenne quando Ann gli aveva proposto di abbandonare secoli di tradizione orale per affidarsi all'artificio della scrittura, ma soprattutto conservava con immenso affetto il ricordo di come lui le avesse poi concesso la sua fiducia incondizionata, accettando la proposta di lavorare insieme a quel libro e lasciandola entrare nel tempio di conoscenza, consapevolezza e sacra armonia che è costituito dalla Ruota di Medicina cheyenne.

Malgrado la città avesse punito il tentativo di Ann di offrire una prospettiva leale di un mondo nuovo e l'avesse costretta a lasciare il suo posto di insegnante, e nonostante lei avesse scelto quindi di partire per Sacramento con James, la maestra era riuscita comunque a completare e pubblicare quel libro così carico di significato, inviandolo ad Asha e Waquini come simbolo perpetuo della fusione dei loro mondi in una sola famiglia.

- Quanto sono contenta che, nonostante tutto, tu abbia deciso di tornare qui! Alla città mancava la sua maestra.. e a me mancava mia Sorella! - disse Asha mentre si alzava per raccogliere i piatti e portarli al lavatoio.

Ann la seguì immediatamente per aiutarla e, con le posate in mano, d'istinto rispose: - Tua Sorella non la perderai mai, Asha. Quanto alla maestra del paese invece... -

- Cosa vuoi dire? - le chiese preoccupata l'amica.

- Avrò un figlio. Sarà necessario trovare un sostituto e, sai come funziona, una volta rimpiazzata non è detto che possa riavere il mio posto. Io non voglio smettere di insegnare. -

- Non smetterai. In ogni caso avrai un piccolo James da crescere! -

- Ma non è lo stesso, Asha. Io non sono come te... non so se sono fatta per essere madre e moglie rinunciando al resto. -

- Potrai comunque sempre conservare il tuo posto di maestra alla Riserva. Dubito che qualcuno te lo vorrà portare via... -

- Sì, hai ragione... come sempre. O quasi! -

Le due ragazze si abbracciarono brevemente mentre dal salotto una chitarra incominciava a intrecciare poche note rotonde come gli sbuffi del fiato di un cavallo nella nebbia del mattino.

James iniziò piano a cantare, o meglio, a parlare in musica, dipingendo con colori caldi i sentimenti che non conoscono altro volto se non il fuoco del camino ed il profumo di un abbraccio.

3.

Il torrente, piccolo affluente del Tongue River, scendeva saltellando dalla Bighorn Mountain e rotolava spezzandosi sui ciottoli più sporgenti, mentre il rumore della corrente seguiva compatto il corso d'acqua ed amplificava ai sensi la nuvola di schizzi sottili e freddi.

La voce di Mohe parlava sommessamente, appena distinguibile attraverso il suono dell'acqua. Le sue mani erano morbide sulle redini, mentre le gambe erano incollate al manto nudo della cavalla come se i due fossero stati forgiati insieme in cieli lontani.

Gli zoccoli schiacciavano il terreno sulla riva del torrente, riottosi e scalpitanti, mentre il collo si scuoteva, intollerante e ribelle all'idea di effettuare il piccolo guado nell'ansa sicura che il ragazzo aveva scelto come luogo di addestramento. Non era inconsueto che i giovani cavalli temessero l'acqua, ma in questo caso Mohe aveva la certezza che non si trattasse di vera paura, bensì di cocciutaggine, di sfida, di ostinato orgoglio. Elina, un nome cheyenne che significava *"intelligente"*, era stato certamente azzeccato per la puledra che fin dall'inizio del lavoro si era rivelata sensibile e veloce nell'apprendimento, tuttavia Mohe sapeva che il suo compito non sarebbe stato soltanto di insegnarle ad essere montata, ma soprattutto quello di ammorbidire la sua ostinazione per renderla affidabile pur restando fedele a se stessa.

Quando Ann era partita per Sacramento e gli aveva fatto l'immenso onore di regalargli la sua Charlie, il ragazzo aveva deciso di rendere quella magnifica Quarter Horse la capostipite di una splendida stirpe, e aveva stabilito anche che la prima puledra femmina sarebbe stata addestrata da lui stesso per regalarla proprio ad Ann, come ringraziamento per la sua fiducia e per la grande opportunità che aveva voluto dargli sia per affetto che per stima. Asha aveva anticipato all'amica le intenzioni del figlio, spiegandole che finalmente Mohe sembrava aver trovato uno stallone che fosse degno della cavalla. Ann aveva sorriso per la tenerezza del pensiero, ma presto non aveva più pensato alla promessa e, una volta tornata a Sheridan, aveva immaginato che il giovanissimo puledro a cui Mohe doveva ancora riuscire ad infilare la capezza fosse in realtà il primogenito di Charlie. Ma non era così. Elina era stata la prima figlia della Quarter ed il suo addestramento era ormai giunto a buon punto, tanto che Mohe si augurava di poterla regalare ad Ann dopo la nascita del suo bambino: una sorpresa che sicuramente l'avrebbe commossa.

Tuttavia, per ora, l'ostinazione di Elina pareva rendere la vita difficile al giovane addestratore cheyenne, ritardando così i tempi che il ragazzo aveva previsto per lei. Ma, si sa, i cavalli possono lasciare che si scelgano per loro i percorsi entro cui saranno condotti, ma sicuramente non permettono che vengano imposti loro i tempi in cui concedere se stessi.

Sbuffando e scalpitando, finalmente un anteriore fu nel torrente, mentre l'altro rampava sulla superficie, spezzandola per un istante tanto breve quanto quello in cui l'aria viene tagliata da un ramo che si schianta a terra.

Mohe sapeva che se fosse sceso e l'avesse condotta a mano dietro di sé, la cavalla sarebbe entrata nel letto del fiumiciattolo senza troppi capricci, forse avrebbe perfino immerso il naso nell'acqua fresca e ne avrebbe bevuto qualche sorso, ma lui questa volta non avrebbe ceduto. Sarebbe rimasto saldo sulla groppa della cavalla e le avrebbe fatto capire, con pazienza ma determinazione, che le decisioni venivano prese sulla sua schiena e che il coraggio doveva trovarsi invece nelle sue gambe.

Ancora un po' di pressione con i polpacci sui fianchi di Elina e la cavalla fu definitivamente in acqua, con un mezzo balzo sgraziato che concedeva una riluttante accettazione del comando.

Mohe sedeva con le spalle arretrate per stimolare la cavalla ad avanzare, teneva le redini morbide sul collo di lei, pronto a tenderne una delle due qualora improvvisamente Elina si girasse per tentare un rapido dietrofront che la riconducesse al punto di partenza.

Dopo qualche minuto di agitazione, finalmente le gambe del ragazzo percepirono i muscoli della cavalla rilassarsi leggermente, il fiato rallentò, il collo si stese verso la superficie dell'acqua, increspandone lo specchio con il lieve contatto delle labbra e del respiro.

- Così, brava ragazza.. - mormorò Mohe - Quando sarai tra le mani di Miss Downhill non potrai certamente fare tante storie per qualsiasi sciocchezza! Deve sentirsi al sicuro, specialmente dopo la nascita del bambino… e pensa che bello, probabilmente quel bimbo, o bimba, imparerà a montare a cavallo proprio con te. -

Ormai il ragazzo era rilassato a sua volta e chiacchierava con la cavalla come se davvero potesse comprendere. Per qualche minuto lei camminò liberamente nel torrente, trascinando le zampe ed apprezzando in fondo la fresca resistenza dell'acqua, carezzevole e scivolosa.

- Ancora due minuti e poi torniamo verso casa, ok? - proseguì piano Mohe - perché devo andare a pranzo con papà. Mi ha detto che deve parlarmi di importanti questioni riguardanti il Consiglio Cittadino. Mi chiedo cosa possa c'entrare io con…. -

Mohe non fece in tempo a concludere la frase quando da dietro gli alberi, attraverso il pascolo vicino, risuonò improvvisamente un rumore di zoccoli veloci come il vento, leggeri come nessun mustang avrebbe potuto essere, ma altrettanto volitivi nel rimbombo che lasciava risuonare il terreno come fosse un tappeto percosso da mille battipanni.

In pochi istanti i muscoli di Elina si contrassero con la rapidità di un battere d'ali, il collo scomparve dalla carezza di Mohe e gli zoccoli furono fuori dall'acqua in un balzo, per poi lanciarsi in un galoppo veloce ed indisciplinato attraverso il pascolo vicino, forse davvero perché la cavalla era stata allertata dalla corsa che aveva sentito, o forse soltanto per sfruttare la prima scusa utile allo scopo di scaricare la tensione e l'entusiasmo.

Probabilmente qualunque cavaliere che non avesse portato sangue indiano nelle vene sarebbe rimasto a mollo nel torrente ancora prima che Elina completasse lo scarto, ma Mohe rimase in groppa, sbilanciato ma saldo, afferrò la criniera della cavalla e cercò di indurla a piegare la sua traiettoria verso un grande cerchio per rallentarne la velocità. Quando vi fu riuscito, con le due redini saldamente in mano tirate verso il centro del circolo, il ragazzo riuscì finalmente a condurre Elina lungo una spirale immaginaria che riducesse l'ampiezza del cerchio costringendola a rallentare progressivamente la sua andatura fino a fermarsi, con le froge ancora allargate e gli occhi spalancati per l'eccitazione e lo sforzo.

Fu solo allora che Mohe vide la ragione di tanto trambusto: una ragazza stava avvicinandosi al galoppo proprio davanti a lui. Elegante negli abiti e nell'assetto, sedeva su una piccola sella senza pomello, così liscia e leggera da vedersi a malapena sotto la gonna dell'amazzone e sul manto scuro del baio che montava, un cavallo piuttosto alto, con zampe lunghe di cerbiatto, mosse dal vento come corde di un'arpa di fattura misteriosa. Il collo era arcuato, la testa affusolata, i fianchi sottili ma potenti, il manto scuro lanciava riflessi ramati alla terra, mentre la coda nera e lunga ondeggiava come se volesse lasciare dietro di sé uno strascico di nobiltà.

La ragazza si fermò davanti a Mohe, con i riccioli color cenere che le saltellavano sulle spalle mentre il suo cavallo, innervosito per l'improvvisa fermata ed impaziente di ripartire, trotterellava sul posto, girandosi su se stesso.

La giovane teneva i guantini ben stretti su quelle strane redini corte e unite tra loro alle estremità. Guardò Mohe per qualche secondo con i suoi occhi castani e poi abbassò leggermente la fronte in segno di saluto, graziosa ma non veramente umile.

Poi allentò la presa sulle redini, si sollevò leggermente sulla sella e riprese il suo galoppo.

Mohe la guardò volare via finchè lo sguardo fu in grado di seguirla. Come una stella cadente, sicuramente quella creatura aveva attraversato mondi lontani.

·——≫⟩⟩·✿· ———— ·✿·⟨⟨≪——·

Poche ore dopo Mohe si trovava a casa dei genitori per pranzare col padre. Asha era partita al mattino presto per andare a trovare il fratello alla riserva, però aveva lasciato una pentola contenente un riarrangiamento degli avanzi della sera prima per sfamare i suoi uomini a pranzo.

Quando Mohe arrivò, la carne era già stata scaldata ed in poche manciate di minuti padre e figlio consumarono il loro pasto, parlando principalmente del più e del meno, dei recinti da sistemare, del prezzo del bestiame e dei progressi di Elina. Mohe non fece menzione del singolare incontro della mattina e Cameron sembrò troppo distratto per notare lo sguardo del figlio ancora in parte fisso sulla creatura che era apparsa e scomparsa nel nulla vicino al suo ranch.

- Devo parlarti di una questione, Mohe, e ho deciso di farlo in privato perché si tratta di una vicenda piuttosto delicata - la voce di Cameron era seria e sembrava piuttosto preoccupata.

- Cosa è successo ieri alla riunione del Consiglio Cittadino? -

- Si è parlato a lungo di una nuova legge che sta portando gravi conseguenze in tutto lo stato del Wyoming... - proseguì Cameron. - Il governo ha deciso di convertire la maggior parte delle terre pubbliche in proprietà private, svendendole a poco costo o addirittura regalandole, in alcune circostanze. -

- Regalano la terra? L'hanno rubata agli Cheyenne e ai nostri Fratelli pellerossa... ed ora la regalano ai bianchi? - chiese Mohe scandalizzato, lasciando cadere la forchetta sul piatto.

- E' così, figliolo. E il problema credimi, non è solo di principio. Le conseguenze saranno pericolose, come è già accaduto nella maggior parte del Wyoming. -

- Che tipo di conseguenze? -

- Arriveranno in centinaia, Mohe, e la maggior parte di loro saranno coltivatori. -

- Non vedo cosa ci sia di male nel coltivare la terra... -

- Nulla! Non c'è nulla di male nel coltivare la terra, ma questo significherà ridurre drasticamente i pascoli liberi per il nostro bestiame, ridefinire i confini, modificare i permessi di attraversamento delle terre altrui, vietare perfino l'utilizzo di alcune risorse come ad esempio tratti di fiumi... - si accalorò Cameron.

- In fondo è a questo che serve il Consiglio di cui fai parte, non credi? - interruppe Mohe.

- Vorrei che fosse così facile, figlio mio. Vorrei che lo fosse. - Cameron puntò i gomiti sul tavolo e si passò le mani tra i capelli. - Hai mai sentito parlare della *Guerra della Contea di Johnson*? -

- No, non l'ho mai sentita - rispose Mohe ora palesemente preoccupato.

- Qualche anno fa, nel 1892, si scatenò una vera e propria battaglia armata che durò due giorni presso il Powder River. I coloni ed i mandriani non trovarono altro modo per affrontare le loro dispute circa confini, proprietà e pascoli se non uccidendosi in modo barbaro. -

- Mi stai dicendo che dobbiamo aspettarci una guerra? -

- Non lo so, ragazzo mio. Vorrei poterti rispondere. So con sicurezza che dobbiamo aspettarci di difendere la nostra attività ed i confini delle nostre proprietà con tutto quello che abbiamo. Sono finiti i tempi in cui la terra era di tutti e le mandrie pascolavano sotto lo stesso sole. Chi lo sa, Mohe... se andiamo avanti così forse un giorno perfino il cielo sarà diviso in porzioni ed avrà un padrone. -

Mohe restava in silenzio ora, con gli occhi fissi sul piatto vuoto.

- Lo sai cosa dice sempre lo zio... *La Terra non appartiene all'Uomo, è l'Uomo che appartiene alla Terra* -

- L'uomo non appartiene più alla Terra, ormai. Appartiene al denaro. Proprio come quel damerino di *Lord Hamilton* - aggiunse Cameron con un tono palesemente sprezzante.

- Lord Hamilton? Chi sarebbe? -

- Un inglese. E' arrivato dall'Europa per acquistare una vasta porzione di terra qui da noi e porterà con sé quei macchinari moderni che a quanto pare producono un gran profitto tra gli agricoltori.

Per come la vedo io, deve avere tanto di quel denaro da poterne comprare dell'altro. -

Lo sguardo di Mohe e quello di Cameron si incontrarono come affluenti di due generazioni, due mondi diversi, intimamente legati alla propria terra, alla propria famiglia, alla convinzione che la nobiltà non fosse acquistabile insieme ad un titolo onorifico.

4.

Da quando Ann era ritornata a Sheridan, il sabato mattina era dedicato alle lezioni alla vicina Riserva di Cheyenne Falls. Il diritto allo studio, anche se limitato ed incompatibile con la realtà cittadina, era stato una grande e recente conquista per la comunità nativa, ed il fratello di Asha, Waquini, si era battuto per questo con una convinzione che non avrebbe mai pensato di avere prima di conoscere Ann. Non era solo stato difficile vincere le resistenze dell'Agente per gli Affari Indiani, ma anche quelle degli anziani Cheyenne, radicati nella propria ostilità verso l'educazione che proveniva dall'uomo bianco.

Per Ann invece insegnare ai ragazzini della Riserva era una sfida nuova ed una missione che le accendeva lo stesso entusiasmo di quando aveva scritto quel libro con Waquini. Egli aveva raccolto gli insegnamenti e la saggezza del suo Popolo dal padre Ehane, l'Uomo Medicina della Tribù che, pur inaridito e reso inerte dal dolore di troppe battaglie perse, aveva saputo comunque ricordare, con la sua presenza totemica, il valore di una tradizione che sembrava destinata a perdersi nell'aria gelida come il fumo del Calumet della Pace.

Le Popolazioni Native ormai parevano aver bisogno di guerrieri diversi da quelli di un tempo: non più valorosi combattenti che affrontassero il nemico con l'ascia stretta nel pugno nudo, bensì coraggiosi lottatori che sfidassero le nuove stagioni, la rassegnazione, oppure la cieca ed inutile rivolta.

Purtroppo il tempo di Uomini come Ehane sembrava apparentemente tramontato per sempre, lasciando spazio però ad un nuovo bisogno di comunicare, di consegnare la tradizione ancestrale all'alfabeto di un Nuovo Mondo che rischiava altrimenti di scordare di essere antico come la notte dei tempi.

Waquini sembrava mescolare nelle sue vene il corso della saggezza che scendeva dalla montagna della tradizione, con la pioggia che proveniva dal cielo in continua trasformazione. Aveva imparato molto da Ann. Aveva imparato a fidarsi, a cercare una via nuova, a scrollarsi di dosso il pregiudizio, ad avere il coraggio di scegliere una via diversa. Le aveva insegnato, in cambio, a percorrere con consapevolezza la strada che l'aveva condotta fino al punto in cui si trovava, senza paura di allungare la mano fino a toccare ciò che nessuna razionalità avrebbe potuto davvero spiegare.

Waquini aveva conosciuto Ann quando era poco più di una ragazzina, acerba maestra di scuola piena di passione e di ingenuità, ed ora la osservava insegnare ai piccoli cheyenne con la consapevolezza benevola di una giovane donna con un cammino sul volto ed il futuro nel ventre. Eppure, quando la spiava dal fondo della giovane classe all'aperto dove i ragazzini ascoltavano seduti sull'erba all'ombra degli aceri, Waquini non poteva fare a meno di notare qualcosa negli occhi di quella che per lui era diventata ormai una parte di sé, un po' come la sorella Asha, ma in modo diverso. Avrebbe voluto riempire quel vuoto, avrebbe voluto interrogarla su cosa lo provocasse, ma si limitava ad osservarla, con l'intensità del suo sguardo asciutto come la corteccia.

Con il procedere della gravidanza, né James né i Burton avevano piacere che Ann si recasse da sola alla Riserva: la strada era piuttosto lunga in carro perché non era possibile costeggiare le sponde del Tongue River come invece si faceva in sella. Spesso Ann veniva accompagnata dal marito, ma molte volte proprio Mohe o Asha insistevano per unirsi a lei, normalmente con una scusa che li portava alla Riserva, alla quale la maestra faceva finta di credere con un sorriso intenerito.

In quel sabato di metà novembre, mentre il sole finalmente intrideva la foschia, dissipandola dopo un'intera mattina offuscata, Mohe guidava il carro verso Sheridan, di ritorno da Cheyenne Falls, chiacchierando con Ann della Riserva e dei progressi dei ragazzini. Horn, accucciato sul retro del carro, dormicchiava tranquillo cullato dal rollio e stanco per le scorribande a cui si abbandonava ogni settimana durante la consueta gita.

- Non mi sembra davvero passato molto tempo da quando eri anche tu un mio studente, Mohe. E ora guardati... sei un uomo! Un allevatore! -

Mohe rise sinceramente e poi, con un velo di malinconia rispose: - Non so se sono un uomo, Miss Downhill... ci sono ancora tante cose che non so. Tante cose di cui non sono sicuro. -

- Sei così giovane, è normale che tu stia scoprendo te stesso ora, Mohe. C'è qualcosa che ti preoccupa in particolare? -

Il ragazzo aveva gli occhi scuri abbassati sul terreno davanti al cavallo, mentre i capelli ondeggiavano sulle spalle impedendo ad Ann di vedere nel dettaglio l'espressione del suo volto. Di sicuro però le labbra, sottili e disegnate come quelle dello zio, erano ora contratte nello scegliere tra il silenzio e le parole.

- Senza mio padre non sarei nulla, non avrei potuto neppure iniziare la mia attività, e non voglio deluderlo. Al tempo stesso però, quando sento parlare di confini, di conflitti, di esigenze di mercato da rispettare, mi sembra di poter percepire dentro di me la disapprovazione di mio zio Waquini, il tradimento della memoria di mio nonno Ehane. L'ho perfino sognato qualche notte fa. Sa come si dice, Miss Downhill, gli Cheyenne possono percepire lo spirito degli anziani defunti... è come se fossero dei.... -

- Sogni, Mohe. Sono sogni. Solo sogni. - interruppe Ann con il preciso intento di spezzare il percorso in discesa su cui vedeva istradati i pensieri del ragazzo. - Quello di cui mi stai parlando si chiama coscienza, memoria… e non ha nulla di sovrannaturale neanche per uno cheyenne, ragazzo mio! - sorrise con ferma tenerezza, per poi proseguire, passandosi una mano sul grembo - Ognuno di noi ha i suoi dubbi, le sue paure. Ogni età ha le sue inadeguatezze e diventare adulti significa avere il coraggio di camminarci attraverso. Il tuo Popolo crede nel Rito di Iniziazione per i giovani guerrieri, ma la vita non è così semplice. Ogni giorno è un'iniziazione per qualsiasi uomo e qualsiasi donna che voglia compiere delle scelte. -

Dopo qualche secondo di silenzio, Mohe prese entrambe le redini in una mano e si passò l'altra tra i capelli, tenendoli stretti per qualche secondo come se volesse stringere i pensieri.

- E se io non volessi scegliere? Se volessi appartenere ad entrambe le realtà, restando fedele a tutte e due?-

- Secondo te questo non è scegliere Mohe? Questa è la scelta più difficile. Quella compiuta da tua madre. Non rinunciare a nessuna parte di te, decidere di volta in volta qual è il lato giusto da cui stare, credere nel compromesso come arte della conciliazione. -

- Ma questo significa non appartenere mai a nulla, Miss Downhill. -

- Significa appartenere a te stesso. - rispose Ann con la stessa sicurezza insindacabile che spesso assumeva il suo tono quando si trovava in classe. Poi appoggiò una mano sull'avambraccio del ragazzo e l'altra sopra il piccolo piedino scalciante che sentiva dentro di sé.

Prima di lasciare Ann a casa, Mohe si era diretto verso la scuola che ancora, nonostante le successive proposte del Consiglio Cittadino, continuava ad avere sede nella chiesa di Sheridan.

Appena fermato il cavallo, il ragazzo saltò giù dal carro chiedendo ad Ann di non disturbarsi a scendere perché ci sarebbero voluti solo pochi minuti per riporre sugli scaffali i libri che erano stati portati quella mattina alla Riserva per la lezione. La maestra ringraziò con un cenno del capo, ben felice di non doversi calare ancora una volta a terra nell'unico modo goffo e faticoso che le era consentito dalla sua situazione.

Guardando Mohe che si caricava tra le braccia una decina di libri, balzava a terra ed in un paio di falcate volava sui gradini in legno che aveva percorso ogni giorno per tutta la sua vita di studente, Ann non poteva fare a meno di notare come si sovrapponessero le fattezze di uomo, ormai solido nelle forme e deciso nei lineamenti, con le movenze di cerbiatto che gli aveva visto indossare da ragazzino.

Improvvisamente un gran vociare fece irruzione dal lato della strada: un piccolo gruppo di uomini discutevano concitatamente davanti alla locanda, ma non sembravano provenire da essa. A poco a poco, Ann li vide scendere alla spicciolata dalla scala esterna all'edificio che conduceva al piccolo vano sopra il ristorante che veniva sontuosamente definito dal sindaco Watkins la *Sala del Consiglio*.

Anche Mohe, uscendo dalla scuola, si fermò ad osservare l'insolito spettacolo e non gli fu possibile fare a meno di avvicinarsi a grandi passi alla piccola e scomposta assemblea quando vide che proprio suo padre appariva nel fulcro della discussione.

31

Cameron era accalorato e gesticolava in un modo che normalmente non gli apparteneva. Sembrava quasi sul punto di tradurre le parole in azioni verso il suo interlocutore. Né Mohe né Ann lo avevano più visto tanto infuriato dal giorno in cui il Consiglio aveva deciso di rimuovere la maestra dal suo incarico a causa delle sue idee sulla libertà di pensiero e sull'integrazione. Tanta irruenza non apparteneva al carattere di Cameron, a meno che non fossero la famiglia o i suoi affari più intimi ad essere seriamente minacciati.

- Lei non è che l'ultimo arrivato qui da noi! Non ha alcun diritto di portarci via i pascoli e sbarrarci la via del bestiame! -

- Mr Burton, le assicuro che non c'è nulla di personale. Sono solo affari. Il denaro mi dà il diritto di usufruire delle terre che ho acquistato e di farlo nel modo che ritengo opportuno - fu la risposta affettata di un uomo elegante, forse sulla cinquantina, vestito con abiti dal taglio raffinato ed inconsueto. L'eccesso di ostentata cortesia lasciava trasparire una sfida sottile, mentre il tocco delicato con cui il gentiluomo si sfiorava il cilindro faceva intuire un'ormai intrinseca e quasi inconsapevole abitudine ad evidenziare il proprio contegno aristocratico.

- E' questo il modo in cui ci si fa strada in Inghilterra, *Lord Hamilton*? - tuonò Cameron ormai esasperato, sibilando il nome dell'altro uomo con un disprezzo pari all'altisonanza dell'epiteto - Calpestando i diritti ed il lavoro degli altri? Usando il denaro per acquistare il privilegio di ignorare anni di accordi e di convivenza? Prova forse soddisfazione a rovinare il futuro nostro e dei nostri figli? -

- Mi ascolti bene, mandriano - fu la replica del nobile inglese, non più fintamente cortese ma lenta e palesemente sprezzante - non mi aspetto che gli zoticoni che vivono in questo paese dimenticato da nostro Signore Iddio possano capire di cosa sto parlando, ma intendo comunque rendere noto che il mio unico intento nell'acquisto delle terre e nel progetto di un'agricoltura intensiva è legato ad un concetto definito *progresso*. Nella mia nobile terra britannica, che non è più attraversata da selvaggi da secoli ormai dimenticati, viene considerata stimabile ogni fonte di profitto che renda grande non solo l'uomo che sa essere padrone del proprio destino sociale, ma anche l'intero Paese, a cui si schiudono secoli di ricchezza e splendore. -

Mohe era ormai vicino al padre e Lord Hamilton gli lanciò uno sguardo asciutto, come quello che si riserverebbe ad un oggetto inanimato. Dopo qualche istante continuò: - Mia figlia ed io abbiamo compiuto un viaggio interminabile, abbiamo rinunciato all'eleganza di una bella casa, al piacere della cultura, della conversazione ed alla meraviglia di un mondo pieno di opportunità per trasferirci in questa terra sperduta e renderla grande. -

- Renderla grande? - sbottò Cameron ad un tratto - Lei desidera solo rendere grande se stesso. -

- Non ne ho bisogno, Mr Burton. Non mi serve una coltivazione per dimostrare di essere migliore di mandriani e... selvaggi... - con le ultime parole Lord Hamilton fece un preciso riferimento a Mohe, accompagnandolo con un cenno della testa.

Fu allora che, con una rapidità che nessuno fu in grado di arrestare o prevenire, il pugno chiuso di Cameron incontrò i baffi brizzolati del gentiluomo che, dopo aver barcollato all'indietro incontrando il muro della locanda, rimase intontito per qualche momento.

Tutti rimasero immobili oppure fecero un passo indietro, tranne Cameron che appoggiò una mano sulla spalla di Mohe e, rivolgendosi ad Hamilton aggiunse: - Le presento mio figlio, Mohe Burton. -

5.

L'aria brumosa della mattina punzecchiava la pelle con piccoli aghi in cui si condensava una promessa di inverno sospesa.

La Bighorn Mountain disegnava il suo profilo indistinto, lasciando intravedere nel fumo dei primi raggi la solidità di una metaforica casa di pietra, di terra, di vita.

I suoni arrivavano ovattati alle orecchie di Mohe mentre usciva di casa per iniziare la sua attività nel ranch, tuttavia la loro familiarità li rendeva rassicuranti e musicali tanto quanto il silenzio. Le foglie cadevano lente, appoggiandosi alla densità dell'aria, ed i rami scricchiolavano sommessamente per il morbido fluire del vento che scendeva dalla montagna ed accarezzava i pascoli portando con sé i nitriti borbottanti del mattino, i brontolii rotolanti e gli sbuffi che liberano il respiro dalla nebbia.

La foschia si muoveva tra gli alberi come fosse il fiato della Terra condensato nel fresco dell'alba, ed amplificava i profumi intrisi di corteccia e di erba fradicia.

Ogni giorno si apriva nello stesso modo per Mohe: in sella a Charlie era necessario visitare ogni pascolo per controllare i cavalli della tenuta e quelli lasciati in pensione da altri proprietari per la riproduzione o per l'addestramento. Era inoltre fondamentale controllare con un occhio particolarmente attento le giumente prossime al parto, che trascorrevano ancora qualche tempo all'aperto prima di venir ricoverate in scuderia per poter essere seguite con maggiore assiduità.

Sebbene il percorso fosse quasi sempre simile e la cavalcata si svolgesse con il caldo estivo così come sotto la pioggia o la neve, per il ragazzo si trattava comunque di un momento speciale, sempre differente, un rituale identico e diverso come una preghiera.

Ogni recinto veniva ispezionato gettando uno sguardo ormai istintivo ed ogni cavallo reagiva a suo modo al passaggio di Mohe: qualcuno gli veniva incontro con il suo piccolo branco, mentre altri restavano immobili come fossero totem sorti dall'erba, con la testa sollevata e le orecchie dritte. Anche Mohe spesso si fermava a sua volta e li guardava nello stesso modo, senza muovere un muscolo. Sembravano statue assorte a scrutarsi respirando appena, senza bisogno di una lingua diversa rispetto a quella dell'appartenenza.

Quella mattina tuttavia Mohe aveva notato che i cavalli erano nervosi, i branchi nei pascoli erano serrati e si spostavano in continuazione, mentre le cavalle gravide nitrivano inquiete come se percepissero un pericolo.

Come sempre il ragazzo si fermava a controllare i capi che avevano qualche piccolo problema di salute per accertarsi che ogni minima ferita si rimarginasse regolarmente, per applicare qualche impasto cheyenne sui tagli e le escoriazioni che i cavalli, per loro natura, si procurano spesso per noncuranza, per paura o per qualche screzio interno alla gerarchia dei piccoli gruppi.

Charlie aspettava pazientemente che il suo umano assolvesse ai suoi compiti, pizzicando l'erba dal terreno come un bimbo che inganna il tempo rubacchiando briciole di pane dal tavolo. Talvolta sentiva la sella sulla propria groppa, mentre altre volte, soprattutto quando il clima era umido e piovoso oppure troppo caldo e soleggiato, la sua schiena riposava libera da ogni ingombro. Mohe infatti preferiva spesso scivolare sul suo pelo senza sella, per evitarle di sudare inutilmente sotto monti di stoffa e cuoio d'estate, e per risparmiare a se stesso nelle giornate più uggiose la sensazione del cuoio umido e viscido a cui preferiva senza dubbio il manto morbido e nudo, anche se spruzzato dal cielo e dai rami.

In quella mattina rigida di fumo freddo, tuttavia, Charlie iniziava a muoversi impaziente nell'attesa del suo compagno che sembrava essersi perso nella nebbia, attardandosi nel suo consueto rituale. Lo poteva percepire ma non riusciva a vederlo, ed al tempo stesso sentiva il proprio corpo percorso dall'insolito nervosismo che le comunicavano i suoi simili. Le orecchie erano dritte come tepee e le froge allargate per non lasciarsi sfuggire nessun segnale.

Improvvisamente percepì i passi di Mohe farsi più vicini, ma non suonavano morbidi e cadenzati come al solito, al contrario apparivano affrettati e pesanti. In pochi istanti lui le fu vicino e con il più familiare dei movimenti, le fu in groppa con un balzo leggero.

- Andiamo, Charlie. Mancano dei capi. Non ci sono le giumente di Mr McKinsey con i loro puledri. Dove possono essere? Non possono essere scappate: il recinto ieri era perfettamente intatto. E non posso credere siano stati rubati... non è mai successo dalle nostre parti.. - Mentre parlava, più a se stesso che alla cavalla, Mohe le aveva già comunicato di muoversi verso il confine a nord del pascolo, per perlustrare meglio il territorio. - Come faccio ora? Se me li hanno portati via cosa dirò a McKinsey? Non avrei il denaro necessario per ripagarglieli. E cosa ne sarebbe delle povere bestie? - Ormai l'incalzare dei pensieri si avvicinava al ruzzolare del panico che, come un proiettile posato su un piano inclinato, una volta avviato è destinato a diventare sempre più veloce e mai ad arrestarsi da solo.

Erano questi i momenti in cui il ragazzo rimpiangeva di non saper mantenere l'aplomb tipica del suo sangue cheyenne: la compostezza della saggezza nativa impartita dal nonno e dallo zio ingaggiavano un'ardua lotta contro l'ansia crescente.

Fu allora che Mohe scorse qualcosa nella nebbia. Pali. Sembravano pali di uno steccato.

Avvicinandosi piano insieme a Charlie vide che c'erano alcuni uomini al di là di questo recinto mai visto prima, che sorgeva proprio dove parte dei suoi cavalli erano soliti pascolare tranquillamente.

Ed ecco i capi di McKinsey, al di là dello steccato, liberi di brucare e pronti ad avvicinarsi a lui come ogni mattina. Ma non sarebbe stato possibile questa volta poiché quella neonata recinzione si frapponeva tra loro, così Mohe, sceso in un lampo da cavallo, afferrò le assi di legno ancora fresche e le scosse in un gesto stizzoso mentre chiamava gli uomini dall'altro lato.

- Voi laggiù! Cosa significa questo? Siete sulla mia terra! Quei cavalli sono affidati alla mia tutela e pascolano sulla mia proprietà! - Nel gridare queste parole, per un attimo, in modo forse non del tutto consapevole, un angolo della sua mente venne attraversato dalle parole che aveva sempre sentito da zio Waquini: *la Terra non appartiene a nessuno, siamo noi ad appartenere alla Madre Terra.*

Il pensiero lo disturbò per un istante ma non era il momento per lasciarsi andare a conflitti interiori. Ora bisognava difendere ciò che andava protetto a qualsiasi costo.

- Lei è il figlio di Cameron Burton, vero? - chiese un uomo a cavallo.

- Sì, sono Mohe Burton e questa è la mia proprietà. -

- Mi dispiace ma non è così - rispose l'uomo educato ma molto perentorio, scendendo di sella ed estraendo da una tasca un foglio di carta piuttosto grande e piegato diverse volte. - Il confine della terra di Lord Hamilton passa esattamente dove è stato costruito lo steccato a cui si trova appoggiato in questo istante. Immaginavo che la cosa sarebbe stata un po' scomoda per lei, quindi ho provveduto a portare con me una mappa dei nuovi confini… è un atto legale che testimonia… -

Prima che la frase fosse terminata, Mohe saltò oltre il recinto, come se fosse esistito un invisibile cancello, e si avvicinò all'altro uomo a grandi passi: - *Un po' scomoda?* Lei non sa di cosa sta parlando! A me non importa affatto della sua mappa firmata da chissà quale scribacchino di città. La Terra è Terra, non è fatta di carta. -

Velocemente si avvicinarono gli altri tre uomini, temendo una reazione violenta da parte di Mohe, ma il ragazzo si limitò a prendere in mano il foglio con la mappa, fissandolo con una smorfia di disprezzo.

Poi alzò gli occhi verso il suo interlocutore e, in modo improvvisamente pacato, continuò: - Questi cavalli non sono né miei né di Hamilton. Appartengono a Mr McKinsey che me li ha affidati ed io farò tutto il necessario per riaverli. -

- Oh la prego, Burton, questi modi da frontiera non sono davvero necessari con un gentiluomo come Lord Hamilton - fu la risposta intrisa di sprezzante superiorità e sottile provocazione. - Tutto ciò che è abbandonato sulla sua terra gli apparterrebbe di diritto, questa è la legge. Tuttavia, la nobiltà del mio padrone è tale da concederle di riprendere i suoi capi, Burton. Naturalmente se li vorrà chiedere gentilmente, come si usa tra gentiluomini. -

- Gentiluomini? - Mohe era furente ma si contenne perché sapeva che lasciar sfogare l'orgoglio ora avrebbe significato perdere i cavalli e non poteva permetterlo. - Dite al gentiluomo del vostro padrone che non pregherò per avere ciò che è mio. Prenderò i cavalli e gli lascerò la terra, per ora. Ma si ricordi qualcosa. Per ragioni molto simili a questa, scoppiò una guerra nella Contea di Johnson, sul Powder River. Molti fiumi sono stati bagnati di sangue negli ultimi anni a causa dell'avidità: la mia Gente cheyenne si è addirittura vista portare via tutto sulle rive di Sand Creek e Washita. Il nostro Tongue River non laverà via i resti dei nostri sogni. -

6.

La scuola sembrava addormentarsi quando i ragazzi uscivano dalla porta per tornare a casa.

Restavano le panche vuote ed un silenzio irreale che fischiava nelle orecchie della maestra dopo diverse ore di spiegazione, chiacchiericcio, brusio e pienezza anche nel momento della muta concentrazione.

Ann aveva iniziato ad apprezzare questi attimi specialmente durante la gravidanza: le giornate apparivano più lunghe e faticose, la testa era spesso intontita e le palpebre pesanti. La quiete alla fine di una giornata di scuola assomigliava al momento tiepido e rilassante che precede il sonno alla sera. Si trattava di qualche minuto in cui indugiare nel torpore, nella prefigurazione del riposo, nella scia di una giornata intensa.

Ogni giorno Ann si attardava per correggere alcuni compiti, fissare qualche appunto o preparare la lezione del giorno dopo. La sua coscienza aveva smesso molto tempo prima di percepire un senso di soggezione per il fatto che le lezioni si svolgessero in chiesa: il suo lieve senso di colpa per un rapporto non del tutto canonico con l'autorità ecclesiastica si era dissolto quando era stata allontanata dal suo ruolo di maestra proprio durante la funzione domenicale. Quel luogo aveva in qualche modo perso la sua sacralità quel giorno agli occhi di Ann, che ora sedeva in cattedra, proprio sopra l'altare, vedendo davanti a sé solo diverse file di banchi su cui gli alunni avevano dimenticato qualche foglio di carta o le bucce di una mela, anziché panche di fedeli e penitenti che si inginocchiavano la domenica sentendo nel petto spesso soprattutto il dileggio per le colpe altrui.

Improvvisamente l'attenzione della maestra venne attirata dal piccolo scatto della porta di legno che si apriva lentamente, con un cigolio gentile che non era caratteristico dei modi a cui gli scolari erano avvezzi.

Ann rimase ferma con la penna a mezz'aria a guardare chi arrivasse in chiesa ad un orario tanto insolito, e allora vide entrare una figura femminile delicata ed elegante che scivolò nell'edificio richiudendosi la porta alle spalle con delicatezza.

- Miss Downhill? - domandò la giovane donna, mentre si sfilava un guantino di pizzo per porgere ad Ann la mano in segno di saluto.

- Sì, sono io - rispose lei alzandosi dalla sedia e restituendo il saluto con educazione mentre aggiungeva - O quantomeno così vengo ancora chiamata per abitudine dai ragazzi della scuola, anche se il mio nome sarebbe Mrs Ree poiché nel frattempo mi sono sposata. -

- Naturalmente, mi perdoni Signora. Ho sentito molto parlare di lei in città ed il suo nome da nubile viene sempre pronunciato con grande rispetto - proseguì la ragazza con un'educazione da salotto che Ann non era più abituata a sentire dai tempi in cui frequentava la società elegante di Denver da cui proveniva. - Il mio nome è Rosemary Hamilton. Mio padre, Lord Hamilton, ed io siamo da poco arrivati in città e mi deve scusare se non abbiamo avuto modo di conoscerci prima Miss Down.. ehm, Mrs Ree. -

Ad Ann improvvisamente si accese nella mente il ricordo dello scontro tra Cameron ed il padre della ragazza: - Non conosco direttamente suo padre, Signorina, ma non ho potuto fare a meno di notarne l'arrivo in città...-

Lady Hamilton non mancò di cogliere il tono improvvisamente rigido della sua interlocutrice ed aggiunse immediatamente: - Mio padre non ama passare inosservato, lo so. E' un brav'uomo mi creda, ma ha sempre costruito il suo futuro con le proprie forze e qualche volta la sua intraprendenza può essere fraintesa in un contesto diverso dalla nostra Patria inglese, dove la macchina del progresso inghiotte l'uomo che non sa prendere quello che desidera per sé e per la propria famiglia. -

Ann chiuse il libro davanti a sé in un gesto leggermente stizzito: - Lady Hamilton, avrà modo di constatare che anche i nostri uomini difendono ciò che spetta alle proprie famiglie. -

Rosemary si accorse di aver mosso un passo irrimediabilmente falso con la sua ultima affermazione e, gettando uno sguardo verso la copertina del testo sulla cattedra, scelse di spostare rapidamente il tema della conversazione: - Letteratura inglese. Una meravigliosa disciplina di cui lei, Mrs Ree, sarà certamente un'eccellente ambasciatrice -

Ann tuttavia non amava le palesi adulazioni e, mossa da una punta di orgoglio mista ad una sottile invidia per questa dama che sembrava uscita dalle pagine dei romanzi che aveva letto ed insegnato con tanta passione, rispose in un tono di sarcastica lusinga: - Il suo accento britannico renderebbe certamente maggior giustizia alla materia... -

Dopo qualche istante di silenzio imbarazzato, Rosemary intervenne: - Sarà probabilmente interessante per i ragazzi ascoltare entrambe le pronunce. -

Ad Ann si gelò il sangue nelle vene: - Come dice, scusi? -

-Il Sindaco Watkins mi ha suggerito di raggiungerla per poter conversare con lei, Mrs Ree. Mi ha infatti appena designato come sua supplente per il periodo in cui la nobile missione della maternità la porterà lontana dall'altrettanto prezioso ruolo di guida per i ragazzi della scuola. Per me si tratterà naturalmente di un incarico temporaneo e sarò lieta di accogliere qualsiasi suo suggerimento per esserne all'altezza.-

Ann non rispose. Sentiva la testa girare leggermente ma non voleva sedersi per dissimulare la vertigine provocata da questa premonizione che sembrava diventare realtà: dietro tante parole eleganti, probabilmente forgiate nella fucina della retorica accademica inglese, si nascondeva l'inevitabile abbandono del suo posto di maestra.

Miss Hamilton si sentì di dover quindi riempire il silenzio e proseguì: - Mi sembra giusto farle sapere che i suoi ragazzi saranno in buone mani: come ho anticipato al Sindaco Watkins, la mia preparazione presso il College di Cambridge si è conclusa lo scorso anno a Bath, dove... -

Ann non riuscì ad ascoltare lo snocciolarsi delle qualifiche della sua sostituta, che già pareva incarnare la grazia della poesia inglese, il fascino candidamente austero della città georgiana e l'eloquio del salotto borghese.

- Non insegniamo solo letteratura da queste parti, Lady Hamilton. Qui insegniamo a far di conto ai figli dei contadini e dei mandriani, insegniamo l'educazione agli orfani raccolti dalla chiesa, insegniamo l'alfabeto ai ragazzini della riserva cheyenne. -

Rosemary tacque ma non apparve intimidita né turbata dalle parole di Ann, il cui tono si rivelò più secco di quanto la circostanza richiedesse.

- Wordsworth compose versi magnifici dedicati ad una fanciulla intenta a mietere, Dickens ci parlò di orfani e Charlotte Brontë raccontò di un'istitutrice che insegnava l'alfabeto ai suoi allievi. La letteratura non è una semplice materia, ma una lezione soprattutto per chi desidera insegnare, non è vero Mrs Ree? -

Il tono di Rosemary era ora schietto ed il suo sguardo sembrava onesto.

- Avevo una cavalla che regalai ad un caro amico qualche tempo fa. - rispose Ann - Ora la chiamano tutti Charlie, ma il nome che avevo scelto per lei era Charlotte. Come Charlotte Brontë . -

- E' anche una delle mie autrici preferite. Parla di insegnamento, di amore, di… -

- … di come l'umiltà possa essere la vera forza. - completò Ann.

Rosemary rispose con un sorriso sincero che Ann restituì, senza bisogno di aggiungere altro.

7.

Quando il carro, tra scricchiolii e piccoli scossoni, aveva ormai quasi condotto Mohe ed Ann alla riserva per la consueta lezione del sabato mattina, entrambi notarono una sagoma scura all'imbocco del sentiero che portava alla stazione dell'esercito davanti all'ingresso di Cheyenne Falls. Si trattava di un calesse con la cappottina sollevata, probabilmente per proteggere il passeggero dall'umidità del mattino.

- Sarà lei. - mormorò Mohe di cattivo umore.

- E' possibile - rispose Ann dissimulando la sua stessa mancanza di entusiasmo. - Era necessario chiedere a Miss Hamilton di assistere a qualche lezione alla riserva… dovrà conoscere i ragazzi e prendere confidenza con l'ambiente prima di trovarsi da sola a sostenere l'insegnamento in mia assenza. -

- Bisogna vedere se loro prenderanno confidenza, piuttosto… - borbottò di nuovo il ragazzo.

- Andiamo, Mohe. Per quale motivo sei così prevenuto ancora prima di conoscere la nuova maestra? E' certamente un po' originale, ma credo che ami il suo lavoro. -

- In realtà credo di averla già conosciuta. Qualche settimana fa ci siamo incontrati a cavallo…-

Ann sorrise, comprendendo perfettamente la reazione di Mohe di fronte al contegno aristocratico della dama d'oltreoceano, ma non rispose, preoccupandosi piuttosto di come sarebbe stato l'impatto con la gente della riserva.

Non appena il carro si avvicinò al calesse, Mohe riconobbe nell'uomo che aspettava in piedi di fianco al cavallo uno dei dipendenti di Hamilton che aveva incontrato qualche tempo prima vicino al nuovo steccato di confine. Lo vide aiutare Rosemary a scendere dalla carrozza e planare sul terreno sassoso con la leggerezza di una foglia d'autunno che si adagia sulla superficie di un lago. La ragazza alzò gli occhi lentamente per salutare Ann, indugiando per qualche istante nello sguardo di Mohe che la fissava con la dignità di un cervo, orgoglioso nel portamento ma inconsapevolmente pronto alla fuga.

I capelli di Rosemary non erano acconciati in boccoli elaborati come al solito, bensì appena mossi sulle spalle, come se stessero cercando un compromesso tra il vezzo sofisticato ed una semplicità più vulnerabile. Certamente non era questa l'impressione che dava la gonna di raso color avorio, che si muoveva come un velo di perla nella polvere impastata del terreno.

Miss Hamilton chiese espressamente al suo accompagnatore di essere lasciata sola, pregandolo di ritornare all'ora di pranzo per scortarla fino al paese. L'uomo tentò di contestare l'ordine, accennando al disappunto che il padre della ragazza avrebbe manifestato nel saperla sola in quel contesto. La composta intransigenza di lei tuttavia non lasciava spazio ad alcuna replica ed egli si allontanò con un semplice - Come desidera Lady Hamilton -

Lo strano trio si addentrò quindi nella Riserva, dove i ragazzi erano già riuniti per il consueto incontro con Ann che veniva ormai attesa con affetto dalla maggior parte degli abitanti di Cheyenne Falls, quasi come accadeva per le visite di Asha e Mohe che la accompagnavano così spesso.

Non tutte le resistenze erano state vinte ed alcuni rappresentanti del versante più conservatore della Tribù non vedevano ancora di buon occhio l'idea che i ragazzini imparassero a leggere e scrivere come l'uomo bianco, violando il misticismo della tradizione orale e mescolando le proprie verità a quelle dei coloni.

Il libro di Ann e Waquini era stato tuttavia un esempio importante di come la parola scritta potesse essere utilizzata anche come un mezzo per esprimere un punto di vista diverso da quello degli invasori ed il testo era divenuto una sorta di sussidiario che i ragazzi utilizzavano per imparare a leggere, tramandando i contenuti che inorgoglivano i loro genitori.

- Emonah! - fu come sempre il saluto di Waquini che era solito abbracciare Ann come usava fare con sua sorella. Il suo nome cheyenne, dal significato di *Luna Nuova*, ormai le era quasi familiare quanto quello con cui era stata battezzata. Tutti alla riserva le si rivolgevano usando questo appellativo e nella loro pronuncia si poteva intuire come la diffidenza dei primi tempi si fosse ormai tramutata in rispetto.

Waquini salutò poi Mohe come si usava tra uomini ormai adulti, ma sempre con la mascolina affettuosità che traspariva dal legame tra i due.

Fu allora che gli occhi si volsero su Rosemary, impettita forse per imbarazzo, forse per supponenza o forse solamente per soggezione. Fino a quel momento aveva soltanto letto di terre selvagge, di uomini che si muovevano a petto nudo scivolando come felini nei propri mocassini di pelle, di abitazioni simili a camini dipinti come grotte primitive dalle pareti di bisonte. La musica dei flauti si scioglieva nell'aria densa come se le note non volessero distinguersi da quelle del vento, ed apparivano così diverse dalle disciplinate melodie che venivano suonate dai pianoforti di Bath.

- Waquini, ti presento Lady Hamilton, la maestra che mi sostituirà per qualche tempo quando nascerà mio figlio - spiegò Ann con un tono neutro che si sforzava di essere ospitale ma riusciva solo goffamente nell'intento.

Gli abiti chiari di Rosemary, i capelli biondi, l'incarnato delicato, sembravano ancora più simili alla luna di fianco ai capelli corvini di lui, alla pelle bruna, agli occhi del colore dell'ombra.

- I nostri ragazzi possono aspettarti, Emonah - soggiunse lui.

Miss Hamilton irrigidì le labbra ed Ann scambiò con Mohe uno sguardo di intesa. L'impatto, come prevedibile, non era stato dei migliori.

Normalmente Ann teneva le lezioni seduta per terra, mentre i ragazzini ascoltavano sparpagliati a gambe incrociate sull'erba, proprio come un tempo i più giovani ascoltavano i più anziani. Qualche volta anche gli adulti si sedevano in disparte e, senza dare troppo nell'occhio, carpivano incuriositi qualche nozione. Ann fingeva di non far caso alla loro presenza per non metterli in imbarazzo con il rischio di allontanarli invece che coinvolgerli. Con il tempo aveva imparato a comprendere il contegno della Gente nativa, i suoi silenzi che valevano quanto le parole, l'importanza attribuita alla semplice presenza ed all'ascolto che, di per sé, significavano già rispetto.

Con l'avanzare della gravidanza, ad Ann fu portata una piccola panca di legno su cui sedere e la maestra sapeva perfettamente che in queste semplici attenzioni andava riconosciuto l'affetto che spesso non veniva espresso a parole.

La presentazione di Rosemary ricordò vagamente ad Ann il giorno in cui decise, qualche anno prima, di portare Waquini a parlare con i suoi scolari di Sheridan. I ragazzi guardavano infatti questa creatura con occhi pieni di stupore, come se osservassero un'illustrazione vivente proveniente da un mondo di leggende lontane.

Ann sfruttò l'arrivo della sua sostituta per parlare ai ragazzi dei mari e delle terre, di un continente lontano che si chiamava

Europa, diviso dalle praterie dei loro antenati da giorni e notti di navigazione. Anche Rosemary iniziò a parlar loro di una grande isola dove le piogge bagnano immense scogliere del colore delle nubi, dove le strade sono lastricate ed i palazzi sono come immensi ricami di pietra.

I visi dei piccoli cheyenne sembravano incantati, fino a quando una voce maschile poco distante interruppe il racconto: - Se la vostra terra è tanto speciale perché volete la nostra, invasori? - A quel punto un mormorio si fece strada tra la folla curiosa raccolta intorno alla classe, se così poteva essere definita.

Ann percepì la delicatezza del momento e scelse di terminare la lezione, per evitare che la situazione potesse degenerare in commenti o azioni che sarebbero poi stati difficili da cancellare.

Salutò gli allievi che tuttavia non si alzarono da terra per correre a giocare con impazienza, come accadeva ogni sabato, bensì rimasero seduti a fissare Rosemary, a sussurrare, a spiare le reazioni dei genitori.

Horn però riconobbe immediatamente la fine della mattina scolastica e galoppò tra i ragazzini, pronto come sempre a correre e giocare con loro dopo la fine delle lezioni. Fu allora che qualche risata iniziò a farsi strada tra i bambini e, in pochi minuti, la spensieratezza dell'età fu ripristinata in un allegro e rassicurante momento di gioco.

Ann e Waquini si incamminarono lentamente verso il tepee di lui, mentre gli abitanti della riserva, ancora interdetti dalla novità ed indecisi sul comportamento da tenere, evitavano di conversare apertamente con la maestra, chiudendosi nel consueto riserbo della diffidenza che veniva rinnovata ad ogni cambiamento.

- Non è andata troppo male no? Dopotutto Miss Hamilton ha affascinato i ragazzi - commentò Ann.

- Sì, la maestra inglese sa parlare bene, Emonah. Ma avere belle parole non significa avere un bel cuore. -

- Andiamo, Waquini... dovreste darle una possibilità. Dopotutto non conoscevi neppure il mio cuore all'inizio. -

- E' diverso. Tu sei diversa - a questo punto il giovane uomo smise di camminare e si fermò davanti ad Ann guardandola fissa negli occhi. - A volte puoi cercare di forzare le stagioni del cambiamento, questo è vero, ma il tuo cuore è sempre riflesso nei tuoi occhi, come la luna nel lago. Ed è un cuore franco, un cuore puro. -

Ann sorrise ed abbassò lo sguardo, ma Waquini le sfiorò il mento per indurla a risollevare la fronte allacciando nuovamente il suo. - E' un cuore triste, Emonah. Cosa ti sta succedendo? -

La ragazza fissò stupita gli occhi concentrati del suo amico, che non era solito esprimere domande tanto dirette e personali. Dopo qualche istante, balbettò: - Non succede nulla, sono solo un po' stanca... molte cose stanno cambiando... a volte ho un po' paura di essere io a farmi sorprendere impreparata dalla stagione del cambiamento -

Waquini vide gli occhi di lei inumidirsi e si rese conto che la risposta di Ann increspava appena la superficie di quei laghi profondi in cui affondava un peso inespresso. Tuttavia non chiese nulla, prese entrambe le mani della ragazza con le sue, ruvide sui palmi tiepidi come fossero legno al sole. Lei le strinse ed avanzò impercettibilmente di un passo soltanto.

Miss Hamilton non aveva seguito Waquini ed Ann, ma si era incamminata verso l'uscita per raggiungere il calesse che l'avrebbe riportata in città. Tuttavia Mohe si rese conto che Rosemary si era fermata molto prima del vialetto che conduceva fuori dalla riserva: era immobile, appoggiata al tronco di una grande quercia, mentre fissava un punto indistinto sul versante della Bighorn Mountain. Non appariva smarrita, ma piuttosto lontana, presente ma impercettibile come la musica soffusa del flauto.

Mohe le si avvicinò piano e rimase a guardarla per diversi istanti, mentre il vento sottraeva alle forcine qualche ciocca di capelli che, volandole davanti al viso, cancellavano almeno in parte il suo aspetto rarefatto per lasciar spazio ad una grazia meno altera e più vulnerabile.

Ormai Mohe le era vicino da qualche minuto quando Rosemary si accorse della sua presenza, allora distolse di colpo lo sguardo dalla montagna e sistemò istintivamente i capelli con un gesto rapido della mano.

- Mi perdoni, Miss Hamilton, non volevo disturbarla -

- Non mi ha disturbato, Mohe. Stavo solo... - per la prima volta la voce di Rosemary sembrava esitare davvero - Stavo godendo dei vostri meravigliosi paesaggi - concluse poi con rinnovata diplomazia.

Ma Mohe aveva ormai colto quella nota di vulnerabilità nella voce di lei e si scoprì determinato a non lasciarla andare.

- Non sono solo paesaggi, Miss Hamilton... è la nostra casa. Sono echi di canti lontani, occhi di cervi tra gli alberi, nidi di aquile che controllano il cammino degli uomini, dei bisonti, del sole e delle stelle. -

Rosemary rimase in silenzio per qualche istante e poi mormorò: - Riesce a vedere quella macchia di vegetazione sotto le rocce, esattamente all'incrocio tra i due massicci? - con la mano indicava un punto preciso che risultava però quasi impossibile da distinguere per un altro osservatore. - Ha la forma della mia Inghilterra. -

- Le manca molto, vero? - chiese Mohe guardando il viso di lei anziché la montagna.

- Sì, mi manca molto. -

- La mia Gente dice che la Terra è una soltanto. Dice che tutti apparteniamo alla stessa Madre, tutti respiriamo lo stesso Cielo, ed il Grande Spirito vive nella nostra montagna come nella sua Inghilterra, in questa quercia come in noi stessi. - Rosemary sembrò focalizzare lo sguardo sul profilo che la montagna ritagliava nel cielo e piano aggiunse:

- *L'Uno rimane, i molti mutano e passano;*
luce del Cielo in eterno splende, fuggono l'ombre della Terra;
la Vita, come una volta il multicolorato vetro,
macchia il bianco radioso dell'Eternità. [1]-

Mohe fissò Rosemary con occhi grandi di stupore e lei piano aggiunse: - Vorrei poter dire che sono parole mie, ma si tratta dei versi di un grande poeta inglese di nome Shelley. -

- Il Grande Spirito deve quindi vivere anche nella Poesia - aggiunse Mohe sorridendo.

Ann si era a sua volta avviata verso l'uscita, quando Mohe aveva ormai quasi raggiunto la stazione dell'esercito per accompagnare Rosemary al calesse. Fu decisamente stupita nel vedere che Miss Hamilton camminava piano al braccio del ragazzo e non fu sicura se fosse maggiore il sollievo nel cogliere la nuova armonia tra i due o il senso di colpevole gelosia per essere stata soppiantata ancora prima del tempo.

Non vi fu modo tuttavia di indugiare nelle emozioni, poiché, non appena Rosemary si avvicinò al calesse, un uomo a cavallo si fece avanti con decisione e le si parò di fronte con un'arroganza che non parve sorprendere la ragazza. Sia Mohe che Ann, poco lontana da loro, riconobbero immediatamente Lord Hamilton che si rivolse direttamente alla figlia: - Rosemary! Cosa ti dice il cervello? Addentrarti tra i selvaggi da

---

[1] Percy Bysshe Shelley, *Adone*, vv. 73-78

sola, senza portare con te Taylor, che avevo mandato con lo scopo preciso di seguirti e proteggerti! -

L'uomo era infuriato ed il cavallo sotto di lui scalpitava come se fosse espressione corporea della sua rabbia.

Rosemary lasciò immediatamente il braccio di Mohe e scostò il proprio, come se improvvisamente sentisse ustionare la manica al solo contatto. Il viso si contrasse in un'espressione gelida e sostenuta.

Taylor, il dipendente di Hamilton che aveva insistito per accompagnare la ragazza nella riserva, le porse la mano per aiutarla a salire sul calesse, accompagnando il gesto con un rispettoso: - Mylady -. Lo sguardo di lei, tagliente per il risentimento dovuto al fatto che il padre fosse stato avvertito immediatamente della sua piccola disobbedienza, percorse l'uomo come una freccia avvelenata.

In pochi istanti padre e figlia partirono alla volta di Sheridan senza degnare né Ann né Mohe di una parola o di un cenno di saluto.

Loro due si ritrovarono soli, uno di fianco all'altro, mentre il rumore degli zoccoli si allontanava. Ann lasciò allora una carezza materna sulla guancia di lui e mormorò: - Andiamo a casa. -

8.

La giumenta camminava lenta alle spalle di Mohe che cercava di non forzarne l'incedere ma ogni tanto tendeva la corda che teneva in mano, a cui era annodata la capezza della cavalla al capo opposto, per stimolarla a terminare la passeggiata che l'aveva condotta dal pascolo alla scuderia. Avrebbe trascorso i giorni successivi, ormai estremamente prossimi al parto, ricoverata al coperto dove Mohe potesse controllarla frequentemente ed eventualmente assisterla in caso di necessità. Spesse volte le cavalle restavano al pascolo anche nei giorni della nascita del piccolo, ma la giumenta in questione era una primipara, quindi le incognite relative alla sua esperienza di fattrice erano ancora tante e Mr McKinsey era molto ansioso che tutto andasse nel migliore dei modi: aveva speso parecchio denaro per acquistare una giovane cavalla con una linea di sangue ed una morfologia così buone e per farla coprire da uno stallone alla sua altezza. Si trattava di un investimento che avrebbe visto realizzato solo nella vendita di una prole sana e rigogliosa.

- Avanti, bella... non sarà male qualche giorno in albergo... pasti in camera, servizi igienici all'interno... fossi in te ne approfitterei .. - scherzava Mohe con voce sommessa per tranquillizzare la cavalla ed indurla ad entrare in scuderia, malgrado lo sguardo di lei apparisse perplesso e circospetto.

Improvvisamente le orecchie della giumenta si tesero, e lo sguardo, attento ed allarmato, si fissò verso un punto indistinto come se attendesse che all'orizzonte si palesassero i cavalieri dell'apocalisse.

Mohe le accarezzò il collo per tranquillizzarla, ma guardò lui stesso nella medesima direzione per cercare di comprendere la ragione dell'improvviso allarme.

Pochi istanti dopo potè scorgere quattro uomini a cavallo che entravano nel ranch al galoppo, rumorosi e vagamente scomposti come se stessero fuggendo da un fulmine.

Man mano che si avvicinavano, al ragazzo non fu difficile riconoscere quattro lavoranti del padre che, talvolta, venivano impiegati anche in alcune attività del suo ranch: Mohe non si sarebbe potuto permettere di assumere degli aiutanti per intanto, quindi saltuariamente gli capitava di chiedere la collaborazione di mandriani o braccianti che avevano bisogno di arrotondare il salario.

I quattro uomini che avanzavano rapidamente, sfocati nell'aria umida autunnale, non erano certo apprendisti alle prime armi che si potessero agitare senza una ragione più che valida.

Ricoverata in fretta la cavalla, il ragazzo uscì per ricevere i visitatori, ormai arrivati in prossimità della scuderia.

- Mohe, abbiamo dei guai - iniziò uno di loro. Erano abituati a rivolgersi al ragazzo utilizzando il suo nome di battesimo: Mr Burton sarebbe sempre stato il padre per loro. Tuttavia il fatto di aver visto il ragazzo crescere non li aveva mai indotti a mancargli di rispetto, nonostante qualche volta scappasse loro uno sguardo di sufficienza quando si sentivano impartire ordini scontati o quando non concordavano sulla modalità con cui andava affrontato un lavoro.

- Che succede Kyle? -

- Gli uomini di quell'Hamilton hanno bloccato l'accesso al fiume dai pascoli ad ovest. Sta recintando la terra tagliando la via del bestiame! - riferì l'uomo, quasi gridando, mentre gli altri tre annuivano e si lasciavano sfuggire qualche imprecazione.

- Come dici? - il giovane cheyenne sgranò gli occhi - Non lo possono fare! Chiuderebbero l'accesso all'acqua non solo a me, ma anche al ranch di mio padre ed a tutti gli allevatori da qui a Sheridan! -

- Non sento ragioni, Mohe - continuò un altro dei lavoranti - Dicono che se abbiamo delle lamentele dobbiamo rivolgerci al capo -

La mascella del ragazzo era serrata per la rabbia: - E dove si può trovare Hamilton? -

- Per quel che ne so io, lui e la figlia dormono alla locanda in attesa che la loro casa sia costruita -

- Avvertite mio padre: se desidera raggiungermi mi troverà in città. Se queste sono le condizioni che Hamilton impone, la sua bella casa può anche andare a costruirsela da un'altra parte. -

Mohe si allontanò con passo fermo per andare a sellare Charlie e partire alla volta di Sheridan, mentre gli uomini concordarono che solo uno andasse ad avvertire Cameron, mentre gli altri avrebbero accompagnato il ragazzo in città. Non si sarebbe trattato certamente di un sermone domenicale.

La locanda era deserta in tarda mattinata: sarebbero passate ancora un paio di ore prima che si popolasse per il pranzo.

Quando Mohe entrò, seguito da Kyle, Ramirez e Terry, non fu difficile individuare immediatamente l'interlocutore che stavano cercando.

Hamilton sedeva ad un tavolo, con il sigaro fumante tra le dita ed un bicchiere in mano. Apparentemente stava giocando a carte con gli uomini seduti al suo tavolo, ma bastava restare ad ascoltarli per un secondo per capire che la partita non era in realtà che una scusa per parlare di politica e del futuro della regione, per vendere, da bravo imbonitore, belle parole e false opportunità per accaparrarsi il consenso dei concittadini danarosi.

Mohe non indugiò a sufficienza per poter afferrare i dettagli della conversazione, ma si avvicinò al tavolo velocemente e, senza troppe cerimonie, interruppe il piccolo comizio.

- Avanti Hamilton, racconta ai proprietari terrieri di questa città come stai bloccando la via del bestiame. Spiega come stai recintando quelle che tu chiami le "tue" terre, impedendo l'accesso all'acqua a tutti i mandriani a ovest della città. Forza Hamilton… è questo che devi spiegare. -

L'inglese bevve un sorso di liquido color miele dal bicchiere che teneva in mano e con un mezzo sorriso guardò Mohe, provocando un'onda bollente di rabbia crescere nel ragazzo che continuò: - Recintare il terreno intorno al fiume significa condannare a morte gli allevatori di Sheridan e lei questo lo sa perfettamente non è vero? -

- Giovane Burton - iniziò Hamilton lentamente, soffiando il fumo del sigaro dalla bocca e spiando obliquamente le espressioni degli uomini seduti al suo tavolo - Sono venuto a Sheridan per coltivare, ho comprato il terreno che mi è stato venduto ed ho fatto in modo che seguisse un corso d'acqua importante come il Tongue River perché l'agricoltura che porterò in questa regione non ha nulla a che fare con gli orticelli zappati dai contadinotti di queste parti. Esistono altri corsi d'acqua, sono sicuro che le vostre vacche potranno bere altrove… altrimenti le porti pure qui alla locanda ed offrirò anche a loro un buon whiskey! - concluse l'uomo, con una risata forzata a cui si unirono squittendo alcuni dei presenti.

- Sa perfettamente che l'unico corso d'acqua alternativo è il Prairie Dog Creek, ad est di Sheridan. E sono sicuro che saprà anche che quella zona, da anni ormai, è destinata proprio agli agricoltori, mentre i mandriani si erano radunati a ovest della città, vicino ai pascoli di montagna, dove il Tongue River costituisce l'unica fonte importante per abbeverare le bestie.

L'acqua è molta e basterebbe anche per lei, ma non può chiuderci l'accesso, altrimenti il bestiame resterà imprigionato poiché a sud passa la ferrovia ed a nord il percorso sarebbe troppo lungo ed accidentato per aggirare le sue terre. -

- Terre fertili, aggiungerei. Proprio per questo saranno perfette per le mie coltivazioni. Dopo anni di solo allevamento, il terreno sarà perfetto per dare il massimo e di sicuro il fiume mi offrirà acqua abbondante, a differenza di quel rigagnolo del Prairie Dog Creek a cui tutti gli agricoltori attingono come ad una vena secca. La ferrovia, poi, mi consentirà di trasportare facilmente il raccolto. Una posizione strategica direi per far fruttare il mio denaro. Scacco matto, se posso permettermi, giovane Burton. - Hamilton trasse un'altra boccata dal suo sigaro e Mohe sentì il sangue girare così in fretta nel suo corpo tonico da irrigidire i muscoli e piantarlo a terra come un Totem cheyenne.

- Questa non è una partita a scacchi, maledetto inglese! La vita di molte persone dipende dalla tua decisione! -

- La mia decisione è legale e perfettamente legittima, indiano insolente. Ed io sono fin troppo paziente a giustificarla con un incolto mezzosangue. La gente come te avrebbe continuato a ballare scalza su questa terra, mentre la gente come me la renderà grande. -

A questo punto Mohe sentì il corpo agire per sua volontà, le braccia allungarsi verso Hamilton e le gambe fremere nel desiderio di balzargli a fianco. Tuttavia, quando ormai avrebbe dovuto essergli addosso, si rese conto invece di essere rimasto immobile dov'era. Due braccia solide lo tenevano stretto, impedendogli di muoversi e di divincolarsi.

- Papà!-

Cameron era arrivato alla locanda in tempo per intervenire, ma Mohe si sentì frustrato dal fatto di essere tenuto fermo come fosse ancora un ragazzino.

- Lascia stare figliolo, faresti soltanto il suo interesse. Lord Hamilton a quanto pare conosce molto bene il suo gioco non è vero? Ma dovrà guadagnarsi ogni quadrato di questa scacchiera… palmo a palmo.-

- E' una minaccia Burton? -

- E' la nostra vita Hamilton -

Mentre i due uomini si lanciavano uno sguardo di sfida ormai impossibile da ritirare, Mohe si liberò dalla presa del padre ed alzò gli occhi per un momento.

Alla balaustra del piano superiore, dove si trovavano le stanze degli ospiti della locanda, era affacciata Rosemary. Mohe per un attimo si chiese se fosse reale, poiché era talmente immobile e perfetta da apparire come un dipinto: sembrava osservare la scena da un mondo lontano, tenendo in mano il libro che probabilmente stava leggendo nella sua camera e contemplando lo scontro con il contegno di chi non lascia trasparire alcuna emozione, paradossalmente compresa l'indifferenza. Lei era semplicemente qualcosa di diverso da loro, pensò Mohe, senza essere in grado di comprendere se questa fosse o meno una qualità positiva.

La luna era piena quella notte ed illuminava la trama spessa dell'aria nebbiosa di novembre. Non proiettava ombre al suolo ma accendeva il fumo compatto in cui galoppavano sette uomini attraverso i pascoli, verso il Tongue River. La montagna parlava ai suoi figli, usando la voce del vento come monito, o forse come incoraggiamento.

Arrivati al termine dei pascoli ad ovest, Mohe, Cameron, James ed i quattro lavoranti che avevano parlato con il ragazzo al mattino scesero di sella, legarono i cavalli e sfilarono dalle selle alcuni attrezzi.

Bastò meno di un'ora per distruggere completamente gli steccati costruiti dagli uomini di Hamilton. Ogni colpo era un battito del cuore di quella terra che aveva risuonato sotto gli zoccoli dei bisonti un tempo e delle mandrie oggi. Nessun altro rumore attraversava i pascoli, solo i fendenti secchi che si spegnevano nell'ovatta della nebbia.

Gli uomini non parlavano. Non erano orgogliosi di quello che stavano facendo ma non se ne vergognavano.

Erano consapevoli che per quanti steccati avrebbero potuto abbattere, altrettanti ne sarebbero stati costruiti e, a poco a poco, il progresso li avrebbe investiti, come il vento che frusta il viso anche se si cerca di fermarlo con il palmo delle mani.

Ma non quella notte.

Quella notte la via del bestiame sarebbe stata aperta verso le rive del fiume. Verso l'acqua che non conosce steccati e confini, e scorre sulla pietra come sull'oro.

9.

- E pensi che questo possa risolvere le cose? - gridò Ann rossa in viso per la concitazione, mentre avvicinava una sedia al tavolo con un gesto stizzoso.

- Nessuno di noi spera che sia bastato abbattere lo steccato per averla vinta su Hamilton, ma non possiamo starcene con le mani in mano. Era necessario un gesto forte. -

- Un gesto forte, James? Questo è soltanto un dispetto, miope ed immaturo come le ribellioni dei miei alunni. Non vi rendete conto di aver soltanto tirato la coda al gatto? -

- Tesoro, non ti agitare così, non fa bene al bambino... - rispose sommessamente James cercando di passarle un braccio sulle spalle, ma con un gesto Ann si divincolò e borbottò: - Non credere che Asha la prenderà molto meglio di me quando lo saprà. -

Il silenzio di James durò solo pochi attimi ma furono sufficienti per Ann, che alzò lo sguardo e lo stagliò dritto negli occhi di lui.

- Asha lo sapeva, vero? - sibilò.

James di nuovo non rispose ma cercò di allungare una mano verso la guancia di lei per sfiorarla con dolcezza, tuttavia non ci riuscì perché la ragazza gli allontanò il braccio senza mai distogliere lo sguardo.

- Io invece non sono degna di discutere le decisioni con te? - chiese, con la voce leggermente spezzata dalla rabbia e dalle lacrime che avrebbero voluto emergere.

- Cosa dici, Ann? Semplicemente ho pensato di non volerti turbare visto che con la gravidanza e tutto, sei già abbastanza stanca e preoccupata. Ho creduto di lasciarti addormentare serena... -

- Mentre tu sgusciavi fuori casa di notte per un'incursione. Di nascosto. Non sarò mai abbastanza adulta per te, vero?

Neppure con tuo figlio in grembo. - Non c'era rabbia in queste parole, ma un senso di profonda desolazione.

- Non dire sciocchezze, amore. Tu sei la mia donna, la mia meravigliosa moglie. Il fatto che io cerchi di difenderti non significa che ai miei occhi tu non sia in grado di affrontare le scelte anche più difficili - rispose James serio.

- Qui non si tratta soltanto di ieri. Qui si tratta di noi. Cameron ed Asha decidono insieme, hanno lo stesso peso in qualsiasi scelta, sono... loro sono... - balbettò Ann senza saper concludere la frase.

- Cosa sono? Cosa sono che non siamo anche noi? -

- Una coppia formata da un uomo e una donna - concluse la ragazza con tono grave. Il marito la guardava confuso, veramente colpito e preoccupato dalle parole di lei. Allora Ann continuò: - A volte ho la sensazione che tu mi veda invece come un'eterna ragazzina, forse per la nostra differenza d'età o forse perché tu hai visto tanta parte di questo mondo prima ancora che io uscissi da casa dei miei. Amo potermi appoggiare a te, guardare in alto verso i tuoi occhi e trovare sicurezza e risposte, ma io sono una donna, James. Sarò madre tra poco... come potrò esserlo se resto più figlia che moglie? -

Le parole di Ann erano più crudeli di quanto lei stessa avrebbe voluto o inteso, ma per molto tempo aveva avvertito questo disagio ed il nervosismo della discussione aveva fatto il resto.

- Ann, tu sei la mia compagna. Io ti ammiro per la tua forza e la tua intelligenza, per la sensibilità ed il coraggio. Non ho mai voluto che tu ti sentissi così... non l'ho mai voluto, vita mia. -

Il viso di James era davvero ferito ed Ann si sentì colpevole. Si avvicinò e lo abbracciò con tenerezza, mentre riceveva a sua volta il riparo familiare delle braccia forti di lui.

Dopo pochi istanti si sentì il carro scricchiolante dei Burton fermarsi davanti a casa. Asha era passata, come d'accordo, a prendere Ann per portarla alla riserva per la lezione settimanale.

Lei si avviò in silenzio verso l'uscita, lasciando vuoto l'abbraccio di James e chiudendosi alla spalle la porta per salire lentamente sul carro di fianco all'amica.

- Buongiorno! -

- Ciao Asha. -

Gli occhi ancora arrossati di Ann, la sua espressione contratta e triste, il tono sommesso del saluto non sfuggirono naturalmente ad Asha che preferì avviare il cavallo e lasciare alla sua compagna qualche minuto per ricomporsi e scegliere se parlare o meno di qualsiasi cosa fosse accaduta.

Caratteristica della cultura nativo-americana era la pazienza, la capacità di aspettare, il rispetto per il tempo delle altre persone, della natura, della vita.

Dopo quasi un quarto d'ora, infatti, fu Ann a rompere il silenzio: - Allora eri d'accordo con quanto hanno fatto i nostri mariti e tuo figlio ieri. - Suonava più come un'affermazione che come una domanda. Un rimprovero forse, ma talmente sommesso da perdere i suoi tratti di biasimo.

- No, non ero d'accordo in realtà. Ma Cameron e Mohe erano frustrati e furenti. Ho pensato che tutto sommato fosse meno pericoloso un gesto come questo piuttosto che un'esplosione di rabbia accumulata. -

- Sai che peggiorerà le cose vero? - incalzò Ann.

- Forse, ma le nostre famiglie hanno una dignità, un onore, una terra da difendere! - soggiunse Asha con un tono nobile.

- Certo, e tutto questo dove ha portato la tua Gente? - scattò Ann in risposta, prima di rendersi conto dello sguardo colpito dell'amica. Immediatamente contrita aggiunse: - Perdonami Asha, non intendevo quello che ho detto. È che... il problema non è solo quello che è successo ieri.-

Asha la guardò senza risentimento, ma con la sincera preoccupazione per l'amica che certamente non era facile a frasi prive di sensibilità come quella appena pronunciata.

- Qual è il problema allora, sorella mia? Non sei tu stamattina. -

- Io e James, Asha. O forse, solo io. Spiegami come si fa ad essere abbastanza donna.-

- Come dici? Essere donna? Di cosa stai parlando Ann? -

- Quando James mi ha portato via di qui, via da questa città che mi aveva umiliato e ferito, io l'ho amato ancora di più. Proteggeva me e contemporaneamente anche i miei ideali, che mi avevano provocato tanti guai. Ma io non posso passare la vita ad essere protetta… -

- Il compito di un uomo è anche quello di proteggere la sua donna… non credo davvero sia questo ad infastidirti. - rispose Asha lentamente.

- No, infatti. Amo sentirmi al sicuro ma mi sento sempre un uccellino tra le sue mani. Un passerotto che lui stringe con immensa tenerezza. Ma io sono più di questo.. o no? Asha, tu mi conosci meglio di chiunque altro. Dimmi. Lo sono? - Ann era confusa ma al tempo stesso le sue parole arrivarono come una pietra sul cuore di Asha, che guardava l'amica seduta al suo fianco con lo sguardo di un cucciolo che non le era mai appartenuto, neppure tanti anni prima, quando era sola in una città sconosciuta, maestra in erba ma già entusiasta sostenitrice delle proprie battaglie.

- Emonah - in questo momento il nome indiano conferiva alle parole di Asha una maggiore solennità ed, al tempo stesso, evidenziava quell'identità che Ann aveva costruito da sola grazie al suo coraggio - Noi tutti siamo aquile e passerotti allo stesso tempo. Ma la tua anima, come giustamente ha sempre detto mio fratello, appartiene all'est[2], dove si trova l'aquila della lungimiranza. Non scordarlo mai. -

Ann sorrise di gratitudine e malinconia ma non ingannò Asha che avrebbe voluto davvero fare in modo che l'amica si potesse vedere attraverso occhi con cui la guardava lei.

Fu un viaggio carico di silenzio quello che le condusse a Cheyenne Falls, dove ad Ann spettava l'arduo compito di indossare una maschera e proporsi davanti alla classe con il sorriso di sempre. Malgrado lo sforzo e l'arte consumata della dissimulazione davanti ai ragazzi, la maestra era spenta e la lezione scorse pesante e lenta, grigia come il cielo. Tutti pensarono che la fatica delle ultime settimane di gravidanza iniziasse a gravare sullo spirito della futura mamma e qualche donna dell'accampamento le lasciò perfino in mano alcune erbe ricostituenti. Ann accettò con un sorriso sincero ma mesto e piano si avviò verso l'uscita, cercando Asha con lo sguardo. Improvvisamente sentì una mano forte afferrare la sua e percepì Waquini alle sue spalle.

- Vieni Emonah -

- Dove? Dove stiamo andando? Sono stanca, perdonami... vorrei tornare a casa presto. -

- Solo pochi passi, fidati di me. Ci fermeremo a sedere ogni volta che lo desideri... e se sarai troppo stanca ti riporterò indietro in braccio. -

Ann seguì Waquini riluttante, senza un reale desiderio di farlo, ma senza neppure la voglia di contrastarlo.

---

[2] I quattro punti cardinali sono considerati i riferimenti della Ruota di Medicina nativo-americana, ovvero il simbolo sacro che indica equilibrio, unione, continuità tra gli individui, tra uomo e natura e tra i vari aspetti della vita di ogni persona. Il Cerchio, che per antonomasia rappresenta tale unità, viene suddiviso in quattro quarti da due diametri perpendicolari che incrociano la circonferenza a Nord, luogo del Bisonte bianco della saggezza, a Sud, luogo del Topo o del Coyote rosso o verde della fiducia, ad Ovest, luogo dell'Orso nero dell'introspezione e ad Est, luogo dell'Aquila gialla della lungimiranza.

Mentre passeggiavano piano e si lasciavano alle spalle l'accampamento per inoltrarsi nel bosco adiacente, Ann chiese
- Hai parlato di qualcosa con Asha per caso? -
- Quasi non ho visto mia sorella stamattina. Ha detto di desiderare un po' di tempo per pregare da sola sulla montagna. -
Ann gli credette e, con un sospiro di sollievo, continuò a passeggiare, sentendosi stranamente sempre meno stanca e appesantita.
In pochi minuti arrivarono nella radura in cui Waquini aveva impartito la sua prima lezione circa la cultura cheyenne ad Ann che stava iniziando la stesura del suo libro. Come allora, sull'erba erano stati disposti grossi ciottoli in una larga circonferenza che rispecchiava il cerchio di cielo incorniciato dalla vegetazione circostante. La ragazza non era stata in quel luogo da moltissimo tempo, ma ancora ricordava come Waquini le avesse spiegato il significato della Ruota di Medicina all'interno di quel simbolo tanti anni prima.
Il giovane cheyenne entrò nel cerchio e prese entrambe le mani di Ann, inducendola a seguirlo.
- Emonah, io non conosco le ragioni dell'oscurità nei tuoi occhi, ma conosco la luce che si nasconde dietro di essa. -
La ragazza abbassò lo sguardo e vide che al centro del cerchio sembrava essere stato predisposto il necessario per un piccolo fuoco.
Waquini si spostò di qualche passo e raccolse da terra una spessa coperta che evidentemente era stata portata lì in precedenza. La appoggiò al suolo ed invitò Ann a sedersi. Accucciarsi non era certamente la più semplice delle manovre per la ragazza che si fece aiutare dall'amico per calarsi sul terreno e riposare un po', dopo aver piegato parte della stoffa

sotto il fianco in modo da potersi appoggiare con un gomito a terra sentendo il sostegno della piccola imbottitura sotto di sé.

Waquini si sedette sull'erba di fianco a lei ed accese il fuoco davanti ai loro occhi. La legna era umida ed il fumo si alzò fitto ed abbondante in relazione al microscopico focolare.

Ann non capiva esattamente cosa stesse succedendo, ma aveva imparato ad attendere le risposte senza necessariamente esprimere le domande quando era con i suoi amici cheyenne.

Ad un certo punto Waquini estrasse qualche foglia dalla Borsa di Medicina che portava al collo e la gettò sul fuoco, passando la mano in mezzo al fumo per spargerlo simbolicamente in direzione di Ann e di se stesso. Poi piano aggiunse - Il fumo è il respiro della preghiera che si alza verso il cielo. Ora possiamo iniziare -

- Iniziare a fare cosa? - chiese la ragazza interdetta.

- Tu hai perso te stessa Emonah. Io non ne conosco la ragione, ma so che quando capitò a me di smarrire il sentiero, tu mi aiutasti a ritrovarlo. Tu mi obbligasti a farlo attraverso ciò che conoscevi: la cultura, la scrittura, l'insegnamento. Ora sarò io a cercare di aiutarti attraverso quello che conosco. Ti fidi di me? -

- Mi fido di te - rispose lei sommessamente.

- I nostri fratelli Lakota ci raccontano che molto tempo addietro una donna comparve in tempo di carestia… portava una pelle di bufalo sulle spalle ed una pipa in mano. Spiegò come pregare Wakan Tanka, il Grande Spirito, come fare offerte e come usare il fumo per soffiare verso di lui le nostre preghiere. Prima di andarsene, si trasformò in bisonte. Nel Bisonte Bianco. -

A questo punto Ann guardò stupita Waquini, che continuò: - E' così, Emonah. Il Bisonte Bianco, sacra Creatura totemica che rappresenta la saggezza nel punto più a nord della Ruota di Medicina, è uno spirito femminile. Forte, sapiente, raro e prezioso come il manto bianco sul corpo di un bisonte. Ora chiudi gli occhi e respira l'aria che sale al cielo. -

La ragazza lasciò scendere le palpebre e sentì su di esse il calore crepitante del piccolo fuoco scontrarsi con l'umidità uggiosa della mattina depositata sulla pelle. Improvvisamente riuscì a percepire molti odori: quello del legno bagnato che bruciava, dell'erba intrisa di nebbia, della resina e della coperta un po' polverosa. Percepì l'odore di se stessa, familiare, morbido, talora scontato.

Come proveniente da un'altra dimensione improvvisamente sentì una musica attraversarle la mente, il corpo, il respiro. Il flauto che Waquini aveva portato nella sacca di pelle, ora soffiava morbido come l'eco della montagna cantato con un fil di fiato da un uccello di fumo.

Ann sentì la nenia scendere nella profondità delle sue ossa ed ammorbidirle, scaldare il suo ventre ed abbracciarle le spalle. Respirò a fondo fino quasi a sentire un velo di sonno calare nella rilassatezza del momento. A quel punto una voce si sostituì alle note del flauto. Era quella di Waquini, quasi irriconoscibile. Veniva modulata sulle stesse note che erano appartenute allo strumento poco prima, ma ora l'uccello di fumo era lui stesso, il suo fiato vibrante mentre la bocca si muoveva appena.

- Canta con me, Emonah. -

- Non sono capace. -

- Sì invece. -

- Ma io... -

- Hai detto che ti fidi di me - a questo punto lo sguardo di Waquini, fino ad ora perso in un luogo lontano attraverso le palpebre semichiuse, si fissò negli occhi di Ann.

Allora la nenia ricominciò e la ragazza piano iniziò a seguirla, a rincorrerla, con timidezza. I suoni apparivano soffocati nella sua gola, stretti come in un gomitolo, ma a poco a poco le note si distesero, si rilassarono, e non scivolarono più in superficie ma vibrarono in gola, poi nel petto, e dopo ancora qualche istante nell'anima. Non esisteva più vergogna o paura di sbagliare, esistevano solo vibrazioni profonde che uscivano e si liberavano nell'aria. In alcuni momenti parevano agganciarsi al canto di Waquini tanto da potenziare il loro fremito ancestrale, forse sgraziato, ma viscerale. Non era un canto impostato, non esistevano buone maniere, era il pianto di un bimbo, il grido di una femmina, il respiro di un essere umano.

Ann si rese conto di come le lacrime stessero sgorgando dai suoi occhi solo quando sentì la brezza raffreddarsi sulle guance fradice, ma non smise di cantare, anzi, lo fece ancora più forte, ancora più libera, ancora più viva.

Waquini taceva ormai da parecchi minuti e guardava l'amica, senza il coraggio di sfiorarla per non spezzare il momento.

- Vola, Emonah. Vola. -

10.

La giumenta si muoveva nervosa nel recinto e Mohe la osservava con il mento appoggiato sopra gli avambracci che si incrociavano sull'asse dello steccato.

Asha era passata a trovarlo la mattina, prima di partire con il carro per andare a prendere Ann ed accompagnarla alla riserva: aveva finto di voler portare al figlio il bucato pulito, ma la realtà dei fatti era che sentiva il bisogno di vedere negli occhi il ragazzo dopo gli avvenimenti della sera prima. In effetti Mohe non aveva mai valicato, fino ad ora, il confine invisibile ma bollente che separa il lecito da ciò che è sbagliato.

Per questo Asha aveva scelto di parlare con lui prima che le sensazioni depositassero e sedimentassero in orgogli sbagliati.

Le sue parole risuonavano ancora nella testa del figlio, mentre stava appoggiato al recinto a guardare la giumenta e sentire il vento spostargli i capelli neri e lucidi, scoprendo la nuca e lasciando scorrere un brivido attraverso le spalle.

- Mohe, ricorda che le circostanze, per quando gravi, non cambiano mai ciò che è sbagliato in qualcosa di giusto. Tu hai la fierezza di tuo zio e la passione di tuo padre, ma non dimenticare che la vera sfida di chi come te e me vive sulla soglia tra due culture, consiste nel valorizzare il meglio di entrambe. La nostra famiglia cheyenne dovrà sopravvivere alla violenza dell'uomo bianco e la famiglia che abbiamo costruito qui a Sheridan dovrà sopravvivere invece all'ingordigia del progresso. Questo non sarà possibile se perderemo chi siamo pur di continuare ad esistere. -

Improvvisamente Mohe, sebbene sentisse ancora il sangue ribollire per la conversazione con Hamilton e provasse ancora un senso di giusta rivalsa per l'azione compiuta nella notte, iniziò a dubitare che fosse stata la cosa migliore. Di colpo si rese conto di non sentire più il desiderio, per quanto ovviamente irrealizzabile, di sbandierare ai quattro eventi le gesta compiute nel buio.

- Concentrati sulla vita che nasce - gli aveva detto la madre, lasciandolo con un bacio sulla guancia ed indicando con un cenno la cavalla di McKinsey nel recinto. Anche Asha infatti, proprio come Mohe, aveva immediatamente capito che ormai il puledrino stava per nascere a momenti.

La cavalla camminava in cerchio in modo inquieto, sollevava la coda e si guardava i fianchi come è tipico delle fattrici prossime al parto. Già dal giorno prima il giovane ma non più inesperto allevatore aveva notato che la cavalla si stava predisponendo all'allattamento, e da allora faceva in modo di non perderla mai d'occhio troppo a lungo.

Mentre restava immobile tra i suoi pensieri ed i suoi sensi, Mohe sentì un rumore di zoccoli avvicinarsi.

Si trattava di una persona soltanto e, vista l'andatura ritmata e regolare, non c'erano gli estremi per pensare che si potesse trattare di un'emergenza. Al contrario, il suono sembrava relativamente morbido e leggero, come fosse elastico e rimbalzasse a terra in modo molto diverso dai tonfi che provocano le zampe dei cavalli da lavoro.

Quando si girò verso il viale, Mohe si rese conto che l'udito e l'istinto non lo avevano ingannato: aveva già visto quel cavallo montato da Lady Hamilton qualche tempo prima.

Rosemary continuava a sembrare uscita da un dipinto, proprio come alla locanda, sebbene ora fosse reale, perfino autorevole sopra la sua nervosa cavalcatura.

- Miss Hamilton - salutò Mohe asciutto, senza sapere che tono tenere di fronte all'inaspettata visita.

- Buongiorno Mohe, spero di non disturbarla. - Il tono di lei era tornato gelido, come appena conosciuti, ma non si sarebbe potuto dire scortese. - Sono venuta a parlarle dell'incidente di ieri sera, sulle terre di mio padre. -

Secca e precisa come un colpo d'ascia, Rosemary non indugiò nell'arrivare immediatamente al punto e Mohe si sentì gelare il sangue.

- Non so di quale incidente stia parlando, Signorina - rispose lui freddo, mentre il suo sguardo rivendicava con fierezza ciò che le parole non potevano pronunciare.

Rosemary allora scese di sella e senza indugio si avvicinò a Mohe senza abbassare gli occhi: - Andiamo, non mi prenda in giro. Vengo da un mondo che poggia su regole diverse da quelle di qui, ma non sono una sciocca. Sia io che mio padre sappiamo perfettamente chi ha distrutto i suoi steccati, colpendolo nell'orgoglio e, cosa che forse lui sopporta anche meno, nel portafogli. Ora infatti dovrà pagare per avere nuove forniture di materiale e altre ore di lavoro dei suoi uomini. -

- Miss Hamilton, non credo sia una questione che la riguardi. -

- Mi riguarda, invece. Io amo e ammiro mio padre, Mohe, ma questo non significa che approvi sempre i suoi metodi che, mi creda, possono essere molto severi a volte. -

- Certamente lo sono stati con lei, per renderla una dama così raffinata - replicò Mohe in un tono ironico che colpiva ciò che in qualche modo più lo affascinava e lo indispettiva di Rosemary.

- Lasci stare le frecciatine, non sono io il nemico. E mi creda, avrebbe bisogno di ben altre munizioni per colpire l'impero di mio padre. Deve abbandonare ogni iniziativa, Mohe. Dovete dimenticare questa resistenza da sciocchi che vi porterà solo a perdere la vita, insieme alla terra. -

- Non sono esattamente parole cordiali, Miss Hamilton, ma in qualche modo apprezzo la sua preoccupazione. Però mi chiedo quale sia la ragione di tanto interessamento. Se non è stata inviata da suo padre, e non lo credo davvero perché mandare la figlia a proferire minacce non è certo il suo stile, mi chiedo veramente per quale ragione sia qui oggi a fingere tanta preoccupazione.-

- No, non mi ha mandato mio padre. Ma se lei crede questo, oppure se allude al fatto che io stia fingendo, allora evidentemente ho veramente commesso un errore a venire fin qui. - soggiunse Rosemary palesemente indispettita, con voce cristallina come una scheggia di vetro affilato.

La ragazza si era già voltata per rimontare a cavallo, quando Mohe mosse qualche passo verso di lei e aggiunse: - Allora perché, Rosemary? -

- Perché mi dispiacerebbe se vi succedesse qualcosa. Siete brava gente. - rispose lei ancora rivolta verso il cavallo. Poi improvvisamente si girò verso il ragazzo e, con una concitazione che lasciava trasparire finalmente l'autenticità di un'emozione, aggiunse: - Perché tu sei migliore di questo, Mohe. Ti ho sentito parlare del respiro di questo Cielo, ti ho guardato mentre i tuoi occhi comprendevano il senso di versi che talvolta non vengono capiti dal profondo neppure da alcuni studenti universitari. Non sei un selvaggio che abbatte un palo sperando di interrompere l'uso del telegrafo. Non puoi pensare che abbattere uno steccato fermi il corso del progresso! - Rosemary pareva veramente accalorata e Mohe la guardava come si osserva un acquazzone estivo mentre notava con quale calore la ragazza non si rivolgesse più a lui con una forma di cortesia, bensì da pari a pari.

Nel frattempo la cavalla nel recinto si era coricata su un fianco e produceva un suono sommesso e leggero.

- Il progresso. - mormorò il ragazzo - Vuoi conoscere ciò che fa veramente progredire la vita? Vuoi Rosemary? Vuoi vedere cos'è la poesia? - Mohe in un gesto improvviso prese Miss

Hamilton per mano e, con suo immenso stupore, la portò con sé senza troppe cerimonie all'interno del recinto, richiudendolo alle loro spalle.

- Cosa vuoi fare, Mohe? -

- Nulla, voglio solo mostrarti qualcosa -

- La cavalla è malata? Si lamenta e giace a terra… Signore Onnipotente, c'è del… del… c'è del *liquido* - sussurrò Rosemary, scandendo quest'ultima parola con un'evidente senso di ribrezzo.

- Si sono rotte le acque. Non sta male, la cavalla sta benissimo - Rise Mohe - E ora ci penserà la Madre Terra. -

La giumenta si alzò da terra e dopo pochi passi si coricò nuovamente, ma in seguito ad alcune contrazioni si spostò di nuovo in una posizione più comoda, mentre qualcosa di affusolato, coperto da un velluto lattiginoso, iniziava a farsi strada verso la luce del sole.

- Ma quale Madre Terra! - gridò Rosemary alla vista del primo zoccoletto del puledrino - Tu devi aiutarla, Mohe. Devi aiutarla subito! Fai qualcosa… -

- Non è necessario fare nulla, tutto sta andando alla perfezione. - rispose Mohe con un sorriso, accucciato a terra a qualche metro dalla cavalla per controllare i dettagli - Ci sono momenti in cui l'uomo deve fare un passo indietro e deve lasciare che la Natura decida i tempi ed i modi. Se intervenissimo ora potremmo solo causare fastidio o danno alla cavalla. Lei sa cosa è giusto fare… e sa che se avesse bisogno, noi saremmo qui per aiutarla. -

- *Noi?* - domandò Rosemary con voce tremante, ricevendo solo un sorriso come risposta, mentre lo sguardo del giovane cheyenne restava fisso sulla cavalla.

Dopo qualche minuto e qualche tentativo da parte della giumenta di sollevarsi di nuovo, per poi tornare sdraiata nella medesima posizione, alcune contrazioni più impegnative portarono alla luce un'altra piccola zampetta sottile, leggermente arretrata rispetto alla prima, quasi come se i due minuscoli anteriori fossero aggraziatamente incrociati in un passo di danza classica. Immediatamente dopo fu la volta del naso, del musetto, dell'intera testa.

- Oh mio Dio… guarda… guarda! - ripeteva Rosemary, ormai inginocchiata nella paglia di fianco a Mohe, noncurante della gonna color perla che si confondeva con la lettiera. - Ma… è dentro quella guaina… soffocherà… bisogna aiutarlo! -

Mohe rimase di stucco quando vide la damina inglese avanzare carponi nella paglia con l'idea di liberare il puledrino. La fermò afferrandole un braccio e con tenerezza aggiunse - E' il sacco amniotico, non ti preoccupare, non serve fare nulla Rose. -

Allora la ragazza distolse l'attenzione dalla cavalla e si girò verso Mohe. *Rose*. Suo padre non aveva mai voluto che nessuno la chiamasse così, perché lo riteneva un diminutivo popolare e non aristocratico. Eppure aveva un suono così familiare in quella circostanza, schietto, semplice. Le piaceva. Avrebbe voluto sentirlo di nuovo.

Dopo qualche spinta decisa finalmente le spalle del puledrino furono adagiate sulla paglia ed allora in un attimo le zampe posteriori seguirono ed il cucciolo si trovò a terra, ancora in parte avvolto dal sacco amniotico finalmente lacerato, umido e tremante come una giovane corolla al venticello di primavera.

Mohe sfoderava un sorriso candido e Rose sentiva una strana sensazione nel petto, come se fosse stata testimone dello svelamento del segreto più mistico del creato.

La cavalla invece, dopo pochi istanti, si alzò da terra ed iniziò a leccare il suo piccolo, ad annusarlo, a liberarlo da ciò che non gli era più utile.

- Avevi ragione. Lei sa già tutto - sussurrò Rose con la voce vibrante di commozione.

I due restarono seduti nella paglia ancora per molti minuti, con la schiena appoggiata allo steccato, ormai rilassati di fronte alla tenerezza dello spettacolo.

- Mi dispiace per il tuo bell'abito - disse Mohe indicando la gonna ormai stazzonata e macchiata.

- Ah, è solo un vestito - rispose lei con naturalezza, come se veramente il suo status in quel momento fosse solamente un accessorio.

Dopo lunghi minuti in cui la cavalla si prese cura del suo piccolo, pulendolo con calma e sistematicità, massaggiandolo con il suo stesso muso, aspirandone l'odore e rassicurandolo con il proprio, finalmente al puledrino venne il desidero di imitare la madre e, con tremolante determinazione, puntò entrambi gli anteriori al suolo cercando di spingere con le zampette posteriori per sollevarsi. Al primo tentativo il cavallino, un bel maschietto sauro con il pelo ancora scuro e arruffato, non riuscì neppure ad alzarsi, mentre la seconda volta riuscì ad issarsi fino a metà dell'altezza, per poi ruzzolare su un fianco.

Mohe e Rose risero sonoramente e tornarono a fare il tifo per lui che alternava momenti di riposo a strenui tentativi di fare i conti con le sue zampe apparentemente troppo lunghe da gestire.

Solo dopo molti capitomboli e piccoli fallimenti, finalmente riuscì a puntare i quattro zoccoletti, bilanciandosi a fatica e basculando leggermente per non perdere l'equilibrio dall'alto dei suoi infiniti trampoli.

- Che meravigliosa metafora di vita - disse Rosemary tra sé e sé.

- Come dici? - chiese Mohe.

- Dicevo solo che avevi ragione. Questa è poesia. -

11.

- Il Grande Spirito ha deciso che questa luna benedicesse la Madre Terra con molte nascite, ma di tutte, questa è sicuramente la più preziosa - sorrise Asha sedendo a gambe incrociate ai piedi del letto dell'amica.

Erano passate meno di due settimane dal giorno in cui Ann aveva cantato con Waquini, dal giorno in cui la stessa Asha aveva pregato sulla montagna non solo per suo marito, per suo figlio, e per la risoluzione del conflitto che incombeva sulla loro terra, ma anche per la sua sorella d'adozione, per la nascita di un figlio sano e la serenità del suo essere donna.

Ora la guardava mentre stava sdraiata sotto le coperte, con le spalle sollevate da qualche cuscino appoggiato alla testiera del letto. Il viso era stanco ed un po' pallido, gli occhi leggermente segnati ma ammorbiditi dal senso di sollievo. Le labbra erano sottili ed inarcate in un sorriso che non mostrava ancora una felicità consapevole, ma più una tenerezza leggera. E tra le braccia, adagiato sulle coperte, veniva protetto dal mondo un fagottino da cui proveniva un suono simile ad un pigolio reso umano dal mistero della vita. Il bozzolo di coperte era così ingombrante rispetto alla creaturina di cui spuntava solo il viso, roseo e morbido come la prima luce dell'alba, e le manine strette in un minuscolo pugno che conteneva ancora il segreto istinto di iniziare a respirare.

Asha, silenziosa come le insegnava la tradizione del suo Popolo in circostanze tanto importanti, per molto tempo si limitò ad osservare, pregando forse, se con il termine preghiera non si intende nulla più di lasciare che il proprio spirito entri in contatto con quello delle persone care, di Maheo[3], della Ruota

---

[3] *Grande Spirito* in lingua cheyenne

di Medicina, della Vita e della Morte che scorrono l'una nell'altra lascando rigogliare nuovi germogli ad ogni battito della Madre Terra.

Ann alzò gli occhi dal suo piccolo miracolo e piano li rivolse verso Asha che, insieme al dottor Pierce, era rimasta accanto all'amica per tutta la notte. Era stato un preciso desiderio di Ann averla a fianco durante il momento del parto: Asha non solo aveva avuto modo di assistere a molte nascite quando viveva con la sua Gente cheyenne, ma soprattutto rappresentava un tocco di tranquillità e sicurezza femminile di cui Ann non si sentiva di poter fare a meno. Il travaglio era durato qualche ora ma si era concluso senza complicazioni e, non appena tutto fu sistemato, Asha scelse di andarsene per lasciare che James tenesse fra le sue braccia la giovane mamma, mentre a sua volta lei stringeva la piccola creatura. Quando il padre, commosso e orgoglioso, aveva sentito la microscopica manina allacciarsi intorno al suo dito indice, Asha con un sorriso aveva lasciato la stanza, pensando che in quell'immagine era racchiuso il Cerchio Sacro. L'amore li faceva stringere l'uno all'altro senza più distinzione tra sentimenti, anime, verità terrene.

Dopo qualche ora Asha fu di ritorno con un piccolo sacchetto tra le mani. Si sedette in fondo al letto senza forzare Ann a dire nulla. Ad un certo punto la neomamma a bassa voce rivelò: - Non mi pare ancora mi appartenga. Posso essere madre anche senza rendermene conto? -

L'amica rise piano - Emonah, perfino in un momento come questo cerchi di capire tutto prima del tempo?-

Le due risero insieme, con tenerezza, ed Ann si sentì improvvisamente più rilassata.

A quel punto Asha prese il sacchetto che aveva portato con sé, allentò la corda che lo chiudeva e ne estrasse un cerchio di legno di salice coperto di pelle scamosciata, all'interno del quale, partendo da sette punti diversi della circonferenza, si intrecciavano in una ragnatela sottili fibre di midollino. Al centro del cerchio si trovava una piccola pietra, simile ad una punta di freccia, mentre sotto di esso pendevano sette lunghe penne, agganciate e legate alla piccola ruota insieme a ciuffi di piume leggere.

Ann guardò Asha in silenzio mentre alzava l'oggetto al cielo, poi lo mostrava alla Terra, ed infine lo protendeva alla sua destra ed alla sua sinistra per offrirlo simbolicamente ai restanti punti della Ruota di Medicina.

Infine lo porse ad Ann con queste parole - Sorella mia, Waquini ed io abbiamo preparato questo dreamcatcher per proteggere la creatura che sarebbe nata dal tuo ventre. E' un oggetto benedetto che imprigionerà gli spiriti maligni e lascerà scorrere quelli benigni, per creare armonia nella casa terrena, nel cuore e nella mente. Naesetséheséeo[4]. -

Ann prese tra le mani con reverenza il piccolo oggetto sacro e, con gli occhi velati di commozione, lo appoggiò sul petto del fragile esserino.

James e Cameron osservavano la scena, fermi sulla soglia della camera, per non interrompere la sacralità del piccolo gesto.

James sentiva la mano dell'amico sulla propria spalla e, senza distogliere gli occhi dalla moglie, gli disse: - Una figlia, Cameron. Una meravigliosa bambina. Forte e vulnerabile nella sua magia, proprio come la madre. -

---

[4] Termine utilizzato per la benedizione anche durante la Danza del Sole

12.

Il trambusto che aveva riempito la casa aveva assorbito completamente Ann e James, e molte persone avevano bussato alla porta per congratularsi, lasciare un pensiero o vedere la nuova arrivata. Horn sembrava disorientato dal movimento, ma non mancava di lanciarsi scodinzolante verso la porta per salutare ogni nuovo ospite, inconsapevolmente coinvolto dall'atmosfera morbidamente festosa.

Il lupacchiotto passava tuttavia la maggior parte delle sue giornate ai piedi di Ann, accucciato di fianco al suo letto, alla sedia a dondolo, oppure sulla soglia della porta per mantenere il contatto con la sua umana che per qualche istante sembrava sfuggire al loro legame intenso per entrare in una connessione nuova, diversa, con una creatura ancora sconosciuta che sembrava essersi inserita senza preavviso nell'equilibrio della famiglia. Tuttavia bastava che gli venisse grattato un orecchio per qualche minuto e tutta la naturalezza simbiotica degli ultimi anni insieme tornava forte come sempre.

Una sera, mentre Ann riposava a letto dopo aver terminato di allattare la piccola, la giovane mamma vide Horn sdraiato sul pavimento di legno, con il musetto alzato appoggiato alla coperta per avvicinarsi alla sua padroncina. Fu allora che Ann abbassò il fagottino che teneva in braccio e lasciò che Horn, con le orecchie ritte e gli occhi attenti, avvicinasse piano il tartufo, senza sfiorare la bimba ma respirando in modo profondo e affrettato per carpire ogni caratteristica che potesse aiutarlo ad identificare il nuovo cucciolo di casa. La bambina emetteva piccoli suoni morbidi e sottili, mentre la grossa testa ispida del lupo le si avvicinava con immensa e tenera precauzione. Ann potè notare che qualcosa si muoveva sul pavimento: era la coda silenziosa del lupo che spazzolava il legno, mentre lui restava seduto, dritto, completamente concentrato sulla nuova conoscenza.

Solo dopo qualche minuto, Horn si ritrasse piano e mormorò un mugolio che la ragazza non gli aveva mai sentito emettere prima. Dal momento in cui il suo saluto fu pronunciato, ogni volta che si accucciava vicino ad Ann, Horn le si stringeva di fianco ancora più stretto del solito. Ogni volta che restava sulla soglia, si accertava di avere entrambe le sue umane in vista. Ogni volta che la padroncina si allontanava un attimo, lui si posizionava tra madre e figlia per essere sicuro di tenere entrambe sotto controllo.

Quella sera, Horn guardava la piccola in braccio ad Asha, mentre sentiva Mohe lisciargli il pelo della schiena, lasciandosi andare alla sensazione piacevole ma senza distogliere del tutto l'attenzione dal gruppo che si era raccolto davanti al caminetto. Ann e James avevano invitato la famiglia Burton al completo e tutti sorridevano allegri mentre il tepore del fuoco scaldava il manto del lupo ed il rosso delle fiamme si rifletteva leggermente sul manto grigio.

Improvvisamente le risate si interruppero ed Ann parlò brevemente, poi d'un tratto Asha si alzò in piedi, lasciò la bimba tra le braccia del figlio e strinse forte l'amica, mentre Cameron e James si scambiavano vigorose pacche sulle spalle.

Horn non aveva mai compreso del tutto il significato degli occhi umidi che spesso si dipingevano sul volto degli umani: talora lo inducevano a cercare di regalare un conforto, mentre altre volte parevano accompagnare uno scodinzolio emozionato. In questo caso sicuramente si trattava della seconda opzione.

- Sarà un onore avere te e Cameron come madrina e padrino al battesimo della nostra piccola - sorrise Ann.

- Noi saremo per lei una famiglia, un riparo, un riferimento ogni volta che ne avrà bisogno, ma soprattutto quando non saprà di averne - rispose Asha lanciando uno sguardo di intesa al marito.

- Ma ancora non sappiamo il nome con cui chiamerò la mia quasi sorellina - chiese Mohe, che teneva ancora tra le braccia la piccola, in un gesto affettuoso anche se vagamente impacciato.

Allora James rispose con una informale solennità: - Si chiamerà Sage. Il significato di questo nome, ovvero Salvia, come sai rimanda ad una pianta sacra nella cultura cheyenne a cui tutti ormai apparteniamo, anche se in misura diversa. Si tratta di un mezzo di purificazione, di protezione dagli spiriti negativi, di guarigione e di armonia. Questo è l'augurio per la nostra piccola. -

I giorni antecedenti al battesimo furono molto emozionanti per i neogenitori, ma anche per i Burton che sentivano veramente la piccola Sage come un nuovo membro famiglia.

Vedere Asha e Cameron in chiesa vicino ad Ann e James, mentre la donna cheyenne teneva tra le braccia l'ultima arrivata nella comunità, appariva come un momento di svolta per Sheridan, visto che le chiacchiere delle pettegole e dei bigotti sembravano non essere più né troppo interessanti, né particolarmente intriganti per i benpensanti della piccola cittadina. Forse era vero, pensò Asha, forse bisognava solo resistere fino a quando la novità diviene familiare, e la stretta del tradizionalismo si allenta, assimilando il diverso come un'anomalia necessaria.

Sage era una piccola margherita nella sua veste bianca, mentre il Reverendo Foster le inumidiva la fronte e riconosceva in Asha e Cameron la famiglia vicaria che l'avrebbe accolta come simbolo dell'intera comunità.

Ann sembrava davvero una dama di Denver, ma i tratti dei suoi abiti e dei suoi modi avevano perso ormai per sempre la rarefazione pomposa di città e si armonizzavano perfettamente con la semplicità austera ma elegante del suo uomo.

Alla fine della cerimonia, da un angolo nascosto dietro all'altare, James prese la sua chitarra e piano, nell'insolito ambiente della chiesa, arpeggiò qualche lieve nota che fece vibrare l'aria come un carillon dalla melodia popolare. Con voce morbida e profonda come il rimbombo del primo tuono estivo, rotolante ma carezzevole, intonò versi mai sentiti. Versi di un padre ad una figlia. Versi che parlavano di affetto, orgoglio e dignità, della paura di lasciare il suo tesoro prezioso ad un mondo troppo precario senza avere la certezza di poterlo sempre proteggere. Erano parole che raccontavano il desiderio di difendere e la necessità di lasciar andare, la forza di dirigere e la tenerezza di permettere, la sicurezza di farsi padre e la fragilità di non sentirsi abbastanza.

Nessuno dei presenti trattenne una lacrima di commozione, ad eccezione di Hamilton che, naturalmente senza essere stato invitato, scelse di presenziare ugualmente alla cerimonia per stringere ipocritamente le mani dei presenti e lanciare uno sguardo di rimprovero quando a Rosemary si inumidirono sinceramente gli occhi con tenerezza ascoltando le parole di James. A Mohe tuttavia non sfuggirono quei piccoli cristalli di emozione e Rosemary seppe, sebbene si trovasse al lato opposto della chiesa e gli sguardi non si fossero mai incrociati, che qualcuno l'aveva capita ed approvata.

I giorni successivi alla cerimonia ed ai festeggiamenti furono rilassanti per Ann: finalmente poteva godere un po' di pace insieme alla sua bimba e, sebbene ogni mattina sentisse una fitta allo stomaco nel sapere Rosemary seduta dietro alla cattedra al suo posto, a poco a poco iniziò a godersi il nuovo ritmo di vita ed i piccoli momenti con Sage.

Non era trascorsa neppure una settimana dal battesimo, quando, un giorno in cui James si trovava a caccia fuori dal paese, Ann sentì bussare decisamente alla porta. La bimba si era da poco addormentata nella culla, quindi la ragazza si diresse tranquillamente verso la porta ed aprì, convinta di trovarsi davanti una delle vicine che passavano frequentemente per chiacchierare.

La sorpresa che le si presentò la lasciò invece senza parole.

Dopo qualche istante di silenzio stupefatto, Ann si lanciò al collo dell'ospite inaspettato e l'abbraccio fu così forte e lungo da compensare tutti quelli che non aveva ricevuto dalla sua famiglia di Denver che non si era presentata al battesimo, così come al matrimonio qualche anno prima, in segno di disapprovazione per la vita che la ragazza aveva scelto di trascorrere lontano dalla città e dalle sue convenzioni.

- Waquini! Cosa fai qui! -

- Immaginavo che la piccola non potesse affrontare ancora un viaggio fino a Cheyenne Falls, quindi ho chiesto un permesso per uscire dalla riserva e venirvi a trovare personalmente... non potevo non vedere la bimba e poi, non potevo non vedere te, Emonah. -

- Vieni dentro, ti prego. Sono felice, sono tanto felice che tu sia qui. -

I due non si erano più visti dopo il canto liberatorio al centro della Ruota di Medicina, ma entrambi avevano pensato molto alla connessione di quel momento che era rimasta nel respiro di ciascuno dei due per tutto il tempo.

Ann trascinò Waquini alla culla con lo stesso entusiasmo con cui una bimba avrebbe portato il proprio amico del cuore a vedere il suo tesoro più prezioso, ed egli rimase per diversi minuti immobile ad osservare Sage, in silenzio, come si contempla un segreto della natura.

- Tutto ciò che dà vita è femminile. Tu hai compiuto questo miracolo e lei lo compirà a sua volta... -

Poi il giovane Cheyenne estrasse dal suo piccolo fagotto una borsetta di pelle conciata a mano, chiusa da alcune piccole pietre disposte a forma di fiore.

Ad Ann si illuminarono gli occhi quando la vide. Ricordava ancora quando Waquini, qualche anno prima, aveva preparato una Borsa di Medicina per lei, riempiendola con le piante sacre e simboliche che l'avrebbero protetta lungo il suo cammino. Si trattava di un oggetto religioso, ma anche di un segno di appartenenza ad una cultura, ad una vita da condividere con gli alberi ed il cielo, con le creature che attraversano la Madre Terra e le stagioni che le plasmano.

- Waquini, è un dono meraviglioso ... - mormorò Ann.

- Contiene tutto ciò che di sacro possa segnare la via della bambina. Contiene un piccolo ritaglio della coperta su cui giacevi quando hai cantato mentre la aspettavi, e dove è caduta una lacrima della tua anima più profonda, affinchè tua figlia non dimentichi mai da chi proviene. Contiene una piuma d'aquila perché ricordi di guardare ad est verso la lungimiranza, un artiglio d'orso perché guardi ad ovest verso l'introspezione, un ciuffo di pelo di bisonte perché guardi a nord verso la saggezza ed un ciuffo di pelo di coyote perché guardi a sud e mantenga l'innocenza e la fiducia che possiede ora. Contiene anche della Salvia, per ricordare il suo nobile nome, per purificarla e guarirla qualora ne abbia bisogno. -

Ann prese tra le mani l'oggetto sacro con la stessa reverenza con cui aveva ricevuto il proprio, tanto tempo prima, e lo appoggiò nella culla, di fianco alla piccola.

- Waquini, questo gesto ha un valore immenso per me. Non ho parole per dirti quanto significhi... -

- Lasciare senza parole Emonah è sicuramente un'azione di cui potrò vantarmi a lungo - sorrise quindi Waquini, per stemperare l'emozione un po' troppo carica del momento.

Ann rise a sua volta e simulò un piccolo pugno indispettito sulla spalla del giovane guerriero.

- Dai, vieni a sederti che ti preparo un the. Il mio non avrà proprietà miracolose ma almeno ti scalderà lo stomaco! -

Con una confidenza che normalmente esiste solo con chi si frequenta quotidianamente, i due si spostarono in salotto, dove Waquini sedette sulla poltrona mentre Ann scaldava l'acqua per il the.

- Mi sono fermato a salutare mio nipote, mentre venivo in città. Abbiamo parlato molto. -

- A che proposito? -

- Mi ha raccontato degli inglesi che vogliono rubare l'acqua. -

- In realtà non è proprio così, Waquini... -

- Ho capito perfettamente come sono le cose, Emonah. Vivo nella riserva, è vero, ma non sono uno sciocco. Prima sono arrivati i bianchi a rubare la nostra terra, ora arrivano i ricchi a rubare l'acqua dei nostri figli. -

- Speriamo davvero non finisca allo stesso modo - disse Ann mentre porgeva la tazza calda al suo ospite. Era abituata a vederlo seduto a terra o su uno sgabello di legno: solo raramente lui era passato a trovarla a casa perché quasi tutti i loro incontri erano sempre avvenuti a Cheyenne Falls. Ora, sulla poltrona di fianco al camino, sembrava ancora più cheyenne, ancora più grande, ancora più profumato di prateria e disegnato nella corteccia.

- Non lascerò che accada anche a Mohe, Emonah.-

- Cosa vuoi dire? - chiese Ann improvvisamente allertata.

- Non lo so, ma forse ci è rimasto qualcosa per cui combattere. -

Ann fissò il pavimento preoccupata: l'intera situazione sembrava rappresentare un pericolo destinato ad esplodere, ma ancora non era sicura di cosa dovesse temere esattamente.

Quando alzò gli occhi trovò quelli di Waquini a fissarla.

Imbarazzata si assestò i capelli con una mano e si alzò per prendergli la tazza ormai vuota - Sì, lo so.. sono un disastro.. da quando sono a casa con Sage non sono molto curata - sorrise imbarazzata.

- Sei più bella quando sei naturale, Emonah. - rispose piano Waquini e le porse la tazza, sfiorandole appena le dita per un tiepido secondo.

13.

Asha non riusciva a dormire in quella notte fredda di gennaio.

Cameron già russava sebbene fosse molto più presto del solito, ma il lavoro con il bestiame lo aveva stancato in modo particolare e si era ritrovato a sonnecchiare già un paio d'ore dopo la cena in quel sabato sera.

Tutto era sembrato scorrere in modo insospettabilmente tranquillo nelle ultime settimane: al ranch di Mohe le cose procedevano nel migliore dei modi, Ann era felice con la sua bimba e si era rassegnata a lasciare che la natura decidesse di insegnarle ad essere madre senza affannarsi troppo alla ricerca di risposte, Cameron non aveva avuto ulteriori scontri con Hamilton che aveva lasciato per il momento aperta la via del bestiame, ed infine Waquini aveva ventilato la possibilità di avviare una serie di documentazioni all'Ufficio per gli Affari Indiani per sapere se, grazie alla sua famiglia fuori dalla riserva, fosse possibile per lui valutare l'idea di lasciare per un po' Cheyenne Falls ed aiutare il nipote al ranch.

Nessuno aveva sperato in un Natale tanto sereno, visti i presupposti autunnali, ma forse proprio la quiete intirizzita dell'inverno irrigidiva i sensi di Asha. Suo padre, saggio Uomo di Medicina, era solito dire che quando si passa un'esistenza intera vedendo la propria vita e quella della propria gente rincorrere il sole per non perdersi nel tramonto, si finiva per credere più all'istinto che a ciò che gli occhi potevano vedere.

Naturalmente Asha cercava di rifiutare il pensiero che ci fosse qualcosa di veramente fondato nella sua agitazione, e preferiva solo pensare di non riuscire a controllare talvolta le preoccupazioni per il suo bambino ormai cresciuto, per la sua famiglia, per la vita imprevedibile come la traiettoria di un daino in fuga.

Passeggiava a piedi scalzi sul pavimento di legno della camera da letto, prestando attenzione a non far scricchiolare le assi per non interrompere il sonno di Cameron. Avrebbe voluto scendere al piano di sotto, ma sapeva che avrebbe trovato una temperatura più fredda, quindi preferiva avvolgersi nello scialle di lana, coprendo anche la spessa treccia nera che le cadeva su una spalla, per passeggiare dal letto alla finestra e cercare una stella che le ricordasse la ninna nanna che sentiva ogni sera dalla madre e che tante volte aveva cantato a Mohe quando era bambino:

La Luna Nuova sottile e fragile
Presto impallidirà e se ne andrà,
Così tu tornerai da me nella rosa dell'alba[5]

La luna tuttavia non pareva impallidire, anzi, sembrava rendere i suoi raggi più consistenti di quanto avrebbero dovuto apparire attraverso l'aria tersa della notte. Ma cosa spalmava il pallore all'orizzonte?
Asha fissò l'ultimo tratto di terra visibile dalla piccola finestra e sentì il cuore gelarsi proprio come una palla di luna. Aprì il vetro per essere certa del suo sospetto e, anche se impercettibile ancora ai sensi di chi non fosse stato di origini native, riuscì a sentire che la brezza leggera portava con sé un odore acre e pungente.

---

[5] *New moon slender and frail - Quickly will pale and be gone, - And you'll come back to me then in the rose of dawn. – Adattato da "Dream On (An Indian Lullaby)" di B.G. DeSylva*

- Cameron! Cameron svegliati subito! C'è del fumo proveniente dalla terra di Mohe. Forse un incendio! - la voce di Asha era spezzata e leggermente stridula, come forse non era mai capitato al marito di sentirla prima, sempre dignitosa e determinata anche nei momenti di dolore o fragilità.

Bastarono pochi istanti a Cameron per svegliarsi, allargare lo sguardo nel terrore della moglie e poi stringere le pupille nel terribile sospetto che si profilò senza indugio nella sua mente.

Ci vollero solo pochi minuti per vestirsi e chiedere ad Asha di svegliare i lavoranti ed ordinare loro di raggiungerlo il più in fretta possibile a casa del figlio.

Poi con una carezza aggiunse serio - Ci penso io, stai tranquilla. - e sparì attraverso le scale buie.

Mohe stava quasi per addormentarsi quando aveva sentito un insolito trambusto provenire dalla scuderia e, sceso immediatamente per vedere di cosa si trattasse, scorse alcuni uomini scomparire a cavallo dietro gli alberi che chiudevano la tenuta. Non ebbe il tempo di domandarsi chi fossero, né sentì l'urgenza di seguirli, poiché l'inferno cristiano si stava dipingendo proprio davanti a lui.

Le fiamme avevano già avvolto l'ingresso della scuderia e correvano come vene di fuoco lungo gli steccati che si aprivano da essa. Nel recinto adiacente Charlie scalpitava e nitriva con gli occhi neri sbarrati in cui si riflettevano le lingue delle fiamme e del terrore, riverberandosi sul manto sauro, illuminato a giorno in una prefigurazione vagamente apocalittica. Mohe aprì immediatamente il recinto e si precipitò verso di lei per spingerla verso l'uscita che non era stata ancora bloccata dal fuoco, ma fu necessario qualche secondo per farsi strada nel terrore cieco della cavalla ed indicarle la via di fuga. Si trattava di attimi preziosi che Mohe sapeva di sottrarre agli altri cavalli, in prigione dentro l'edificio.

Pochi istanti dopo, con un fazzoletto legato intorno alla bocca, il giovane cheyenne, con il coraggio che confluiva nel suo sangue da due grandi civiltà, si gettò verso l'ingresso della scuderia e riuscì con un paio di balzi agili ad evitare le prime assi cadute al suolo. Aprì rapidamente il pesante portone che si trovava sul lato opposto, quello che i criminali avevano risparmiato, nella fretta, prediligendo l'accesso principale, che, trovandosi peraltro vicino al fienile, offriva maggiori probabilità di devastare la struttura.

I cavalli, nei box, nitrivano impazziti e scalciavano contro le porte di legno fino a farsi sanguinare le zampe, mentre le narici, larghe di terrore, aspiravano più fumo di quanto avrebbero potuto sopportare.

Mohe iniziò ad aprire le porte dei box più vicini al lato incendiato, spingendo i cavalli lungo lo stretto corridoio, verso l'ingresso accessibile, ed avanzando con loro, anzi dietro di loro, come un capobranco, come un buon padre che sospinge in salvo la propria famiglia procedendo per ultimo. Il puledro nato da poco più di un mese si stringeva alla madre con il terrore negli occhi e le lunghe gambe non più tremanti come un tempo, ma frementi per il bisogno di ossigeno e di vita.

Un tizzone incendiato cadde dall'alto vicino ad Elina, la giovane figlia di Charlie che Mohe aveva da poco ricoverato in scuderia per ultimare l'addestramento e presentarla finalmente in regalo ad Ann. Per fortuna non fu colpita, ma per il terrore si alzò sui posteriori, rampando in modo cieco e folle verso la parete. Sembrava sorda alle parole di Mohe che afferrò una corda e riuscì a passargliela intorno al collo per trascinarla verso l'uscita, tuttavia il panico sembrava risvegliare ogni goccia del sangue indomito della cavalla, rassegnandosi all'ubbidienza forse per la debolezza dovuta alla mancanza di ossigeno o forse solamente per caso tra le molte direzioni che stava tentando di prendere.

Solo allora anche Mohe potè uscire dalla trappola di fuoco e si strappò il fazzoletto dal volto per poter respirare ad ampi polmoni, ma i suoi occhi si sgranarono nello stupore e nella paura di non riuscire ad allargare il petto per far spazio all'aria pulita. La gola era come strozzata ed ogni tentativo di aprirla si traduceva in un singulto simile al vomito, dandogli la sensazione di soffocare annegando nella stessa aria.

Dopo pochi minuti sentì le mani del padre afferrargli le spalle ed ordinargli: - Piano figliolo, respira piano. Solo poca aria alla volta. Non puoi averla tutta insieme. -

Forse per la rassicurazione di avere Cameron al suo fianco o forse grazie al buon consiglio, a poco a poco Mohe riuscì ad assimilare piccoli sorsi di ossigeno, spingendoli con dolore attraverso i bronchi. - Così, figlio mio, così. Stai andando benissimo. -

La scuderia continuava a bruciare come un'immensa pira stagliata verso il cielo, simile alla punta di una freccia tanto bollente ed imprevedibile quanto la guerra che rappresentava.

Asha arrivò a cavallo con i lavoranti di Cameron e, senza quasi prestare attenzione all'edificio in fiamme, si gettò sul figlio per accertarsi che non fosse ferito.

Allora Cameron ed i suoi uomini fecero del loro meglio per domare l'incendio formando catene umane di secchi contenenti l'acqua proveniente dal pozzo. Tuttavia si resero presto conto che non sarebbe stato possibile far altro che guardare la violenza del fuoco e dell'essere umano esaurirsi da sola, portando con sé, distruttiva e acre, sogni e realtà. Gli sguardi dei Burton e dei loro uomini erano attoniti, cristallizzati dalla desolazione che velava la rabbia, la paura, l'impotenza, e perfino il sollievo che non ci fossero state vittime.

Improvvisamente scagliato fuori dall'ipnosi dei suoi pensieri, Cameron volse le spalle al gruppo e si diresse quasi di corsa verso il suo cavallo.

- Cameron! No! E' andata bene, nessuno è stato ferito. Ringraziamo gli Spiriti e non .. - implorò Asha avanzando verso di lui, con i capelli corvini al vento cosparsi di alcune ciocche grigie di cenere ed altre rosse per il riflesso delle fiamme ancora vive.

- Questa volta, Asha! Questa volta non ci sono state vittime. E la prossima? Non posso lasciare che ammazzino la mia famiglia senza fare nulla per fermarli - gridò Cameron con la voce roca per il fumo e per la rabbia.

- E quando avranno ammazzato te? La tua famiglia cosa dovrà fare? - chiese lei sull'orlo delle lacrime.

Cameron le prese tra le mani il volto, meravigliosamente dignitoso nel dolore ed infinitamente tenero nella preoccupazione di perdere tutto ciò che amava al mondo. Le baciò la fronte piano, fino a quando sentì distendersi la pelle di lei, corrugata dall'enfasi e dalla paura.

Poi si girò, montò a cavallo e galoppò via. Da poco distante Asha sentì un altro rumore di zoccoli e capì, senza bisogno di voltarsi, che Mohe non avrebbe sentito ragioni diverse dal padre.

La notte era ormai inoltrata, ma la locanda era ancora affollata in paese, così come accadeva ogni sabato sera, quando gli uomini si attardavano per bere qualcosa e ridere fino a tardi, spesso con disappunto delle mogli che restavano a casa lunghe ore ad attendere le loro alticce metà.

James aveva quasi ultimato il repertorio che aveva in programma: non amava suonare e cantare durante questo genere di serate, ma naturalmente erano quelle pagate meglio dalla locanda. Lui preferiva lavorare durante la settimana, dedicando ai clienti del locale le sue note più morbide, a volte allegre, a volte malinconiche, cospargendo l'aria tiepida di una melodia familiare, capace di distendersi come la neve su ogni oggetto della vita e dell'anima, rendendolo più soffice e coprendo le asperità.

Il sabato invece, frenetico e talora vagamente lascivo, non rispondeva ai gusti di James ma ora, fortunatamente, era quasi giunto al termine.

L'atmosfera vociante e festaiola tuttavia si interruppe d'un tratto quando le porte della locanda si spalancarono con un tonfo ed apparvero Mohe e Cameron, come fantasmi coperti di caligine, gli occhi arrossati, lievemente spiritati, ed il piombo nello sguardo.

Alcuni dei loro uomini li avevano seguiti per coprire loro le spalle, ma ora sostavano sulla soglia, con la paura di rischiare troppo, qualora la situazione fosse degenerata. Cameron portava un fucile in mano, mentre Mohe pareva non averne bisogno, ed entrambi avanzarono verso Hamilton che sedeva come suo solito al tavolo del poker.

- Maledetto! - gridò Cameron imbracciando il fucile ma rivolgendolo ancora verso il suolo.

- Burton, non sarà forse impazzito? Cosa le prende? -

- Ha fatto appiccare il fuoco al ranch di mio figlio non è così? -

- Il fuoco? Di cosa sta parlando, Burton. Io sono stato tutta la sera in compagnia dei miei compagni di gioco.-

- I cavalli, potevano morire! Creature meravigliose, innocenti! - interruppe Mohe furente.

- Una strana terra questa, non è vero, mezzosangue? Steccati che cadono da soli, fuoco che divampa senza una ragione... -

L'uomo non riuscì a terminare la sua frase che Mohe gli si gettò addosso, con le mani protese per raggiungere il suo collo. Cameron cercò di richiamarlo ma non fece in tempo e, trovandosi alle spalle del ragazzo, non si rese conto che dal panciotto Hamilton stava estraendo una piccola Deringer a due colpi.

James, che si era avvicinato alla scena dal lato opposto di Cameron, in una frazione di secondo si rese conto di quanto stava accadendo e, con la prontezza che gli proveniva dal suo passato di soldato, si gettò su Hamilton, lanciandosi tra lui e Mohe.

Un colpo fu sparato al momento dell'impatto tra i due corpi ed entrambi caddero a terra.

Dopo il tuono, l'aria fu riempita del silenzio più vuoto che potesse essere prodotto. Sembrava che lo sparo avesse assorbito in un solo istante la musica, poi le grida, ed infine il movimento, lasciando una frazione di nulla a fare i conti con il passato e con il futuro. Hamilton si alzò lentamente e si allontanò senza parlare, mentre Cameron e Mohe, inerti come di fronte al fuoco di poco prima, contemplavano l'immobilità di un incubo.

James era composto, sdraiato a terra, immobile, con la testa reclinata su un braccio, il cappello ancora al suo posto ed il fiore purpureo della sua generosità esploso nel petto.

Quel momento sembrò infinito. Cameron cadde in ginocchio vicino all'amico e gli strinse la spalla proprio come aveva fatto qualche tempo prima, quando contemplavano insieme la piccola Sage appena nata.

- Non può essere, amico mio, non puoi essertene andato così - si sciolsero le parole in gocce che portarono via per il momento qualsiasi sentimento futile come la rabbia e la vendetta. Tutto quello che restava era il lutto. Il rispetto. Il gesto di quell'uomo che, come la sua compagna cheyenne di un tempo a Washita, aveva lasciato questa terra per salvare chi considerava come la propria famiglia.

- Tu hai salvato mio figlio, James Ree. Io ti giuro che mi prenderò cura di tua moglie e tua figlia come se fossi te. Ma non sarò mai te. -

Mohe, muto, con il viso rigato di lacrime, faceva nuovamente fatica a respirare, ma questa volta, non era il fumo di un incendio, ma il fuoco del senso di colpa, dell'ingiustizia, del dolore.

Cameron si alzò piano, allungò la mano verso la propria fronte e, a voce alta, così che tutti potessero sentire, ordinò: - Togliamoci il cappello. Tutti quanti. Oggi abbiamo perso uno dei pochi Uomini che calpestavano questa terra maledetta. Canta lassù, amico mio, fratello. Canta perché Dio ascolti ciò che i mortali non sanno comprendere. -

Nessun cappello rimase fermo sul capo dei presenti, e nessun uccello notturno osò cantare.

14.

Con il proprio cappello in una mano e la chitarra di James nell'altra, Cameron stava cercando il coraggio di bussare alla porta di Ann. Doveva saperlo, subito. E certamente doveva essere lui a parlarle.

Mohe avrebbe voluto accompagnarlo ma Cameron aveva insistito perché andasse subito a chiamare sua madre: da un lato non voleva caricare il figlio del peso incalcolabile che gravava su quell'annuncio, dall'altro riteneva che la presenza di Asha avrebbe sicuramente giovato sia a Mohe che alla stessa Ann.

La forza di alzare le nocche verso la porta dell'amica tuttavia non arrivava: non ricordava di aver respirato dal momento stesso in cui aveva sentito lo sparo. Non riusciva a percepire come reale ciò che stava accadendo in quella notte disgraziata.

Neppure quando sentì il rumore secco del suo bussare riuscì a distinguere il legno sotto il suo pugno: l'intero corpo pareva anestetizzato. Eppure ora doveva essere presente, doveva essere il meglio di se stesso perché lo doveva a James, oltre che naturalmente ad Ann.

La ragazza aprì in vestaglia, con i capelli sciolti sulle spalle e gli occhi lievemente gonfi come avviene quando si viene svegliati nel primo sonno. Forse non avrebbe neppure sentito i colpi alla porta se Horn non avesse abbaiato un paio di volte, annunciando l'ospite per poi osservarlo con circospezione, diversamente da quanto avveniva di solito in presenza dell'amico che conosceva così bene e che accoglieva sempre con affetto.

- Cameron? -

Lo sguardo di Ann era interrogativo ed immediatamente preoccupato, ma si fece buio di terrore quando vide la chitarra di James in mano all'amico. Mosse un paio di passi indietro in silenzio, con lo sguardo ancora fisso sullo strumento, allora Cameron la seguì e lo appoggiò vicino alla porta, richiudendola alle sue spalle.

- Cosa gli è successo? Dov'è? - domandò lei con le lacrime aggrappate alle ciglia ed un'angoscia talmente tremante da restare composta per l'incapacità di esplodere.

- Ann, mi dispiace infinitamente. C'è stato un incidente… James… James ha salvato Mohe… ma… -

- Ha salvato Mohe da cosa? Un incidente? Cameron, per l'amor di Dio, non usare mezze parole con me! - ora la voce era rotta dal pianto e lo sguardo di Ann assomigliava tanto a quello dei cavalli imprigionati nel fuoco di quella notte.

- Hamilton ha appiccato un incendio alla scuderia di Mohe e siamo venuti a cercarlo in città per dargli una lezione. Lo abbiamo trovato alla locanda, ma quando mio figlio gli si è avvicinato quel maledetto inglese ha estratto una pistola. Io non l'avevo neppure vista, Ann… Ma James sì. - A questo punto gli occhi di Cameron si abbassarono in uno sguardo tra il dolore e la vergogna. Aveva promesso ad Asha che lui avrebbe risolto tutto. Aveva giurato di difendere i suoi cari. Invece non ci era riuscito ed aveva lasciato che fosse il suo amico a farlo per lui. Così non solo non aveva protetto la propria famiglia, ma aveva distrutto quella delle persone che avevano più vicine al mondo.

- James ha tentato di disarmare Hamilton. Ha difeso Mohe con il suo corpo. Mio Dio, Ann… avrei dovuto essere io… al suo posto… perdonami… - fu allora che le parole di Cameron sobbalzarono in un singhiozzo innaturale, tenuto per il collo dall'orgoglio e dalla consapevolezza di non poter cadere in pezzi. Non ora. Non davanti a lei.

Ann lo fissava con gli occhi sempre più gonfi. Non parlava. Non piangeva.

- E' morto? - chiese infine con le labbra strette dal coraggio che si dimostra solo quando si pone l'unica domanda, dalla cui risposta si potrebbe restare uccisi.

Cameron allungò una mano verso il braccio della ragazza annuendo piano, ma Ann non reagì. Rimase immobile, come la roccia bianca sotto la luna di ghiaccio.

Allora Cameron si avvicinò per stringerla e ancora lei non si oppose, subendo l'abbraccio con le braccia stese lungo i fianchi e lo sguardo fisso davanti a sè.

Dopo qualche istante l'uomo la lasciò e provò a condurla verso la poltrona, per farla sedere, ma lei sembrava accompagnare i movimenti dell'uomo come un automa, senza neppure avere la consapevolezza di compierli.

- Ann, tu e Sage non sarete mai sole. Ho promesso a James di prendermi cura di voi e lo farò. Voi siete parte della nostra famiglia e... -

Mentre Cameron tentava di balbettare qualche parola di conforto, sentendola cadere nel gelo degli occhi vuoti come bicchieri di vetro di Ann, si sentì nuovamente bussare alla porta. Ormai Mohe era partito da tempo per avvertire Asha, poiché, prima di raggiungere Ann, Cameron aveva dovuto testimoniare l'accaduto davanti al sindaco, che rappresentava la legge a Sheridan, e portare il corpo dell'amico dal dottor Pierce come era necessario.

Madre e figlio avevano quindi fatto in tempo ad arrivare in città lanciandosi al galoppo come creature selvagge attraverso quella notte che sembrava infinita.

Mohe era scoppiato a piangere come un bambino tra le braccia della madre mentre raccontava l'accaduto, ed il suo senso di colpa si mescolò a quello di Asha che non riusciva a non sentire, in un angolo del suo immenso dolore per la morte di James e per la perdita subìta dall'amica, una goccia di sollievo perché suo figlio si era salvato. Perché non era il suo ragazzo a terra inerte. Non era Mohe ad essere stato ucciso. Era così sbagliato che sua madre si sentisse in parte sollevata?

Quando Cameron aprì la porta e vide il viso della moglie, sentì improvvisamente ingigantirsi la propria vergogna, ma alleviarsi il peso della circostanza, il senso di impotenza che lo rendeva veramente incapace di trovare la chiave giusta per contattare Ann.

Asha entrò lasciando una carezza sul volto del marito: poteva immaginare le emozioni che scorrevano nelle sue vene scontrandosi contro pietre grandi come quelle che fanno saltare l'acqua di un torrente di montagna. Si trattava di un torrente gelido come il sangue nelle vene di tutti loro nel tempo dilatato di quella notte.

Tuttavia la priorità per Asha ora era Ann, quindi distolse gli occhi da Cameron e con orrore vide la sua amica, immobile come una statua, seduta sull'orlo della poltrona, composta e silenziosa, con lo sguardo perso nel nulla.

Le si avvicinò piano e poi si accucciò proprio davanti a lei, prendendole una mano senza parlare.

Fu questa la molla che sembrò far scoccare la scintilla negli occhi di Ann che, improvvisamente richiamata alla vita dal luogo lontano dove sembrava trovarsi, spinse via l'amica con una forza tale da farla quasi cadere a terra. Poi si alzò di colpo ed inveì contro Asha con una violenza disperata che lei stessa non aveva mai riconosciuto nella propria voce: - E' colpa tua! E' soltanto colpa tua! Tu li hai lasciati fare. Tu hai detto che potevano andare a demolire gli steccati di Hamilton perché era un modo innocuo per sfogarsi. E ora? Ora loro sono qui e

James è morto! E' morto per colpa tua! Vattene di qui subito, e porta loro con te. -

Dopo aver lanciato uno sguardo furibondo verso Cameron e Mohe, Ann si diresse verso la stanzetta di Sage e si chiuse dentro con forza.

Asha l'aveva fissata senza parlare, forse perché non esisteva nulla di razionale da rispondere, o forse perché una qualsiasi reazione da parte dell'amica era preferibile al silenzio attonito in cui l'aveva trovata.

- Non lo pensava, Asha - le disse piano Cameron avvicinandosi - Ha bisogno di sfogare la rabbia e tu sei la persona più cara che ha al mondo. Si colpisce spesso chi si ama di più per liberarsi dal proprio dolore. E' crudele e ingiusto, ma purtroppo la mente umana a volte è imprevedibile -

- Ha ragione lei. E' anche colpa mia. Vi ho lasciato fare, quella notte. E anche oggi, non mi sono opposta anche se sentivo che qualcosa di terribile stava per accadere. Ed ora, perfino ora, Cameron... ringrazio gli Spiriti che nostro figlio sia rimasto vivo. -

Mentre madre e padre si scambiavano sguardi carichi di colpa e di impotenza, silenziosamente Mohe attraversò la stanza.

Aprì piano la porta dietro la quale si era barricata Ann e la vide seduta su una piccola poltrona, mentre stringeva Sage con gli occhi chiusi da cui scendevano lacrime silenziose ad inumidire la copertina di lana che James aveva rimboccato prima di uscire quella stessa sera. Era stato un gesto veloce, tenero ma quotidiano, ed ora Ann lo ripercorreva ossessivamente nella memoria, lasciando scivolare le mani dove le aveva passate il suo uomo poche ore prima.

Mohe fissò la scena per lunghi secondi, e poi, piano mormorò -

Mi dispiace. Mi dispiace moltissimo. Avrei preferito che Hamilton mi avesse sparato piuttosto che vedere James morire al mio posto. Non credo che la mia vita valga tanto, e la darei subito se questo servisse a... -

Ann fece cenno a Mohe di avvicinarsi e lui si accucciò al suo fianco. Allora lei prese la piccola con un braccio, mentre con l'altro circondò la testa del ragazzo, con i capelli scarmigliati ancora pieni di cenere, e la strinse sul suo grembo.

I tre rimasero così a lungo quella notte.

Nonostante le insistenze di Asha e Cameron, Ann rifiutò categoricamente di andare a vivere dai Burton nei giorni immediatamente successivi alla scomparsa di James.

Il dolore cresceva giorno dopo giorno, come un livido che affiora progressivamente dopo un grande impatto, e sembrava che solo la rabbia aiutasse a contenerlo.

Naturalmente ce l'aveva con Hamilton, che non avrebbe pagato per l'omicidio poiché la legge considerava l'accaduto un semplice incidente generato dalla necessità che l'inglese aveva sentito nel doversi difendere dall'aggressione di Mohe. Però in un piccolo angolo inconfessato del suo cuore ce l'aveva anche con lo stesso James, per aver deciso di sacrificare se stesso, abbandonando la propria famiglia. Lui stesso aveva perso la sua compagna cheyenne tanti anni prima, mentre aspettavano il loro primo figlio. Conosceva la sofferenza che proviene da una perdita così grande. Come aveva potuto infliggere un dolore così insopportabile proprio a chi aveva giurato di voler proteggere da ogni male, pensava Ann sopraffatta dalla solitudine e dalla nostalgia. Dopo poco però, questo pensiero veniva sepolto in un luogo molto buio della sua coscienza, dove non si dovesse vergognare per biasimare un uomo capace di compiere un atto tanto eroico da rendere orgoglioso chiunque lo amasse.

Così, cresceva la rabbia vicaria per Asha e Cameron che in qualche modo Ann sentiva come responsabili dell'accaduto. Nel rovesciare su di loro l'ira ed il dolore, la ragazza in qualche modo pareva punire anche se stessa, sapendo di allontanare le uniche persone al mondo che potesse davvero chiamare famiglia. Li vedeva soffrire senza ripararsi dalle accuse, incassandole come colpi ben assestati tra i loro già forti sensi di colpa. Ma Ann non retrocedeva di un passo, come se ferire fosse l'unica reazione che le impediva di crollare completamente.

Il funerale di James era stato forse meno doloroso del previsto: mentre tutti si stringevano intorno a lui, anche se per l'ultima volta, Ann aveva la sensazione che in fondo il suo uomo fosse ancora presente, fosse ancora vivo.

Il momento più tremendo fu dopo la cerimonia, quando il sipario calò sul suo ricordo e le persone tornarono alla loro vita, come è normale che sia.

Mentre a lei restava solo il vuoto, l'immenso tormento di ogni dettaglio che le riportava alla mente minuscoli gesti, piccole sbadataggini quotidiane. La sedia su cui James era solito abbandonare i pantaloni prima di andare a dormire, la ciotola di Horn che riempiva alla sera con gli avanzi, il sonaglietto di Sage che lui accompagnava scherzosamente ad una delle sue canzoni di repertorio, l'avvallamento nel materasso in cui si addormentava alla notte di fianco a lei.

Non esisteva nulla di più triste dei luoghi dove si era stati felici. Non esisteva nulla di più straordinario dei gesti più insignificanti, pensava Ann, perché sono i dettagli che definiscono le persone.

Una mattina, quando bussarono alla porta, Ann si aspettò di trovare Asha come ogni giorno, con un piatto contenente del cibo ed un sorriso appena accennato.

Con sua grande sorpresa invece le si presentò davanti l'ultima persona che si sarebbe aspettata di vedere.

- Waquini. Sei tu. - mormorò, senza riuscire a produrre una reazione proporzionata allo stupore.

Era passato parecchio tempo da quando si erano visti l'ultima volta, quando lui si era presentato per portare a Sage in regalo la Borsa di Medicina, eppure sembrava fosse trascorso solo un attimo. Un attimo che può cambiare tutta una vita.

- Emonah, avrei voluto venire prima, ma purtroppo mi hanno dato il permesso soltanto adesso. -

- Non era necessario - rispose lei secca, senza pensare quello che diceva, ma semplicemente ritirandosi ancora una volta nella sua gelida fortezza.

- Lo era invece. Vorrei che tu venissi con me oggi. -

La voce di Waquini era morbida ma ferma, e per la prima volta dopo giorni Ann non percepì pietà o accondiscendenza.

- Venire con te? Dove vuoi che vada Waquini? Il mio posto è a casa con mia figlia ed il ricordo di mio marito ora. -

- Tua figlia verrà con noi, Emonah, e naturalmente anche il ricordo di tuo marito. Si tratta proprio di questo, in realtà: di onorare il tuo uomo. -

- Cosa stai dicedo Waquini? Onoro mio marito ogni giorno, andando al cimitero, ma dubito sia questo che vuoi fare con me. -

Allora lui proseguì - Qualche tempo fa mi hai detto che ti fidi di me. -

Lei annuì appena.

Allora vieni con me insieme a tua figlia e porta con te qualcosa di caro a tuo marito, qualcosa che per te lo rappresenti come il suo stesso corpo e la sua stessa anima.

Dopo qualche resistenza, Ann prese Sage tra le sue braccia e la porse a Waquini. Poi si chiese cosa potesse rappresentare James ed i suoi occhi caddero sulla sua chitarra, che era ancora esattamente dove Cameron l'aveva lasciata. Nessuno aveva avuto più il coraggio di toccarla fino a quel momento.

Waquini aveva portato due cavalli con sé: fece salire Ann su uno di essi e le lasciò in braccio la figlia, mentre lui montò sull'altro portando con sé il prezioso strumento. Camminando piano attraverso il freddo inverno, giunsero in un luogo che la ragazza non aveva mai visto prima. La montagna scendeva a picco sul Tongue River, aprendosi in una fessura attraverso la quale l'aria e la luce passavano in modo inconsueto, generando una morbida voce di spirito ed un riverbero che pavimentava il fiume di pallido sole, disegnandolo come una strada verso l'orizzonte. Gli alberi gettavano ombre silenziose come fossero testimoni in processione, sacerdoti senza religione, guerrieri schierati in una immobile parata di mistico orgoglio.

- Un tempo questa fu una Terra Sacra per la nostra Gente, Emonah. Molti dei nostri defunti riposano in questo luogo di Spiriti e molti uomini sono morti nel tentativo di difenderla - spiegò piano Waquini, scendendo da cavallo di fianco ad un grande cerchio di pietre, all'interno del quale era stata costruita una grande pira su cui si poteva vedere una sorta di amaca in rami di salice, ricoperti con pelle di bisonte.

Quando Ann gli fu accanto, tenendo la bimba al caldo sotto la mantella, Waquini prese la chitarra di James e la appoggiò sul giaciglio di salice.

- Cosa vuoi fare? - chiese Ann allarmata.

- Emonah, tu sei aggrappata al tuo dolore... devi lasciarlo andare, altrimenti ti distruggerà! -

- Ma io... io non posso... -

Nonostante le proteste della ragazza, in pochi minuti la pira prese fuoco e le fiamme si levarono verso il cielo, non più distruttive e minacciose come erano state durante l'incendio alla scuderia di Mohe, bensì calde, alte, rivolte verso il cielo a cui sembravano tendere con crescente vigore, con viva intenzione, con uno slancio che superava ciò che è terreno.

Waquini prese piano la bimba dalle braccia di Ann per lasciarla libera e poi le disse: - Ora, grida la tua rabbia Emonah! Parla con tuo marito... lui ti ascolta. -

Ann iniziò a piangere piano - Non ho nulla da dire -

- Non è vero, parla con lui Emonah. Parlagli! - Waquini pareva incalzarla con voce ferma e forte.

- Mi manca... -

- Non dirlo a me, dillo a lui! -

- Mi manchi... -

- Grida, Emonah! -

- Mi manchi, James! - pianse lei infine mentre vedeva le fiamme abbracciare la chitarra che aveva accompagnato per tanti anni la sua voce, che lui aveva appoggiato sul grembo di lei al loro primo contatto diversi anni prima, che aveva vibrato ogni giorno di un sentimento diverso ed ora scricchiolava sopra il fuoco, come colonna sonora del pianto di una donna.

- James, perché mi hai lasciato? Mi avevi promesso che saresti rimasto per sempre! - ora il pianto era diventato convulso e le parole gridate.

- Io non sono ancora abbastanza donna per vivere senza di te! - Il tono di lei era roco e disperato, le frasi biascicate nel pianto tra i singhiozzi. Waquini non riuscì ad evitare che gli occhi si inumidissero: avrebbe voluto dirle ancora una volta che ce l'avrebbe fatta, proprio come quando l'aveva fatta cantare davanti ad un fuoco molto più piccolo, sempre liberatorio ma ancora acerbo e bruciante di illusioni e di innocenza. Ma il giovane uomo sapeva di non potersi intromettere in questo momento che Ann stava condividendo con suo marito e quindi strinse Sage tra le braccia, come se questo significasse rassicurare anche una piccola parte della madre.

- Ma andrò avanti per nostra figlia - continuò la voce meno disperata e più decisa di Ann. - Per te, per noi! Questa volta tua figlia è nata prima che il destino ti colpisse, ed io la crescerò. Io crescerò. Cresceremo anche per te, James, amore mio. -

Le ultime parole erano libere dal pianto, mature e nude. Lo sguardo della ragazza appariva ora pulito, anche se offuscato per aver guardato troppo a lungo l'ardore del fuoco.

Quando Ann lo distolse dalla chitarra ormai in cenere, la prima immagine che distinse fu Waquini che accoglieva Sage tra le sue braccia e, poco distante, alle sue spalle, una figura che si avvicinava piano.

Allora camminò lentamente verso il suo amico e gli appoggiò sul braccio una mano, facendola scivolare poi con tenerezza in una carezza verso la figlia.

Dopo pochi attimi lo lasciò e camminò verso la donna che si avvicinava.

- Perdonami Asha - disse abbracciando l'amica con una forza tale da lasciar trapelare la paura di poter perdere anche lei.

- Vieni a casa con me, Sorella mia. Io ti sarò sempre accanto -

15.

Waquini aveva vissuto l'arrivo dei documenti a Cheyenne Falls come una sorta di responsabilità con cui confrontarsi.

L'esercito non aveva fatto troppa resistenza alla sua richiesta di lasciare la riserva per andare a lavorare nel ranch del nipote: Cameron aveva garantito per lui e l'integrazione di Asha nella vita di Sheridan costituiva certamente un buon precedente. Il governo sembrava essere impaziente di liberarsi dei Nativi che sovraffollavano le riserve, necessitando un carico di risorse e di generi di sostentamento di cui la politica pareva non voler farsi carico.

D'altro canto, lo sguardo dei soldati aveva accompagnato i passi di Waquini che abbandonava Cheyenne Falls con aria di disprezzo, forse perfino di provocazione. Infatti, se da un lato l'amministrazione doveva far quadrare la sua contabilità, dall'altro l'odio atavico di chi aveva fisicamente deportato le popolazioni indigene in quella prigione dai muri di un'aria pesante quanto la pietra, sembrava sfidare chiunque la lasciasse per inserirsi nel mondo che viveva fuori di lì, un mondo che era appartenuto ai Nativi per generazioni infinite, ma ora appariva estraneo ed ostile come se non fosse stato mai calcato dai passi leggeri di chi non aveva mai neppure lontanamente conosciuto l'Asia ma si sentiva chiamare *indiano*, con un tono misto tra l'insulto ed il disprezzo riservato ad un intruso indesiderato.

Neppure la Gente di Cheyenne Falls si era risparmiata commenti violenti verso Waquini che era stato accusato di tradire il suo Popolo, di sfuggire al destino che il Padre Ehane gli aveva consegnato, ovvero quello di subentrargli, se non come Uomo di Medicina, quantomeno come colonna portante di quel che restava della loro civiltà.

Dopo aver raccolto i suoi pochi effetti personali ed aver pregato gli Spiriti di accompagnarlo lungo il suo nuovo percorso, Waquini stava per abbandonare il suo tepee, ma si fermò per qualche istante prima di uscire: voleva contemplare per l'ultima volta il cielo che si affacciava dal foro in cima, attraverso l'incrocio dei pali che sostenevano la tenda. Come avrebbe potuto dormire in una casa di legno, di pietra e di muratura? Come avrebbe potuto chiudere il cielo sopra di sé? Quante volte aveva inveito contro i giovani di Cheyenne Rivers che vivevano negli edifici costruiti dai bianchi. E quante volte aveva disapprovato la scelta di Asha di trasformarsi nell'angelo di un focolare americano. Solo ora capiva che la sorella aveva fatto la sua scelta per amore, non per scappare dalla sua Gente, così come lui stava per compiere una scelta d'amore verso la sua famiglia: avevano bisogno di lui e forse avrebbe potuto essere più utile di quanto non fosse nell'immobilità della vita artificiale a cui era costretto a Cheyenne Falls. Lo spirito di Asha non era cambiato poi molto dopo il matrimonio, pensò Waquini, quindi non sarebbe cambiato neppure lui.

Uscendo dalla tenda, tuttavia, qualcosa fermò i passi del giovane uomo: il libro scritto insieme ad Ann, il simbolo e la testimonianza della tradizione del suo Popolo e del tentativo di perpetuarla, si trovava per terra davanti a lui, attraversato da una freccia.

·—>>>·❦·———·❦·<<<—·

Il viaggio verso il ranch fu silenzioso: Cameron ed Asha cercarono di riempirlo con una conversazione pratica sul da farsi, sui lavori che erano stati impostati per la ricostruzione delle scuderie di Mohe dopo l'incendio e, seppur in modo trasversale per non introdurre tematiche troppo delicate, sull'adattamento di Ann alla vita insieme ai Burton.

Waquini rispondeva appena, con lo sguardo fisso davanti a sé, ancora trafitto dalla freccia che aveva bucato le pagine del suo libro.

Quando il carro imboccò la strada che portava a casa di Mohe, il giovane Cheyenne chiese a Cameron se potesse fermarsi.

- Proseguirò da solo ora, vi ringrazio molto. -

- E' parecchia strada da qui, Waquini, ci metteremo poco con il carro... E poi Mohe è impaziente di vederti. - cercò di insistere Cameron.

- Grazie davvero he-vé[6] per il tuo tempo. Ne spenderemo molto insieme ora, e sono felice di questo. Adesso tuttavia devo proseguire il mio percorso sentendo la Madre Terra sotto i miei passi, per conoscere ed accettare il sentiero che ho deciso di seguire. -

Cameron guardò Asha brevemente che annuì con un semplice cenno del capo. Allora fermò il carro e salutò Waquini con una pacca sulla spalla, mentre la sorella gli lasciò una carezza che sottintendeva la comprensione di tutto ciò che stava accadendo dentro di lui. Fu allora che lo vide sorridere. Si trattava di un sorriso un po' malinconico ma non infelice, breve e reale come la vita, da accettare nei suoi compromessi.

Cameron aveva ragione, la camminata per arrivare al ranch era lunga, ma gli Cheyenne erano avvezzi a percorrere distanze ben più ampie attraverso le praterie, i boschi e le montagne. Waquini non era più davvero abituato a camminare senza vedere un confine più prossimo dell'orizzonte, eppure la spinta che muoveva i suoi passi, sempre più decisi ed ampi man mano che si lasciava alle spalle la sua vecchia vita, non era certo

---

[6] *Cognato* in lingua cheyenne

quella della liberazione da una prigionia in cui purtroppo aveva lasciato la sua Gente, bensì quella di una nuova missione da compiere, uno scopo reale nella vita che lo conduceva là dove il suo lavoro e la sua dignità avrebbero potuto fare la differenza. Il senso di colpa per aver lasciato Cheyenne Falls sbiadiva al sole della motivazione per cui stava camminando attraverso la terra conquistata dai bianchi: era la terra di suo nipote e l'avrebbe difesa. Questa volta non sarebbero riusciti a portarla via, nè separare lui dalle persone che amava. Avrebbe fatto tutto il necessario, così come James.

Dopo più di un'ora di cammino, durante la quale aveva abbandonato la strada per tagliare attraverso i pascoli, Waquini arrivò finalmente al ranch.

Tutto era esattamente come l'ultima volta che vi era stato, alla nascita di Sage, fatta eccezione per un enorme buco, reso nero dal fuoco e dal fumo che aveva divorato l'edificio, laddove si erano trovate un tempo scuderie e fienile. Si avvicinò piano a guardare il luogo dove era scattata la scintilla in quella notte ormai lontana più di un mese, dopo la quale la vita di tutti sembrava essere cambiata.

Lì, tra le macerie del legno ammassato e pronto ad essere portato via e le travi che erano state in parte risparmiate dalle fiamme ed accatastate per venir riutilizzate, si trovava una donna. Era immobile, di spalle, eppure Waquini avrebbe giurato che si trattasse di una figura conosciuta.

- Miss Hamilton? - chiese stupito.

Rosemary sobbalzò per lo stupore e si volse di colpo mostrando il viso rigato dalle lacrime e gli occhi gonfi di dolore e di amarezza.

- Waquini... non pensavo di trovarla qui - rispose lei asciugandosi appena le guance senza mostrare l'urgenza di nascondere il suo stato d'animo dietro il consueto contegno.

- Certamente neppure io - rispose lui avvicinandosi piano - Ma mi troverà spesso su questa terra perché ho lasciato la riserva ed ora vivrò qui per aiutare mio nipote - ingiunse lui con un nuovo orgoglio nell'esprimere le sue intenzioni davanti alla figlia dell'uomo che aveva provocato l'intera faida.

Rosemary annuì con fare dimesso e poi abbassò lo sguardo: - Sono venuta per parlare con Mohe, Mr Waquini. Ma quando sono arrivata qui... io... non... non ne ho avuto il coraggio. -

- La prego, Miss Hamilton, mi chiami Waquini. Certe cerimonie non appartengono alla nostra Gente. Il rispetto non si mostra aggiungendo qualcosa al nome di chi sta davanti. Il rispetto si mostra parlandogli con il cuore puro e l'animo trasparente. Le sue lacrime oggi mostrano rispetto. -

- E' così. Quindi la prego, mi chiami Rosemary. Anche perché non riesco a sopportare di sentire il nome di mio padre - la ragazza si girò e con un gesto di stizza gridò: - Non voglio portare il suo cognome - colpendo una delle assi accatastate in maniera precaria. La tavola di legno si smosse e fece scivolare la trave appoggiata sopra di essa, ma Waquini fu rapido nello scostare Rosemary evitando che le franasse addosso.

Fu allora che lei lasciò andare il nervosismo e la tristezza, singhiozzando in modo scomposto tra le braccia di Waquini che la strinse piano come se fosse stata una bimba caduta da cavallo.

- Noi non siamo i nostri genitori, kâse'ééhe[7]. Non è giusto farci schiacciare dal peso della loro eredità, come nel mio caso, né dal carico della loro colpa, come nel tuo. -

Rosemary e Waquini si erano da poco avviati verso il cortile, quando lo Cheyenne percepì alcuni passi che si avvicinavano. Mohe stava arrivando e, quando anche Rosemary lo sentì e lo

---

[7] *Giovane donna* in lingua Cheyenne

vide comparire di fronte a sé, si girò verso Waquini, ma lui era già scomparso. Sparito. Dissolto nel nulla. E lei si trovò sola di fronte a Mohe che la guardava come un fantasma sorto dalle ceneri delle macerie.

- Io.. ero qui con.. - balbettò Miss Hamilton scordando le buone maniere.

- Con chi eri qui? - la incalzò Mohe, temendo per un attimo che si trattasse del padre o di uno dei suoi emissari.

I due ragazzi non si erano più visti dal giorno del parto della cavalla, ma in quel breve tempo tutto appariva cambiato. Nulla era più al suo posto. James era morto. Ed il padre di lei lo aveva ucciso.

- Nessuno. Ero qui da sola - continuò lei seria, mentendo con una credibile compostezza.

- Rosemary, mi dispiace, ma non è una buona idea che tu sia qui. -

- Rosemary? Cosa ne è stato di Rose? - domandò lei con la voce malsicura di chi chiede una conferma, una rassicurazione.

- Tu cosa credi, eh? Tuo padre ha incendiato la mia proprietà, ha quasi bruciato vivi i miei cavalli, ha cercato di ammazzarmi e…. Dio, ha ucciso James. E tu sei lì, nel suo castello, a guardarci tutti dall'alto in basso, proprio come quel giorno alla locanda, quando mi fissavi dalla balaustra dell'albergo. Torna lassù Rosemary, quello è il tuo posto! - Erano molti giorni che Mohe non sentiva più una vera e propria rabbia dentro di sé, ma la vista della ragazza aveva fatto riemergere tutto il dolore e la frustrazione dei primi giorni.

- Pensi questo di me? - chiese semplicemente lei, disarmata, bella come non mai con gli occhi chiari di chi ha pianto e sciacquato l'intensità dell'iride. - Allora forse non ti stupirà sapere che quella notte io ho visto tutto. Ero proprio sulla balaustra, dove si trova la mia stanza. Ho sentito le tue accuse, ti ho visto aggredire mio padre e ho temuto che lui ti sparasse. E poi, poi l'ho guardato ammazzare un uomo. Ma vuoi sapere una cosa? Non è quello che mi ha sconvolto, ma sono state le ore successive. Quando gli ho parlato, c'era il ghiaccio nei suoi occhi... come se non fosse stato lui a portare via una vita. Mi ha detto che dovevo essere meno impressionabile visto che ero la figlia del nuovo padrone di Sheridan, perché ogni guerra comporta delle vittime e la prossima volta si sarebbe potuto trattare anche di qualcuno più vicino a me. Io credo parlasse di te, Mohe... - a questo punto Rosemary si interruppe e guardò negli occhi il ragazzo che la fissava in silenzio. Lui voleva odiare qualsiasi cosa avesse a che vedere con Hamilton ma in quel momento non poteva proprio odiare lei.

- Mio padre sbaglia. Io non sono come lui e non voglio diventarlo. Per tanto tempo ho pensato che esistesse una giustificazione per il suo modo di essere... ma ora... ora mi vergogno tanto. -

A questo punto Mohe sentì un sentimento nuovo gonfiarsi nel petto, bruciante e pulsante. Investiva tutti i suoi sensi e li traduceva in un unico desiderio impossibile da decodificare. Avrebbe voluto allargarlo ancora un po' e chiudere Rosemary in quel respiro, stringerla dentro di sé per farle capire che esisteva un luogo sicuro dove potesse vedere se stessa come la vedeva lui in quel preciso istante.

- Il male che hai intorno a te non è dentro di te, Rose. Perdonami se per un attimo lo avevo dimenticato... era colpa mia, non tua... avevo scordato di guardare fuori dalla mia rabbia. -

- Non voglio tornare da lui, Mohe, non voglio essere una delle sue proprietà! -

- Tu non sei di nessuno, come potresti? Non si è mai visto che alcun uomo possa possedere il sole o la luna che attraversano il buio ogni giorno, ma restano puliti e liberi come sei tu. - aggiunse lui piano e, avvicinandosi, le chiuse il viso umido tra le mani. La pelle morbida e perfetta della ragazza si adagiava perfettamente nei palmi ruvidi e tiepidi di lui. Quando i visi si avvicinarono ed i respiri si intrecciarono, le ciglia umide di Rose accarezzarono la guancia di Mohe, mentre la loro pelle, bianca come il cielo e bruna come la terra, si sfiorò per attimi lunghi quanto una luna. Lui la guardava, mentre Rose teneva lo sguardo basso e sentiva le labbra di Mohe così prossime da farle credere che la stessero già baciando. Ma non era così.

Rimasero vicini, tanto da pensare di poter finire l'uno sulle labbra dell'altra solo per un battito del cuore sfuggito al controllo. Un intero mondo di ragioni crescevano in quello spazio sottile che dilatava il contatto: un universo di motivi per fuggire. Proprio per questo Mohe rimase ancora qualche istante ad un respiro da Rose che, però, non fuggì.

Quando le labbra di lui abbracciarono l'istante di quel fiore, la ragazza afferrò la sua camicia, per stringere a sé la realtà di quell'emozione.

Desiderio, protezione, tenerezza e appartenenza si mescolarono nella carezza profonda disegnata dai loro sensi.

Ed eccola di nuovo, pensò Rose senza sentire più alcuna vergogna. Era di nuovo lei: la Poesia.

16.

Elina trottava nervosamente nel recinto che Mohe aveva ricostruito nei giorni immediatamente successivi all'incendio, per poter garantire ai clienti che avevano lasciato i propri cavalli nel suo ranch per l'addestramento che il lavoro non avrebbe subìto alcun ritardo. Era stato impegnativo cercare di convincere gli allevatori che i loro animali si trovavano al sicuro nelle proprietà dei Burton, ma nella maggioranza dei casi l'intervento di Cameron in supporto al figlio era stato sufficiente come garanzia. Non era facile, tuttavia, assicurare qualcosa di cui loro stessi non erano certi, caricandosi di una grave responsabilità che avrebbe rischiato, se qualcosa fosse andato storto, non solo di compromettere la vita dei cavalli, ma anche l'intera attività di Mohe.

Non era tuttavia a questo che pensava il ragazzo mentre invitava Elina a trottare nel recinto rotondo, stimolandola appena con l'oscillazione della corda che teneva arrotolata in mano. Bastava un piccolo gesto, un passo verso i posteriori, e la giovane figlia di Charlie affrettava il trotto nervosamente, sveltendo le falcate senza allungarle, come fosse pronta, con i muscoli contratti e le vene guizzanti, a scattare rapidamente al galoppo da un momento all'altro. La quarter non era più stata la stessa dopo la notte dell'incendio: tutti gli sforzi di Mohe per convincerla ad un lavoro tranquillo ed affidabile erano bruciati nelle fiamme che divampavano ancora negli occhi di Elina, lucidi e pronti a catturare il pericolo inaspettato che può comparire in qualsiasi istante da una Terra troppo poco Madre e troppo poco rotonda per non essere disseminata di angoli bui.

- Calma, piccola, calma. Tu non stai trottando via dalla mia corda, ma dai tuoi fantasmi... - Mormorò Mohe.

- Non puoi fermare la tempesta soffiandole contro del vento, natsénota[8]. - rispose una voce inaspettata.

- Zio! Quando sei arrivato? Ti aspettavo prima e iniziavo a preoccuparmi! - esclamò il ragazzo con una scintilla dell'entusiasmo di sempre, scavalcando rapidamente lo steccato.

- Sono stato qui intorno. Ho visitato i pascoli e riflettuto per qualche ora - rispose Waquini evasivamente.

- Pensavi alla decisione di aver lasciato Cheyenne Falls? -

- Pensavo al significato della freccia, Mohe - rispose Waquini stringendo in mano una punta di osso che teneva al collo con lo sguardo lontano, indecifrabile.

- Della freccia? -chiese il ragazzo stupito - Non ti avevo ma visto quella punta al collo, zio. E' il regalo di qualcuno della riserva? -

- In un certo senso lo è. L'ho trovata questa mattina e mi è stata lasciata dalla nostra Gente, nella riserva. Posso dire che sia un regalo finchè ne ricorderò il senso. -

- E qual è questo significato? -

- La freccia non è solo simbolo di attacco e di difesa, ragazzo mio. E' anche l'immagine della direzione che si decide di prendere, della traiettoria, dello scopo che ci si prefigge e la forza che si ha nel raggiungerlo. -

- Ed è questo che significa la tua collana? -

- Si, è così Mohe. - rispose Waquini muovendo qualche passo verso lo steccato e guardano Elina nei suoi larghi occhioni visionari. - Ed anche tu devi stabilire il tuo obiettivo, altrimenti rischi di condurre la tua vita come questa cavalla. -

---

[8] *Nipote* (figlio di un fratello del sesso opposto) in lingua Cheyenne

- E' solo spaventata, zio. Lavorava bene, ma ora non riesco a farla rilassare. Non ha più la fiducia di prima. Ma come si può, quando si ha visto il male negli occhi?-

- Quello che rende forte il nostro spirito è la capacità di guardare il buio in volto per scoprire di poterlo dominare senza perdere l'innocenza della mente, Mohe. Tu stai cercando di convincere questa cavalla che non deve temere, ma non ci riuscirai fino a quando non sarai tu a smettere di avere paura. Vuoi che i suoi occhi dimentichino le fiamme ma prima dovrai cancellarle dal tuo sguardo. Le chiedi di fidarsi di te, ma dovrai essere tu il primo a farlo. -

Mohe abbassò lo sguardo ma Waquini non riuscì a cogliere la sua espressione perché il vento gli spinse i capelli scuri davanti al viso.

Lo zio tacque, lasciando al ragazzo il suo spazio, mentre osservava i movimenti della cavalla per comprenderne l'indole. Dopo qualche minuto di silenzio, Mohe si sedette piano a terra, sopra una delle assi di legno che erano avanzate dalla costruzione del nuovo recinto. Appoggiò i gomiti sulle ginocchia e si prese la testa tra le mani, facendo scivolare le dita polverose tra i capelli lucidi. Waquini allora si accucciò davanti a lui e piano gli chiese: - Non si tratta solo del ranch, vero? Non è soltanto per la perdita del tuo amico, c'è dell'altro natsénota. -

- Sì, è così. La notte in cui abbiamo perso James qualcosa si è rotto dentro di me e da allora mi sento come Elina: sono continuamente in fuga dai miei fantasmi. Vorrei potermi battere ma non riesco perché molti dei miei nemici non sono in carne ed ossa, come nel caso dei miei sensi di colpa. E anche quando invece si tratta di uomini, ci sono troppe implicazioni e non posso agire come vorrei. -

Una lunga pausa seguì le parole di Mohe, ma Waquini capì che il discorso non era terminato e rimase fermo, attendendo che il ragazzo fosse pronto per proseguire.

- Poi oggi è successo qualcosa, zio. Oggi è stata qui Rosemary Hamilton. -

Waquini tacque ancora, senza fingere stupore, e Mohe, dopo averlo guardato brevemente negli occhi, proseguì: - Era sconvolta per quanto è accaduto. Si è resa conto della persona spregevole che è suo padre e l'ha affrontato. Lo disprezza per quello che ha fatto a James, per il suo comportamento, per l'arroganza con cui minaccia di distruggere noi tutti. -

- Le giovani maestre sembrano essere donne coraggiose in questa città - sorrise Waquini, ma Mohe non colse l'intervento perché era immerso nell'urgenza di proseguire nel suo racconto.

- L'ho baciata, zio. E poi... poi temo di averla perduta. -

Questo stupì veramente Waquini, che posò a terra un ginocchio e spostò i capelli dietro ad un orecchio, in segno di attenzione.

- Mi ha detto che non sarebbe più voluta tornare da Hamilton. -

- E tu cosa hai fatto? -

- Le ho riposto che se vorrà rimanere qui, io sfiderò anche il demonio cristiano per proteggerla. Ma quando prenderà questa decisione, non potrà più tornare indietro e la reazione di suo padre sarà furibonda. Lei sarà la sua vergogna ed il simbolo di una sfida senza precedenti, quindi lei stessa dovrà essere pronta a rinunciare per sempre a lui, alla sua vita, a tutto ciò che ha conosciuto fino ad oggi. Le ho detto di prendersi del tempo per decidere senza rimpianti. -

- Sono parole sagge, Mohe. Cosa ti ha risposto la giovane signora? -

- Ha detto che avevo ragione. Ha detto che si sarebbe presa un po' di tempo dopo le emozioni di oggi, ma che presto sarebbe tornata da me. -

- Però tu temi che non lo farà. -

- Temo di averla lasciata andare quando aveva bisogno di essere trattenuta, e, cosa ancora peggiore, temo di averla riconsegnata a quel mostro. Lei è così fragile... -

- Non lo è, Mohe. Molte cose è Rosemary, ma certamente non una donna fragile. Forse è proprio quella forza delicata che ti attrae, un po' come capita a me con... - il discorso si interruppe per un attimo ed i due si scambiarono uno sguardo fulmineo che entrambi finsero di ignorare. Poi Waquini proseguì: - Quando tieni veramente a qualcuno devi lasciarlo andare, nipote. Se tornerà da te, vuol dire che vi appartenete, altrimenti, quell'anima non è mai stata tua. -

Mohe sorrise.

- Andiamo zio, ti mostro la tua stanza! -

Quando scese la notte Waquini sciolse il suo fagotto.

La stanza era accogliente ma non molto grande e le pareti strette parevano schiacciargli il petto.

Aprì la finestra, malgrado l'aria fosse fredda e umida, e chiuse gli occhi per riconoscere gli odori e i suoni della notte.

Poi appoggiò una mano aperta sulla parete di legno e cercò di sentirlo, ma senza successo. Provò a percepire la vita che scorre nei tronchi e sotto le cortecce, ma le assi strappate al bosco, levigate dall'uomo, seccate all'aria e al sole non profumavano di linfa o di resina e non pulsavano del respiro della natura, non più. Proprio come lui, destinato a stendersi sotto quel soffitto così basso, così piatto, così chiuso.

Allora Waquini srotolò dalla sua sacca una stola di stoffa e la adagiò sul pavimento. Poi ci si sdraiò sopra, proprio di fianco al letto, in modo da poter vedere fuori dalla finestra. Si sistemò sotto ad una coperta e pensò alla conversazione avuta con Mohe, poi alla cavalla ed infine ad Ann... poi prese in mano la punta della freccia che portava al collo e mormorò - Tsêhetóó[9] -

[9] *Guarda in quella direzione* in lingua Cheyenne.

17.

Asha dovette insistere a lungo per convincere Ann ad accompagnarla in città per svolgere le sue commissioni. Si trattava di poche faccende senza importanza, ma erano una buona occasione per indurre la giovane mamma a tornare in città per la prima volta dopo il funerale del marito.

Erano passate ormai diverse settimane ed Ann aveva esaurito le scuse per non affrontare quel momento: Sage era un po' cresciuta ed il freddo invernale stava lasciando spazio ad un'aria più morbida che faceva brillare le gocce di rugiada come sfere di cristallo di mille veggenti il cui pronostico si chiamava primavera.

Salita sul carro di fianco all'amica con la bimba ancora in braccio, Ann sentiva una stretta allo stomaco, mentre tutti i ricordi che aveva nel cuore si stringevano nella morsa della nostalgia e di un timore in cui si rapprendevano ansia e dolore.

Nonostante Asha fingesse una conversazione tranquilla e quotidiana per stemperare la tensione del momento, alla sua compagna di viaggio non riuscì quasi di proferir parola, fatta eccezione per qualche cenno di assenso e qualche breve frase diretta alla bambina per tranquillizzarla ed intrattenerla durante il tragitto. Sembrava quasi che concentrarsi su Sage fosse più utile ad Ann piuttosto che alla piccola: dedicandole la sua attenzione quasi interamente, la giovane donna poteva in qualche modo distrarre la sua attenzione dalla strada lungo la quale ogni foglia le mormorava all'orecchio un ricordo diverso.

Soltanto un sentiero portava a Sheridan dal ranch dei Burton e passava inevitabilmente davanti a casa di Ann, quella casa che aveva diviso con James e che ora restava vuota, come il suo sguardo ogni volta che veniva assorbita dalla memoria. Non appena il carro passò davanti all'edificio, Horn, che dormicchiava accoccolato come sempre sul retro del carro, scattò in piedi mormorando e muovendo appena la coda.

La sua padrona, che canticchiava nervosamente una filastrocca a Sage cullandola con il ritmo di un tic nervoso piuttosto che di un gesto rilassante, si girò di scatto verso il lupacchiotto ed improvvisamente, con voce decisa, quasi perentoria, gli intimò: - Zitto Horn! Stai giù! Non c'è nulla da vedere. -

La reazione eccessiva lasciò intendere ad Asha quanto il malessere fosse compreso nel respiro dell'amica e si chiese se veramente fosse stata una buona idea portarla in città o se forse il momento giusto non fosse ancora arrivato.

- Il giardino è in ordine - mormorò tuttavia Ann poco dopo, lasciando intendere che con la coda dell'occhio avesse visto più di quanto fosse apparso.

- Cameron è passato qualche volta, per controllare che fosse tutto a posto - rispose Asha con tranquillità, come se stesse parlando delle patate che aveva piantato nell'orto.

Quella minuscola rivelazione cambiò leggermente lo stato d'animo di Ann che improvvisamente capì che quell'enorme buco nella sua vita non significava necessariamente che fosse andato in rovina tutto quello che era stato. Qualcuno si prendeva cura del suo passato anche quando lei stessa non era in grado di farlo ed il ricordo di James non era coperto di erbacce.

Con lo sguardo un po' più sicuro e la fronte leggermente più alta, Ann si ritrovò in pochi minuti sulla strada principale di Sheridan. Asha fermò il cavallo, accostando il carro non lontano dell'emporio. Attese poi qualche minuto e chiese: - Te la senti? -

- No, non me la sento. Ma lo farò lo stesso. -

Non appena iniziarono a passeggiare lungo la strada, lo sguardo di Ann cadde sulla locanda. L'insegna era immensa e la chiamava da poco lontano. Quella familiare scritta intagliata nel legno le aveva sempre parlato, negli anni. Molto tempo prima aveva significato indipendenza, quando da sola si rinchiudeva nel caffè per ascoltare la sua musica preferita, poi aveva preannunciato il brivido di un amore condito da note piene di segreto desiderio, ed infine aveva parlato di famiglia, quando, ormai sposata con James, Ann si sentiva a casa sedendo ad un tavolo ed ascoltando suo marito cantare la formula di luoghi che lei sola conosceva. Ora quell'insegna avrebbe dovuto gridare il dolore, suggerire la morte, illuminare il vuoto.

Invece non diceva nulla. Taceva. Era lì inerme, come un pezzo di legno.

Ann si fermò a fissarla, dopo averla tanto temuta, ma non vide altro che un'insegna di un locale. Guardare in faccia i pezzi di mondo che aveva plasmato nella sua memoria sembrava meno doloroso di quanto non fosse stato prefigurare quel momento nella sua mente, poichè il dolore esisteva nel suo essere e non negli angoli di realtà.

Asha la fissava in silenzio, allora Ann si girò verso di lei e, sinceramente intenerita dallo sguardo preoccupato della sua sorella cheyenne, sorrise appena e mormorò: - Va tutto bene... -

All'emporio gli acquisti furono rapidi e nessuno si dimostrò tanto invadente da chiedere ad Ann qualcosa di diverso rispetto a generiche informazioni su come stesse e come crescesse la bambina. Sage fu per tutti un grande sollievo, offrendo l'occasione di spostare la conversazione su un argomento gradevole che si prestava a commenti cortesi e complimentosi.

Non appena fuori dal negozio, tuttavia, Ann lasciò inaspettatamente la sua bambina in braccio all'amica e piano si allontanò, chiedendole di aspettarla per qualche minuto. Apparentemente Asha acconsentì senza troppe domande, ma silenziosamente, come è tipico della sua Gente, la seguì a distanza, prima con lo sguardo e poi con passi leggeri e lenti come il battito d'ali di una cincia lungo il corso del Tongue River.

Ann si dirigeva verso la scuola, determinata come chi desidera affrontare i propri fantasmi, afferrarli per il collo e se possibile averne la meglio, oppure soccombere, ma con la certezza di essere stati se stessi ancora per un attimo, di aver tenuto salde le proprie redini.

Rimase per diversi minuti a pochi metri dalla porta, senza voler necessariamente entrare, ma squadrando la facciata con il viso rivolto verso l'alto, vedendo appena la torre campanaria in controluce.

D'improvviso, la porta si aprì di schianto ed un'orda di ragazzini si rovesciò nel cortile come la corrente di un fiume che si beffa dell'argine.

In pochi istanti, senza averlo previsto, Ann si trovò circondata e le voci le sembravano lontane, stridule, perfino fastidiose. Il suo guscio di silenzio era irrimediabilmente infranto e questo le creava un disagio profondo, la sensazione di essere fuori posto, un dolore fisico, come se ad essersi spezzato fosse stato un labbro.

Forse inconsciamente rispose a qualche domanda dei suoi allievi di sempre che le si accalcavano intorno festosi, circondandola di quell'affetto di cui era stata tanto orgogliosa e che l'aveva sempre resa felice, ma che ora la disorientava come se fosse a metà tra sonno e veglia.

Una voce tuttavia arrivò brillante dalla realtà e la tolse d'impaccio: - Non ora, ragazzi, non ora! Mrs Ree è appena tornata, siate educati e lasciatela respirare. Forza, andate a giocare... ci sarà tutto il tempo per parlarle in un altro momento. -

La piccola folla riluttante si disperse poco alla volta e davanti ad Ann rimase Rosemary, sull'uscio della scuola.

Ann aveva sentito parlare dell'incontro che Miss Hamilton aveva avuto con Mohe, delle scuse che gli aveva portato e perfino del fatto che fosse stata dissuasa dal ragazzo stesso dall'idea di far visita ad Ann per portarle le sue condoglianze. Per qualche istante, da lontano, Ann era riuscita perfino a sentire una lieve compassione per quella ragazza imprigionata in una famiglia sbagliata, così come si era sentita lei stessa a Denver tanto tempo prima.

Ma ora Rosemary l'aveva chiamata *Mrs Ree*. Lei stessa aveva chiesto che Miss Hamilton le si rivolgesse in quel modo tanto tempo prima, ma ora era tutto diverso. Adesso James era morto e quelle parole suonavano quasi provocatorie al cuore di Ann, sebbene la sua mente fosse perfettamente consapevole che la loro intenzione non avrebbe potuto essere più lontana.

- Non permetterti - sibilò con voce ferma e gelida - Non permetterti di pronunciare ancora il nome di mio marito, almeno fino a quando il suo assassino, tuo padre, non sarà a sua volta morto e sepolto. -

Rosemary allargò gli occhi senza rispondere ed Ann non volle vedere il dolore che vi albergava, quindi si girò prima di poterli leggere e ritornò verso il carro.

Quando il cavallo partì per riportare le due donne verso il ranch, ad Asha fu chiaro che Ann già si sentiva in colpa per qualcosa che era stato detto, ma non si era trovata sufficientemente vicina da poter comprendere di cosa si trattasse.

- Lo so, non è colpa della ragazza, ma in quel momento le avrei strappato gli occhi, Asha. Lei non mi ha detto nulla ed io avrei voluto ucciderla. -

- C'è ancora tanta rabbia dentro di te, com'è normale che sia. Quando morì nostra madre, uccisa fortuitamente in uno scontro con l'esercito, nostro padre Ehane non fu in grado di esercitare la Medicina per più di un anno perchè diceva di aver perso l'equilibrio. Secondo lui il dolore era come un fuoco acceso in una tenda chiusa, senza sbocco verso il cielo. Inizialmente ti crogioli nel suo tepore, ma poi inizi a soffocare per il caldo e per il fumo, fino a non respirare più. Se non apri un varco non potrai sopravvivere. Così diceva nostro padre. -

- E come si fa? Come si apre quel varco? -

- Non sono saggia come lui, sorella mia. Non so darti una risposta a questa domanda. So solo che ognuno di noi deve trovare il suo varco e la Madre Terra ti suggerirà il luogo dell'equilibrio. -

- Parli come tuo fratello - mugugnò Ann insoddisfatta della risposta ed Asha sorrise in silenzio.

Le due amiche avevano scelto di passare per il ranch di Mohe sulla strada di casa, per lasciargli parte della spesa che la madre aveva appena fatto.

Quando arrivarono a destinazione tuttavia Ann chiese di aspettare Asha vicino al carro, magari di fare una piccola passeggiata per schiarirsi le idee. Non era in vena di fare conversazione e credeva che qualche momento per sè le avrebbe giovato. Le capitava molto di rado ormai di restare da sola, poichè vivendo con Asha e Cameron si trovava sempre in compagnia e la piccola Sage reclamava la sua attenzione in ogni istante. L'amica comprese perfettamente le esigenze di Ann e le prese la bimba dalle braccia scherzando: - Allora, andiamo a trovare il cugino Mohe mentre la mamma fa due passi? -

Sage gorgogliò qualche suono allegro ed Asha si avviò verso la casa del figlio.

Ann fu finalmente sola. Respirò a fondo, poi guardò il cielo trovandolo confuso quanto lei. Camminò un pochino al limitare del ranch, ma si trovò tanto immersa nei suoi pensieri da notare a malapena ciò che le stava intorno, un po' come quando si legge un libro ma si è talmente sprofondati in se stessi da scorrere intere pagine senza comprenderne il significato.

Si appoggiò allora ad uno steccato e distrattamente gettò uno sguardo all'interno. All'improvviso la sua attenzione scese sulla terra. C'era una cavalla nel recinto e le ricordava molto la sua Charlie di tanto tempo fa. Tuttavia questa Quarter aveva qualcosa di diverso che andava al di là del suo aspetto fisico. Si muoveva dietro lo steccato annusando l'aria con inquietudine, eppure sembrava così sicura di sè ed orgogliosa.

Ann sporse una mano e rimase immobile, finchè la cavalla, prima incuriosita, poi sospettosa, poi di nuovo incuriosita, si avvicinò e si allontanò dal suo odore come un ramo mosso dal vento. La ragazza rimase semplicemente immobile, guardandola senza fissarla, desiderando il suo tocco senza cercarlo. Non sapeva che quella cavalla era davvero figlia di Charlie e non aveva idea che Mohe la stesse addestrando apposta per lei.

Sapeva solo che si trattava di uno dei cavalli per cui si erano rischiate diverse vite quella notte.

Uno di quei cavalli per cui una vita era stata persa quella stessa maledetta notte.

Elina si avvicinò improvvisamente spinta da una convinzione che il mondo non poteva decifrare, ma ancora Ann non si mosse.

- Potevi essere tu. Invece è stato James. -

La accarezzò piano e sentì i propri occhi inumidirsi mentre quelli larghi della cavalla sembravano senza dimora.

- Ma anche tu hai perso il tuo equilibrio vero? -

Ann la guardò ancora senza più timore di fissarle addosso il proprio sguardo. Capiva finalmente cosa aveva in più quella cavalla. Si trattava di ciò che le era stato tolto. Era spezzata, proprio come lei stessa.

Per poter passare il braccio sotto la criniera di Elina, Ann si spinse con un piede sullo steccato, ma per un attimo scivolò e si appoggiò al collo della cavalla che, per una volta, non si spostò. Rimase immobile. In quella posizione precaria Ann si sporse ancora un po' ed accostò la propria fronte alla tempia di lei, prima sfiorandola appena, poi appoggiandosi con il proprio peso.

Erano in *equilibrio*. Rimasero per lunghi minuti in quella posizione. In perfetto *equilibrio*.

Quando Waquini varcò il cancello del ranch, di rientro dai pascoli attigui, rimase semplicemente stupefatto da quanto stava accadendo.

Il primo istinto fu quello di correre verso il recinto di Elina e fermare qualsiasi cosa stesse succedendo, ma una forza misteriosa lo trattenne. Era un'intuizione: l'estemporanea certezza che qualcosa di insolito stesse accadendo.

Si avvicinò quindi con molta cautela e si rese conto che Ann neppure si era accorta della sua presenza. Si trovava di fianco alla cavalla, al di là dello steccato. Erano vicine, in silenzio, concentrate su se stesse. La coda e la criniera di Elina si muovevano nell'aria con una lentezza quasi irreale... Ann allungò le mani verso la propria crocchia e sciolse i capelli, lunghi, mossi come foglie di salice che non sapevano più stendersi al vento dopo aver speso troppo tempo strette in un gomitolo.

La cavalla sembrava voler passare il muso sotto la chioma sciolta della donna, così come avrebbe fatto con la coda di una compagna equina, mentre Ann, dopo aver arrotolato le maniche della camicetta fino a dove era possibile, stendeva il braccio lungo la schiena e poi la groppa di Elina, come a volerne percepire la lunghezza, la solidità, il tepore, la linea morbida come l'arco dell'orizzonte.

Waquini rimase incantato per qualche minuto, poi, consapevole dell'imprevedibilità della cavalla, dovette cedere al razionale desiderio di proteggere Ann da qualsiasi pericolo, sebbene in quel momento sembrasse in pieno dominio della situazione, come forse non era stata da qualche mese ormai.

Prese la capezza e piano scivolò nel recinto, senza disturbare l'intima atmosfera di tacita empatia, ma rendendo manifesta la sua presenza per non cogliere impreparata nè la donna nè la cavalla.

Ann lo guardò per qualche istante, senza sentire la necessità di giustificarsi o di aggiungere altro all'evidenza.

Waquini fece scivolare il naso di Elina nella capezza e la chiuse sulla sua guancia, tenendo la sommità della corda a cui era legata senza esercitare alcuna azione, in modo che la Quarter si sentisse libera nei movimenti quanto pochi istanti prima, solo psicologicamente più controllata.

- James non è sopravvissuto ma lei sì. Tutti noi sì. - mormorò Ann senza guardare Waquini in volto. Dopo qualche istante proseguì: - Asha mi ha detto che vostro padre ha dovuto ritrovare l'equilibrio quando ha perso la sua compagna. Mi ha detto che la Madre Terra mi avrebbe suggerito il luogo dove trovarlo io stessa. -

Allora si spostò verso la groppa della cavalla e posò entrambi i palmi delle mani sulla sua schiena. Poi si voltò verso di lui e la richiesta fu inequivocabile. Allora lui si avvicinò, tenendo ancora la corda in una mano, e si accostò alla schiena di Ann tanto da poterne sentire la fibra leggera ma resistente. Fece passare la mano destra davanti al ginocchio sinistro della ragazza, stropicciandole la gonna che inevitabilmente si arruffava in una massa di pieghe e di impacci. Con un movimento sicuro e naturale, tuttavia, in pochi istanti Waquini sollevò la ragazza consentendole di far scivolare la gamba destra con una carezza al di là della groppa di Elina. Nessuno dei tre si mosse per qualche istante. Ogni movimento, anche minimo, nella muscolatura della schiena e del costato della Quarter spiegavano ad Ann il flusso delle sue emozioni, il filo teso dell'attenzione che studiava la nuova presenza, ma anche l'accettazione di una vita così simile alla sua. Lo sguardo di Elina, per la prima volta dall'incendio, sembrava essere cambiato ed aver abbandonato il fremito di insicurezza che la rincorreva. Tuttavia non aveva neppure più gli occhi un po' discoli di puledra scapestrata che l'avevano caratterizzata prima dell'accaduto. Responsabilizzata dalla fiducia di Ann, sembrava infatti aver trovato un motivo per credere di dover smettere di scappare... ma nessuno può tornare candido di innocente impertinenza quando è stato segnato dall'inchiostro dell'esperienza.

Passarono molti minuti di conoscenza reciproca, carezze, piccoli movimenti, passi naturalmente simbiotici, sempre nella presenza rassicurante di Waquini.

Venne infine il momento di scendere ed Ann si chinò verso il collo della cavalla, lasciando scivolare la mano lungo la linea in cui il manto lascia spazio ai crini, poi appaiò le gambe sul fianco di Elina e fece per lasciarsi scivolare verso terra, quando sentì due mani abbracciarle la vita e guidarla piano verso il suolo, così lentamente da lasciar intuire che l'indugio di quegli istanti fosse una volontà precisa. I piedi di Ann toccarono terra quando il suo corpo si trovava ormai tanto vicino a quello di Waquini quanto alla cavalla stessa. Si voltò verso di lui appoggiandosi al tocco delle sue mani che non le avevano lasciato i fianchi e desiderò per un momento che i suoi stessi occhi tornassero quelli di quando era ragazzina, ma, così come per Elina, questo non era possibile neppure per lei. Eppure esisteva qualcosa di ancora vivo nel suo petto, qualcosa di molto simile all'emozione di donna che credeva sepolta in un luogo così lontano da essere ormai irraggiungibile. Era passato tanto tempo da quando si era sentita tremare i polsi, da quando il torpore le aveva attraversato i fianchi e le tempie. Non era giusto provare questo genere di emozioni, non ancora. O forse non sarebbe mai più stato giusto. Tuttavia gli eventi accadono, così come gli incidenti, così come i sentimenti. Anche le persone accadono.

Ann sentiva i capelli di Waquini solleticarle le guance e la sua presenza immobile e tanto vicina le rimbalzava nell'istinto come un tuono fa vibrare il vetro. Eppure in quell'istante non si sentiva più fatta di cristallo, non era più una giovane maestra, una sposa acerba, non era più la ragazza dai grandi ideali che braccia mature avrebbero dovuto accogliere. Era Emonah. Una donna. Una donna con le sue fragilità, universi di paure, pozzi di perdite, foreste di ombre, ma anche una donna in cui scorreva la consapevolezza della propria identità, la maturità dell'essere femmina, la rivendicazione di chi è sopravvissuto e decide di combattere la propria vita ad armi pari con la natura.

Ann e Waquini rimasero per diversi attimi in quella posizione, bilanciati tra passato e futuro.

Lei gli appoggiò una mano sul petto, sentendo il suo fisico asciutto ma solido sotto la casacca in pelle scamosciata. Fece allora scorrere il suo tocco verso l'alto, dove lo scollo della camicia si apriva ampiamente e piano sfiorò la pelle, compatta, giovane, bronzea al confronto della mano candida di lei. Ann prese tra le dita la punta della freccia che il giovane uomo portava al collo ed alzò lo sguardo verso gli occhi di lui che la fissavano senza timidezza, senza esitazione, ma allo stesso tempo senza arroganza nè sfacciataggine. Rimasero allacciati in istanti lunghi quanto pagine e pagine di pensieri, di dubbi, di timori, finchè Ann, a pochi soffi di vento dalle labbra di lui, ruppe il silenzio chiedendogli: - Cos'è questa?-

- La punta di una freccia Emonah. -

- Perchè la porti al collo? -

Appariva naturale poter parlare sebbene la situazione fosse tanto intima, tanto sbagliata, eppure priva di ogni imbarazzo perchè in quella confidenza Ann si sentiva al sicuro. Sentiva di poter scegliere, di poter condividere con lui ciò che non le era necessario spiegare perchè in fondo Waquini l'aveva conosciuta prima di chiunque altro.

- Indica la mia direzione. La direzione che ho preso venendo qui. -

- Allora perchè quello sguardo Waquini? -

Fu in quel momento che lui fece un passo indietro, le prese una mano e piano la condusse verso la casa. Ann si guardò intorno, intimamente sperando che questo gesto non venisse visto, allora lui lasciò la presa e le appoggiò una mano sulla spalla per attraversare il cortile, entrare dalla porta sul retro e raggiungere la propria stanza. Ann rimase sulla soglia ma Waquini non le chiese di entrare, temendo che la domanda apparisse sconveniente, poi prese il suo fagotto e ne estrasse il loro libro. Era la copia che gli era stata regalata da Ann, infatti recava la dedica che lei stessa gli aveva scritto molto tempo prima, attraversata, proprio nel suo cuore, da un foro del diametro della punta di freccia che Waquini portava come pendaglio.

- Oh mio Dio! - esclamò lei, comprendendo immediatamente il significato di quanto accaduto. Entrò nella stanza, in pochi passi fu davanti a Waquini ed appoggiò le proprie mani sopra quelle di lui che reggevano il libro.

Poi prese dalla tasca della sua larga sottana la Borsa di Medicina che il giovane cheyenne aveva fatto apposta per lei molti anni prima, riempiendola delle erbe curative e propiziatorie che l'avrebbero protetta lungo il cammino.

Waquini non nascose il suo stupore ed Ann sorrise: - La porto ancora con me, soprattutto in giorni importanti come oggi. -

Poi aprì il sacchettino in pelle di bisonte conciata e prese un pizzico di foglie di salvia, le sbriciolò dentro il foro nel libro e poi lasciò un bacio veloce sulla guancia di lui.

- Guarirà. - gli disse piano.

18.

Cameron faticava a stare seduto allo stesso tavolo di Hamilton durante le riunioni del Consiglio Cittadino, ma dovette rassegnarsi a sopportare la sua presenza dopo che la legge l'ebbe giudicato innocente in merito all'accaduto con James, poichè secondo i fatti si sarebbe trattato di un incidente provocato da una reazione di legittima difesa contro l'aggressione di Mohe. Il ragazzo sembrò essere l'unico profondamente turbato dalla rapida ed indolore sentenza di non colpevolezza: in realtà non aveva avuto luogo neppure un vero processo, ma solo un'inchiesta sommaria basata sulle testimonianze dei presenti. Ann, Asha e Cameron invece non si dimostrarono stupiti da una conclusione che avevano dato per scontata fin dall'inizio e che non si sarebbe potuta dimostrare differente neppure se Hamilton fosse stato un uomo meno influente e meno ricco.

Riaverlo al tavolo del Consiglio, tuttavia, a promuovere le proprie intenzioni per la città era nauseante per Cameron, che diceva sempre a sua moglie: - L'intera stanza si riempie della sua puzza - riferendosi solo metaforicamente ai fiumi di dopobarba francese che inzuppavano l'aria intorno a Hamilton. Asha tuttavia invitava puntualmente il marito a tenere duro e non lasciare il proprio posto perchè la sua presenza al Consiglio era forse uno dei pochi strumenti che avevano per opporsi alle scelte dell'inglese ed alle sue pretese dispotiche.

Un pomeriggio, tuttavia, la discussione si fece particolarmente accesa.

Hamilton si era alzato dalla sedia, emergendo dalla bolla di fumo che veniva soffiata dal suo sigaro, e si era rivolto con occhi sottili e con la consueta retorica verso il Sindaco Watkins: - Vorrei portare alla gentile attenzione di questo Consiglio una questione che ritengo possa interessare l'intera comunità cittadina, specialmente in questo periodo delicato di forti contrasti. -

- Contrasti? Contrasti causati da chi? Un uomo è morto per quelli che lei definisce contrasti! - Scattò Cameron picchiando la mano sul tavolo in un gesto di stizza.

- Calma, Burton, calma. Conosciamo tutti la tua posizione. Lord Hamilton ha diritto di parlare come chiunque altro in questa assemblea - intervenne Watkins girando con le dita della mano destra il grosso anello di famiglia che portava all'anulare della sinistra.

Cameron sbuffò, e Hamilton proseguì impettito, infilando il pollice nel taschino del gilet da cui usciva la catena di un orologio d'oro: - Ritengo siate tutti d'accordo con il fatto che solo una visione comune potrà portare Sheridan verso una pacifica risoluzione dei *contrasti* ed è noto a chiunque che esistono solo due luoghi dove l'opinione pubblica si forma e si addestra: la chiesa che educa le famiglie, come ci insegna il Reverendo Foster qui presente, e naturalmente la scuola che istruisce le giovani generazioni secondo valori nuovi e progetti rivolti al futuro. -

Tutti ascoltavano in silenzio, mentre il Reverendo annuiva lentamente con le mani intrecciate appoggiate sul tavolo e la testa leggermente inclinata sul fianco.

- Vieni al punto Hamilton - irruppe nuovamente Cameron, abbandonando ancora una volta la forma di cortesia per tornare ad un *tu* sprezzante. L'inglese finse di non sentire e proseguì con il suo sermone: - Come è noto a tutti, mia figlia Rosemary si è fatta carico per lunghi mesi della preparazione dei ragazzi, mettendo generosamente la sua sofisticata e costosa cultura a disposizione dei ragazzini ruspanti di queste parti. Mi è giunta voce che la maestra a cui è subentrata, Mrs

Ree, avrebbe avuto intenzione di rientrare a scuola entro la fine del presente anno scolastico, ma mi sembra inutile menzionare le innumerevoli ragioni per le quali noi tutti auspichiamo che questo non avvenga. -

Un leggero mormorio serpeggiò tra i presenti e qualche timida obiezione fece per prender forma nelle parole confuse di Mr Moore, il padrone dell'emporio. Tuttavia la reazione di Cameron non lasciò spazio ad ulteriori indugi: si alzò di scatto, rovesciando la sedia, e puntò il dito a pochi centimentri da Hamilton: -Tu, maledetto, prima le hai ucciso il marito ed ora vuoi toglierle il lavoro che è una delle sue ragioni di vita! Sei un miserabile serpente, ecco cosa sei! -

Un paio di uomini si interposero tra Cameron ed il suo apparentemente indifferente interlocutore, per evitare spiacevoli inconvenienti, ma Hamilton non si spostò di un passo e proseguì con tono quasi mellifluo, lanciando uno sguardo d'intesa al Reverendo: - Mi pare che questa città abbia già avuto alcuni problemi con Mrs Ree qualche anno fa a causa dei suoi legami con le vicine popolazioni selvagge. Già era stata allontanata dalle giovani menti del paese per evitare sgradevoli influenze sui figli di Sheridan. Ora, specialmente dopo il grave lutto di cui tutti ci rammarichiamo profondamente e che risulta inevitabilmente legato agli eventi di questi ultimi tempi, come potremmo pretendere dalla povera donna che possa essere obiettiva e trasmettere ai ragazzi un ottimistico sguardo verso il progresso? -

- Lei non è una *povera donna*, Hamilton. Sei tu un povero verme. Vuoi plagiare i giovani, usare l'istruzione, così come la chiesa, per portare la gente dalla tua parte in modo che si danneggi da sola appoggiando le tue decisioni - tuonò Cameron, con gli occhi scuri di rabbia ed i lineamenti resi più fermi dalla contrazione. Sembrava infinitamente più alto e robusto di Hamilton mentre la sua voce perforava le coscienze dei presenti.

- Così poca fiducia ha nei confronti dei nostri concittadini, Mr Burton? - sorrise furbamente l'inglese mentre insegnava a Watkins cosa fosse purtroppo la politica.

- Non lo permetteremo. Io non lo permetterò, a qualunque costo. - asserì infine Cameron, con voce più bassa ma dura come la roccia.

- Mr Burton, avrà notato quante brutte conseguenze possono avere i tentativi di opporsi ai desideri di uomini come me, non è vero? Le persone poi rischiano di farsi male. Persone forti come lei, o fragili come la dolce Mrs Ree - sibilò Hamilton.

- Toccale soltanto l'orlo della gonna ed io ti ucciderò - fu la risposta.

- Lo avete sentito tutti, stimati membri del consiglio? Sono stato minacciato! Se dovesse accadermi qualcosa saprete tutti di chi sarà la colpa! - esclamò allora Lord Hamilton a gran voce.

Il Consiglio si sciolse.

La sera stessa Mohe e Waquini erano stati invitati a cena da Asha ed Ann, quindi sedevano tutti insieme a tavola mentre attendevano il ritorno di Cameron dalla riunione.

La porta si spalancò in un tuono ed egli entrò in casa con il passo di un lupo che ha visto un incendio. La rabbia che sentiva sembrava avergli rubato il cuore per farlo pulsare solo per sè.

Il resoconto della riunione si rovesciò sulla famiglia, condito da un numero incalcolabile di rassicurazioni rivolte ad Ann, di minacce verso Hamilton e di imprecazioni a cui l'uomo non era solitamente avvezzo. Asha cercò di calmarlo, temendo che potesse fare qualche sciocchezza, e cercò di contenere anche l'esuberanza di Mohe, che, trascinato dallo slancio e dal desiderio di intervenire, contribuiva ad accendere ancora di più il fervore paterno.

- Rosemary di sicuro non vorrebbe questo - continuava a ripetere il ragazzo, mentre la discussione si disperdeva in presunte supposizioni e finte certezze.

Gli unici due che non parlarono furono Waquini ed Ann, la quale, con sguardo basso, disse infine improvvisamente : - Ora basta. Non voglio più sentir parlare di violenza e di reazioni contro Hamilton. Non ne vale la pena, in fondo probabilmente il mio tempo come maestra è finito vista la mia reazione alla scuola l'altro giorno. -

-Non dire sciocchezze, Ann, tu non puoi smettere di insegnare, fa parte di te. Le tue sensazioni dell'altra mattina non significano nulla: erano circostanze del tutto particolari. In breve tempo tornerai a desiderare ciò a cui più tieni al mondo -

- Asha, non capisci che non è la cattedra ciò a cui più tengo al mondo? Quello che più mi sta a cuore è questa famiglia. Siete tutto ciò che ho ora e non sopporterei di perdere anche voi. Men che meno per una lavagna o una carta geografica. - Si alzò allora piano, nel silenzio, e fece le scale per raggiungere la cameretta in cui dormiva Sage.

Asha la seguì e gli uomini si guardarono in silenzio, ognuno dalla sua prospettiva. Con i pugni chiusi e le mascelle serrate.

Quella notte, Hamilton stava passeggiando per la strada principale di Sheridan, com'era suo solito prima di chiudersi nella sua stanza per dormire. Amava smaltire l'alcol, il fumo ed il poker nell'aria fresca della sera, mentre ripensava alle conversazioni che aveva intrecciato, all'uso che ne avrebbe fatto ed ai possibili vantaggi che avrebbe potuto trarne.

Fu allora che iniziò a percepire qualcosa di strano nel buio, come se un animale selvatico lo stesse fissando senza essere visto. Improvvisamente sentì il desiderio di rasentare le facciate delle case ed accelerare il passo per raggiungere la locanda. La sensazione tuttavia non si dissipava, anzi, pareva concretizzarsi in un'ombra fugace che si allungava per qualche attimo dietro di lui, in un barile che rotolava piano lungo il suo tragitto, in un grido insolito di un uccello selvatico.

A poco a poco il cuore di Hamilton iniziò a pulsare freneticamente, stretto tra il desiderio di correre verso il locale e la dignità di trattenersi. Giurò di aver percepito un respiro poco lontano da sè, ma nella notte non riuscì a distinguere nessun animale e certamente nessun essere umano. Cercò quindi di convincersi che fosse solo la sua immaginazione a giocargli un brutto scherzo, eppure gli scricchiolii sinistri e le ombre scure che frusciavano sul legno non potevano non fargli pensare che intorno alla locanda il fantasma di James Ree lo stesse punendo per quanto avvenuto il giorno stesso durante la seduta del Consiglio.

Improvvisamente qualcosa lo strinse forte alla gola tanto da non consentirgli di lasciar andare neppure un grido soffocato. Non si trattava di una fantasia, nè di una suggestione, ma di una forza scura che lo afferrò e lo trascinò in un vicolo fangoso sul retro del locale, dove il buio era tale da non saper distinguere ciò che era reale da ciò che, forse, non lo era.

Hamilton tuttavia sentiva qualcosa di molto concreto sulla sua pelle: sembravano capelli. Capelli lunghi che odoravano di bosco.

Dibattendosi, l'inglese riuscì a sentire la figura davanti a sè: pareva un uomo, la cui pelle nuda non rifletteva il baluginare della luce dalle finestre del locale, come se fosse dipinta del colore dell'ombra, dipinta forse dalla mancanza stessa di colore che la rendeva invisibile come il manto di un animale selvatico.

Il chiarore di due occhi trafisse il volto di Hamilton, sconvolto e paralizzato in una maschera tremante.

- Se accadrà qualcosa ad Emonah, io ti porterò lontano, dove non esistono le leggi dei bianchi, e tu pregherai il tuo Dio di morire. -

- E- Emonah? - domandò il damerino con la mandibola tremante.

- Ann Ree. - sussurrò la voce in un accento poco americano. Poi proseguì: - Non esisterà un luogo dove nasconderti, perchè io vedo molto bene nel buio. -

19.

Dopo la movimentata cena a casa dei suoi genitori, Mohe non riusciva ad addormentarsi.

Guardava fuori dalla finestra, appoggiando i piedi nudi a terra ed abbottonandosi distrattamente la camicia che portava fuori dai pantaloni. Sembrava che tutto fosse in disordine: il ranch lo era e la stessa cosa valeva per i suoi sentimenti. La vita era sembrata molto più rassicurante quando ognuno ricopriva il suo ruolo, ma ora tutto appariva confuso. Mohe aveva atteso con tanta trepidazione l'indipendenza, l'età adulta, senza mai sperare che si trattasse di una cosa semplice, come gli avevano sempre insegnato i suoi genitori, ma al tempo stesso senza aspettarsi battaglie di cui neppure conosceva l'esistenza.

Aveva cercato suo zio in quella notte strana, ma non l'aveva trovato nella propria stanza. D'altronde la cosa non lo aveva stupito: Waquini spesso lasciava la casa e le quattro mura strette della sua camera per camminare nella notte, ascoltare la voce degli alberi e guardare i disegni delle stelle.

Anche Mohe si sentiva claustrofobico, come se fossero le pareti a soffocare il respiro anziché lo spazio angusto che spesso è necessario ritagliarsi all'interno della meschinità umana. Uscì in veranda, sentendo il legno scricchiolare sotto la pianta dei piedi e l'aria umida penetrare dentro la camicia semiaperta. La brezza odorava di ruscello e di muschio, rendendo le superfici scivolose e la pelle appiccicosa.

Attraverso lo spessore di quel cielo scuro si distinguevano nella notte gli zoccoli di un cavallo che si avvicinava. Da quando viveva da solo si era abituato ad ascoltare le visite che si annunciavano attraverso il silenzio ormai conosciuto, domestico come il vuoto che precede il sonno.

Il ragazzo non si sbagliava neanche questa volta: vide arrivare Rosemary al galoppo, con i capelli sciolti, arruffati ed increspati per l'umidità, il viso affannato ed arrossato per l'agitazione e lo sguardo angosciato ma deciso.

- Rose! Cosa fai qui a quest'ora? Cosa è successo? - chiese preoccupato Mohe scendendo di corsa i pochi gradini della veranda per raggiungere la ragazza.

- Me ne sono andata! Sono scappata! -

- Cosa hai fatto? -

- Ho approfittato della passeggiata serale che mio padre fa tutti i giorni e me ne sono andata prima che rincasasse. Aiutami, Mohe, non voglio più ritornare da lui! -

Il ragazzo l'abbracciò senza dire nulla e poi, piano, l'accompagnò in casa, assicurando le redini del cavallo con l'intenzione di tornare ad occuparsi di lui solo quando Rose fosse tranquilla e tutto fosse stato chiarito. La fece sedere sulla poltrona di fianco al caminetto sebbene quella sera fosse rimasto spento.

- Cosa ti ha fatto Rose? - chiese allora, accucciato davanti a lei per poterla guardare negli occhioni pieni di energia.

- Abbiamo discusso molto ieri perchè mio padre vorrebbe che io mantenessi il posto di insegnante a Sheridan, mentre io ho fatto una promessa a Mrs Ree e non ho intenzione di portarle via la sua scuola, soprattutto dopo che per colpa della mia famiglia ha perso il marito ed è rimasta sola con la bambina. -

- Sapevo che l'avresti pensata così - sospirò Mohe con un evidente sollievo in volto.

- Il problema è che mio padre esige che le cose vadano fatte a modo suo. Non vuole che io mantenga quel ruolo per il mio bene, ma per il suo. Vorrebbe che modificassi i programmi e facessi avere ai ragazzi e, tramite loro, alle famiglie, opuscoli ed informazioni per propagandare la sua nuova politica in paese. -

- Immaginavamo fossero quelle le sue intenzioni - commentò Mohe.

- Allora gli ho detto che non lascerò che lui mi usi per i suoi fini e per i suoi affari. L'istruzione è una cosa seria, serve a rendere le persone libere e non a strumentalizzare la conoscenza. - Rose era infervorata e Mohe vide in lei la stessa accesa passione che conobbe in Ann quando era la sua maestra.

- Ma mio padre non mi lascerà mai libera di scegliere - concluse poi la ragazza mestamente, mentre scostò i capelli dalla guancia e scoprì un grande livido che correva tra lo zigomo e la tempia.

Mohe schizzò in piedi, infilando la camicia nei pantaloni con gesti furiosi, con l'evidente intenzione di uscire e di far pagare a Hamilton l'ennesima violenza.

Rose allora si alzò e lo fermò: - No, Mohe, non sono venuta per questo. Ti chiedo per favore, non rendere le cose ancora più difficili. -

- E cosa vuoi che faccia, Rose? Che resti indifferente di fronte a questo? -

- No, in realtà sono venuta a chiederti qualcosa che necessita molto più coraggio di quanto io sia forse autorizzata a domandarti. Tienimi con te. Tienimi qui, Mohe, lasciami stare con te, in ogni senso. Non parlo di questa notte... non solo stanotte. -

Il giovane Cheyenne si fermò e capì per la prima volta che le parole di Rose attestavano un'intenzione precisa e non un semplice sfogo momentaneo. Aveva davvero fatto una scelta e sembrava una decisione consapevole, definitiva. - Vuoi restare solo per fuggire da tuo padre? Se è così troveremo un modo, lo cercheremo insieme... -

- No, Mohe, voglio restare perchè mi sono accorta che appartengo a te più di quanto non sia mai appartenuta a lui. Tutto il denaro, gli agi e la sofisticatezza del mondo non contano nulla quando senti di essere al sicuro altrove, quando solo tra le braccia di una persona pensi di essere a casa, quando lo sguardo di un solo uomo ti fa sentire abbastanza accettata da poter far cadere ogni maschera. -

- Io sono un mezzosangue, Rose - disse Mohe con una serietà che probabilmente proveniva dal fatto di aver pronunciato quella parola forse per la prima volta in vita sua.

- Io non lo sono meno di te - rispose lei con altrettanta gravità - a metà tra due mondi. Parte di entrambi e di nessuno dei due. Possiamo creare la nostra realtà e non è necessario che sia condivisa da nessuno. Io però sono disposta a rinunciare a tutto ma non a chiedere a te di fare lo stesso. Mettersi contro mio padre è una sfida da cui si può uscire senza nulla, anche senza vita come sai.. - Rose abbassò gli occhi e balenò sul suo volto l'ombra dello stesso senso di colpa che l'aveva spinta ad andare a trovare Mohe dopo la morte di James. I due ragazzi si erano visti diverse volte da allora, ma non avevano mai più affrontato gli argomenti impegnativi che esplodevano intorno a loro e neppure si erano più sfiorati con un bacio, come se un qualsiasi passo potesse rovinare la perfezione di cristallo e la poesia di fuoco del primo contatto.

Ora però Mohe la strinse forte a sè, poi le sfiorò il viso, piano, per non farle male dove era ancora tumefatta, e serio aggiunse: - Lady Hamilton, mi sono innamorato di te dal momento in cui ti ho vista nella riserva restare incantata davanti alla nostra montagna. Dal momento in cui ho scorto una ciocca di capelli andarsene dalla tua acconciatura disciplinata ed accarezzare il tuo viso. - Allora Mohe prese tra due dita un ciuffetto dei capelli biondo cenere di Rose e ne

annusò il profumo, mentre lei schiudeva un piccolo sorriso. -
Poi mi sono innamorato di nuovo di te quando avanzavi a
carponi nella paglia, con il tuo bell'abito, per vedere il
puledrino appena nato. - A questo punto la ragazza rise
intenerita. - Ed infine, ti ho accolto definitivamente nel mio
spirito quando ho guardato le tue lacrime, le ho baciate e le ho
portate con me. -

Solo in quel momento Mohe posò le sue labbra su quelle
asciutte di lei e le ammorbidì piano, sentendole rilassarsi e
cercarlo con grazia e con desiderio.

- Non mi interessa quanto difficile sia opporsi a tuo padre. Farò
quello che è necessario fare, qualunque sia il prezzo da pagare.
-

Rose per un attimo lo guardò terrorizzata da ciò che queste
parole potevano significare, ma il ragazzo mormorò - Andrà
tutto bene, te lo prometto - mentre affondava nuovamente
nella profondità di un bacio lungo, a cui ne seguirono altri. Il
sapore di lei era morbido come il suo profumo di fiori, e la sua
pelle pareva liscia come un petalo. Mohe sganciò un bottone
della camicetta e Rose lasciò passare le sue braccia intorno a
lui, invitandolo a sfiorare con le labbra il suo collo e le spalle.

Fu allora che lui si fermò, guardandola negli occhi come per
accertarsi di non fare nulla che potesse in qualche modo
offenderla o di spingersi al di là di ciò che lei avrebbe
desiderato.

Allora Rose gli prese una mano e gli baciò piano il palmo,
ruvido come quello di chi sa lavorare. Poi l'appoggiò sul
proprio cuore che batteva di emozione e piacevole timore, ed
infine spinse la mano di lui dove le sue forme si disegnavano
come le montagne che Mohe amava tanto. Erano luoghi
nascosti, inesplorati, intimi come un tempio in cui gli Spiriti
accolgono solo chi sa leggere il suo segreto.

In breve ogni segreto fu svelato. Ogni monte ed ogni valle, ogni bosco ed ogni ruscello vennero percorsi con passo morbido e rispettoso, con la meraviglia e la devozione che si riserva ad un'alba che si stende piano sulla corrente del Tongue River, dove la sacralità della Madre Terra si incontra con il risorgere del Cielo.

20.

Rosemary fissava il piccolo focolare del ranch: avrebbe dovuto cucinare per Mohe da quel giorno in avanti, o almeno così si supponeva. In realtà non le era mai capitato quasi neppure di versare il the da sola, figuriamoci di cucinare uno stufato.

Un senso di inadeguatezza e di ansia per tutte le piccole cose che avrebbe dovuto affrontare ed a cui non si sentiva minimamente preparata si mescolarono all'eccitazione per la nuova vita che le si schiudeva davanti ed all'emozione per la notte che era appena trascorsa. Era diventata donna con la stessa naturalezza che scioglie il ghiaccio in torrenti con l'arrivo della primavera. Mohe era stato la sua primavera: le aveva schiuso gli occhi, come germogli di piante cresciute su un suolo improprio.

Sapeva che il suo corpo non era diverso dalla sera precedente, eppure lo percepiva con una consapevolezza nuova, con l'acerba maturità di chi, dopo una personale iniziazione, sente di essere in grado di scegliere per se stesso. Rosemary aveva scelto di seguire i propri valori, le cui sembianze coincidevano con le fattezze inconsuete di quel ragazzo nel quale si fondevano la sensibilità ed i modi di un giovane gentiluomo con il piccolo mistero di radici poco domestiche. Quella notte a Rosemary era sembrato di poter cavalcare quel lato oscuro, di abbracciarlo e guardarlo da vicino, scoprendosi all'altezza di fissarlo negli occhi.

Persa nei propri pensieri, la ragazza sussultò quando sentì la porta d'ingresso aprirsi di colpo.

Waquini comparve nel rettangolo di luce intensa che proveniva dall'uscio e, stupito, si fermò ad osservare lei, fissandola nel suo sguardo intimidito ed immobile come quello di un cerbiatto sorpreso nel bosco.

Fu Rosemary, tuttavia, a spezzare il silenzio. - Sembra che noi ci incontriamo sempre senza preavviso - disse con un sorriso cortese e imbarazzato.

- E' così - rispose semplicemente Waquini, rientrando in casa dopo aver trascorso la notte altrove. Poi chiese: - Dov'è mio nipote Mohe? -

- A casa dei suoi genitori -

- Lui sa della sua presenza qui, Rosemary? -

- Sì, lui lo sa. In realtà è andato a parlare di questo ai signori Burton. Avrei voluto accompagnarlo, ma Mohe ha ritenuto preferibile che Mrs Ree venisse a sapere la cosa per gradi. -

- Quale cosa? - chiese in fretta Waquini, aspettandosi che l'argomento in questione fosse ancora una volta il futuro della cattedra di Sheridan.

- Suo nipote ed io abbiamo deciso di stare insieme. Sono scappata da mio padre e dai suoi progetti su di me. -

- Come dice Rosemary? Lei ha abbandonato suo padre per vivere stabilmente con mio nipote? - domandò stupefatto lo Cheyenne, avanzando di qualche passo verso la ragazza.

- Esattamente - asserì la giovane donna, alzando la fronte e lo sguardo in un orgoglio inaspettato che ricordava il contegno dei suoi primi tempi a Sheridan. Waquini sorrise con rispetto di fronte a tanta fierezza, poi si girò e si avviò nuovamente verso la porta.

- Mohe ha ragione - borbottò tra sè e sè - Non sarà facile per Emonah.

Quando raggiunse il ranch di suo cognato, Waquini si rese conto che la discussione era in pieno fervore.

Sentiva la voce di Asha levarsi sopra le altre: - Ti rendi conto delle conseguenze, Mohe? Non è possibile affrontare Hamilton senza rimetterci la vita, a meno che tu non decida di lasciare questa terra insieme a lei. E' questo che vuoi, figlio mio? Abbandonare tutto ciò per cui hai lavorato fino ad ora? -

- Mamma... -

- Tu hai sempre amato questo luogo. Il ranch è il tuo sogno. Qui c'è la tua famiglia... -

- Non ho mai detto di volermene andare da Sheridan! Sono sicuro che ci sia un modo per affrontare Hamilton pur restando qui con la mia famiglia. -

- Certo, facendoti ammazzare! Hai visto come è finita l'ultima volta che hai deciso di sfidare... - a questo punto Asha si interruppe, consapevole del tasto dolente che stava toccando. Ann osservava la conversazione senza mutare espressione. Era imperscrutabile, silenziosa, muta come un libro chiuso.

- Ora calmiamoci. - intervenne Cameron, deciso e razionale. - Avanti, figlio mio, hai un'idea di quale sarebbe questo modo per affrontare Hamilton? -

- Ancora no, papà. Ma speravo che avrei trovato in voi un supporto, non un ostacolo - rispose Mohe, lanciando uno sguardo verso Asha.

- Tu troverai sempre in noi un alleato ed un aiuto, figliolo, ma questo non significa che le tue decisioni non possano destare in noi stupore e perplessità - continuò Cameron.

Asha si volse allora verso il fratello che era da poco entrato nella stanza e che assisteva al confronto in silenzio. - Waquini, hai sentito? Tuo nipote ha deciso di portare a casa la giovane Hamilton. Ti rendi conto delle conseguenze che... -

- Ora basta, Asha! - sbottò Ann.

Tutti tacquero e la guardarono come l'ago della bilancia che improvvisamente scatta verso uno dei due piatti. - Mohe è un uomo ormai. Certo, sarà sempre figlio tuo e di tuo marito. Sarà sempre erede della conoscenza dello zio e mio giovane allievo. Tuttavia ora è se stesso, un uomo coraggioso ed innamorato di una ragazza altrettanto coraggiosa. -

Asha guardava l'amica con aria sbigottita, poi quasi tradita, ed infine lievemente colpevole.

Dopo qualche istante Ann continuò: - Sorella mia, noi siamo state le prime a cercare di cambiare il corso delle cose, per convinzione, per amore o per carattere. Tu sei così, tuo figlio è così e probabilmente il figlio di tuo figlio lo sarà. Restare a guardare è difficile, perchè risulta tanto più straziante assistere al rischio che corre chi amiamo e vogliamo proteggere rispetto a quello che corriamo noi stessi. Ma se abbiamo imparato qualcosa dalle nostre vite e dalle morti dei nostri cari, è che l'esistenza ha un valore se le diamo un significato. -

Ann appoggiò una mano sulla spalla di Mohe, che la guardò con lo sguardo alleggerito del peso di un monte. Allora anche Asha si avvicinò piano, annuendo lentamente, e mormorò: - E' solo che... sono sempre la tua mamma... -

Mohe la abbracciò mentre lei sorrideva appena tra qualche lacrima e aggiungeva piano: - Siamo orgogliosi di te. -

Cameron a sua volta assentì e fece per avvicinarsi alla sua famiglia, quando la porta si aprì con uno schianto.

- Hamilton! Come ti permetti di fare irruzione in casa mia? -

- Sto cercando mia figlia, Burton. Dove l'avete portata? - chiese l'inglese senza alcuna cerimonia, seguito come sempre dai suoi due uomini.

Mohe fece per parlare ma il padre gli subentrò con decisione: - Non abbiamo idea di dove sia tua figlia ma so cosa sarà di te se non te ne vai immediatamente dalla mia proprietà. Non darmi un buon motivo per vendicare il mio amico James. -

- Andiamo, Burton, sappiamo tutti cosa è successo ieri notte - soggiunse poi Hamilton, lanciando uno sguardo verso Waquini. Gli occhi confusi dei presenti indussero l'inglese a proseguire: - Questo capita a tenere cani selvaggi dentro casa. Alla fine scappano al controllo, non è vero? -

Waquini si mosse verso Hamilton ma Asha lo trattenne per un braccio.

- Il vostro indiano mi ha aggredito ieri notte per intimarmi di non toccare Mrs Ree. E la stessa notte mia figlia è sparita. Come la mettiamo ora, Burton? -

Ann guardò Waquini con gli occhi sgranati e lui sembrava preoccuparsi solo di cosa potesse pensare lei in quell'istante.

D'improvviso si sentì una voce proveniente dalla veranda, fuori dall'uscio ancora spalancato.

- Non può essere stato lui, padre. -

- Rosemary... - soggiunse lui interdetto.

Allora la ragazza entrò lentamente in casa, guardando fisso l'uomo ed avvicinandosi a Mohe.

- La ragione per cui non mi hai trovato alla locanda oggi è che me ne sono andata. Non eseguirò i tuoi ordini e non giustificherò più i tuoi crimini. Io non sono uno dei tuoi lavoranti che ti obbediscono. Tu mi hai dato una cultura ed io sono cresciuta abbastanza da capire che sono una donna indipendente. -

- Andiamo Rosemary, ti stai solo coprendo di ridicolo come una bambina capricciosa, invece. -

- Io non verrò con te, padre. -

Hamilton la fissò rosso in volto e lei piano proseguì: - Quanto alle accuse verso Waquini, posso dire con certezza che non sia stato lui ad aggredirti. -

- E come fai a saperlo, sciocca ragazzina? -

- Perchè ho passato la notte a casa di Mohe, padre. E lui era con noi. -

- Tu hai..? - Il viso di Hamilton ormai sfiorava tinte purpuree.

- Rosemary ed io ci amiamo - soggiunse Mohe calmo, coprendole le spalle con un braccio.

La ragazza quindi proseguì con garbo: - Puoi presentare le tue accuse verso Waquini presso qualsiasi tribunale, ed io testimonierò di essere stata in compagnia dell'imputato nella serata in questione. -

- Saresti disposta a mentire davanti a Dio per un indiano? -

- Sono stata disposta a perdonarmi davanti a Dio per averti come padre - rispose Rosemary gelida.

Hamilton si voltò uscendo a grandi passi e le minacce lasciate dietro di sé non colpirono veramente la famiglia che si era stretta intorno alla nuova arrivata.

- Grazie Lady Hamilton - disse piano Waquini, pronunciando le parole inglesi con lentezza e rispetto.

- Solo Rose. Mio padre detesta che io sia chiamata così - rispose lei ridendo.

21.

Le ultime parole di Hamilton erano rimaste impigliate nell'aria e neppure il grande dreamcatcher[10] appeso sopra la porta riuscì ad imprigionarle. - Non è finita qui. - Una frase breve che preannunciava una tempesta di conseguenze per i Burton.

Rose fu invitata da Asha a bere un caffè insieme a Mohe e Cameron, poichè era necessario, se non impellente, trovare una linea da seguire per affrontare ciò che sarebbe venuto.

Ann era salita in camera a prendere Sage, per poi portarla in braccio nella piccola sala da pranzo dove ognuno sembrava assorto in pensieri più grandi di quelli che voleva condividere con gli altri.

Non appena la vide, Rose si alzò da tavola e si avvicinò con un sorriso: - E' una bambina incantevole, Mrs...-

La frase si interruppe bruscamente quando la giovane Hamilton fu sul punto di pronunciare il cognome di James, ricordando quanto era accaduto all'uscita di scuola qualche tempo prima.

Questa volta, tuttavia, la sua interlocutrice la guardò con un distaccato ma benevolente cenno di cordialità e rispose: - Mi chiami pure Ann, dopotutto credo che in qualche modo ci troveremo ad appartenere alla stessa famiglia. Ebbene,

---

[10] Il dreamcatcher, o acchiappasogni, è un oggetto sacro per le popolazioni native americane, costituito da un cerchio di legno flessibile, usualmente salice, all'interno del quale si dipana un intreccio di corde o di tendini che dovrebbe imprigionare gli spiriti ed i sogni cattivi, lasciando invece liberi quelli positivi. Secondo alcune tradizioni, specialmente legate alle popolazioni Cheyenne e Lakota, i sogni positivi vengono diretti verso le perline posizionate per simboleggiare la natura, mentre quelli negativi vengono indirizzati vero le piume di uccello, pendenti sotto il cerchio, per allontanarli.

Rosemary, le presento Sage Ree, la figlia di un uomo con un cuore grande quanto il suo coraggio. -

- Sono sicura che la sua bimba porterà con orgoglio il nome di un padre così valoroso. Vorrei potermi dire fiera del mio anche solo in minima parte rispetto a lei - rispose la nuova arrivata, sfiorando le babbucce della piccola con un gesto timido ma familiare.

- La cosa migliore di questa vita consiste nel fatto di poter scegliere chi siamo e chi vogliamo diventare, indipendentemente dalle nostre origini. Io sono cresciuta a Denver, ma ho trovato me stessa solo quaggiù, dove gli Spiriti hanno voluto offrirmi una famiglia a cui appartenere in cambio di quella che Dio mi aveva attribuito a forza. Spero di cuore che questo capiti anche a lei. -

Poi Ann perlustrò la stanza con uno sguardo e si rivolse ad Asha: - Dov'è andato Waquini? -

- Non lo so, ha detto che usciva un attimo. - rispose lei distrattamente.

- Ho bisogno di parlargli, vado a cercarlo un momento - proseguì Ann - Posso lasciarvi Sage per qualche minuto? -

Asha naturalmente annuì, ma la giovane mamma rivolse lo sguardo verso la compagna di Mohe: - Come se la cava con i bambini, Rosemary? -

- Io... non saprei - rispose titubante Lady Hamilton - In realtà non ho avuto molto a che fare con i bimbi piccoli, fatta eccezione per qualche cuginetto che è nato quando ancora mi trovavo in Inghilterra. -

Ann sorrise leggermente, ricordando la sua stessa inesperienza nell'occuparsi delle piccole creature fino all'arrivo di Sage. Con un gesto lento ma sicuro, spostò la piccola tra le braccia di Rose, a cui, malgrado la rigidità dovuta all'inesperienza, brillavano gli occhi tanto per il piacere di tenere la creaturina quanto per il significato della scelta di Ann che voleva dire accettazione, rispetto e fiducia.

Dopo aver controllato per qualche minuto che Sage fosse a suo agio, la sua mamma lanciò uno sguardo ad Asha per chiederle implicitamente di controllare la situazione in sua assenza, poi lasciò la stanza alla ricerca di Waquini.

Non fu semplice trovarlo: non era nel cortile ma il cavallo con cui era arrivato era ancora legato allo steccato, quindi evidentemente non doveva essersene andato.

Allora Ann provò a pensare quale fosse il luogo in cui lui potesse sentirsi più a suo agio per allentare la tensione e riflettere sulla situazione, e decise inequivocabilmente di avviarsi verso i pascoli.

Fu allora che, dopo pochi minuti di cammino, lo vide in piedi, con il viso rivolto verso la sua montagna.

Sebbene gli si avvicinasse alle spalle, la ragazza sapeva perfettamente che Waquini ne aveva percepito la presenza malgrado restasse immobile.

Non appena gli fu accanto, Ann gli afferrò un braccio e senza troppe cerimonie lo girò verso di sé per poterlo osservare dritto negli occhi.

- Sei stato tu? Hai aggredito Hamilton? -

- Tu cosa credi Emonah? Dai tuoi modi direi che ti sei già data una risposta. -

- No, niente frasi evasive e niente saggezza cheyenne. Ho bisogno di una tua risposta e la voglio ora. Se mi dici che non sei stato tu, ti crederò. -

Ann sembrava incendiarsi man mano che parlava di una rabbia strana che lei stessa non aveva sentito arrivare. L'ultima volta in cui aveva avvertito qualcosa di simile era stato quando James aveva scelto, a sua insaputa, di accompagnare Cameron e Mohe nella loro incursione notturna per distruggere i recinti di Hamilton. Certo, in questo caso, Waquini a differenza del marito non sarebbe stato tenuto a render conto ad Ann delle sue azioni, eppure un senso di appartenenza mescolato alla responsabilità di essere stata la causa di questo rischio le facevano provare una sensazione di profondo disagio.

- Sono stato io. - rispose lui semplicemente.

- Sei impazzito, Waquini? - Ann lo allontanò da sè spingendogli le spalle con i palmi delle mani. - Hai passato mesi a parlarmi dell'equilibrio che va trovato dentro di noi, della continua ricerca della miglior persona che possiamo essere. Mi hai parlato di disciplina, di pace, di lungimiranza. Che valore aveva tutto questo? -

- Emonah, non potevo stare fermo ad aspettare che quel serpente ti mordesse di nuovo. -

- Quindi lo avresti fatto per me? - rispose lei quasi gridando. Poi aggiunse, passandosi una mano sul viso - Mi domando perchè mi sorprendo tanto -

- Cosa vuoi dire con questo? - chiese lui.

- Nulla. - fu la risposta ad occhi bassi di Ann.

- Ora dimmi quello che intendi, Emonah. Cosa vuoi dire? Ti chiedi come mai ti sorprendi tanto che io agisca come un selvaggio perchè in fondo è quello che sono? -

- Non ho mai detto questo, Waquini - rispose lei con urgenza, guardandolo di nuovo negli occhi.

- Non lo hai detto, ma a quanto pare lo pensi. Ebbene è così, Emonah. Io non sarò mai come Cameron, o come James. Io sono un lupo della montagna che è cresciuto nei boschi e ha imparato col tempo a dormire in una casa. Conosco le leggi della Natura e ho iniziato a capire quelle degli uomini, conosco la Madre Terra e la Medicina, così come la morte e la battaglia. So parlare con gli Spiriti ed ascoltare le risposte. So pregare, ringraziare, domandare scusa. So ricordare i valori del mio

Popolo, i suoni della notte ed i rumori delle catene. Ma non chiedermi di essere un cane da pastore quando si tratta di néméhotâtse. Io resterò comunque un lupo. - In questo momento Waquini sembrava davvero un lupo, ma un lupo ferito.

- Cosa significa quella parola? Vendetta? Guerra? - domandò Ann.

- Non ha importanza, ora. Non più. -

La ragazza si avvicinò piano a Waquini, pareva combattuta ed il suo respiro, così come le sue parole ed il suono della sua voce, erano inequivocabilmente spezzati.

- Non ho mai pensato, nemmeno per un secondo, quello che hai letto nelle mie parole - soggiunse piano.

Waquini rimase immobile e, senza guardarla negli occhi, con il viso di nuovo rivolto verso i monti, rispose piano: - Forse è vero, Emonah. Questo è ciò che sono, un selvaggio. E purtroppo non avrò mai quello che mi serve per poterti proteggere da gente come Hamilton. Non sarò mai abbastanza per questo nuovo mondo. -

- Tu sei troppo per questo nuovo mondo - sorrise Ann - Hai molto più coraggio, onore, conoscenza e saggezza di quanto questa realtà non sia in grado di comprendere. Tu hai saputo guarirmi meglio di qualsiasi medico con i suoi volumi scientifici, hai saputo farmi incontrare il mio spirito più di quanto abbia fatto qualsiasi prete con le sue Bibbie, e mi hai fatto sentire viva più di chiunque altro. -

Waquini si avvicinò piano e per la prima volta in tanti anni le accarezzò i capelli.

- Ho paura. - sussurrò Ann piano.

- Di me, Emonah? - chiese lui allontanando immediatamente la mano.

- No, non di te. Mi sento al sicuro con te. Ho paura di dirti di cosa parlavo prima. -

- Non sei obbligata a farlo, ma qualsiasi cosa tu possa dire di me, io non me ne andrò. -

- Non si tratta di ciò che potrei dire di te, ma di me. Mi chiedo perchè sia così stupita di provare tanta rabbia. -

- Perchè ti ho deluso? -

- No, ce l'ho con te perchè quello che provo è diventato più forte della mia coscienza e mi è sfuggito al controllo! - Spinse con un gesto di stizza la spalla di Waquini per allontarnarlo da sè, per sfogare su di lui il senso di colpa di un sentimento che aveva il sapore dolceamaro di un liquore che aveva abbracciato i suoi sensi, bruciandole però nella gola del buonsenso.

- Ce l'ho con te perchè ho paura che ti possa succedere qualcosa. Perchè Hamilton mi ha portato via James e non sopporterei che ora portasse via anche te. - Nel tono di Ann c'era lo slancio della liberazione, della sincerità, della commozione - E ho paura di quello che provo, perchè è troppo presto, oppure perchè questo sentimento è rimasto lì per più tempo di quello che mi sarebbe consentito. E sono arrabbiata con te perchè mi hai fatto sentire in questo modo senza che io ti abbia dato il permesso di farlo! -

Waquini la lasciò parlare in silenzio e poi, in un secondo rapido quanto un battito d'ali, le si parò di fronte e coprì le sue labbra con le proprie. Fu un bacio rapido, deciso, intenso. Fu più simile ad un desiderio che ad un gesto reale, forse perchè inaspettato o forse per il sapore energico, nuovo ma incredibilmente familiare.

- Io.. io non posso - balbettò Ann confusa ma senza scostare la sua fronte dal respiro vigoroso e tiepido di lui.

- Lo so - rispose Waquini piano e la baciò di nuovo. - Ma ti ho detto che non so essere un cane alla catena se si tratta di néméhotâtse - aggiunse poi lui sussurrandole all'orecchio.

- Cosa significa Waquini? - chiese lei piano dondolando le parole nel proprio respiro interrotto.

- Proprio non riesci a capirlo, Emonah? -

22.

L'indomani mattina Rose e Mohe si svegliarono presto a causa dei tonfi e degli schianti che provenivano dall'edificio in ricostruzione. La ragazza scostò appena la tenda della finestra e poi si girò verso Mohe, lasciando che i capelli arruffati scivolassero sul petto nudo di lui. Il ragazzo ne passò una ciocca tra le dita, la annusò, poi la avvicinò alle labbra, mentre Lady Hamilton, con uno sguardo ironico e fintamente altezzoso, lo provocò: - Non si diceva che i Pellerossa fossero capaci di rendersi silenziosi come fantasmi? Dovresti ricordare a tuo zio le vecchie abitudini...- Allora rise e lo baciò piano, mentre lui la fece rotolare con un abbraccio sopra il proprio torace e piano rispose: - In effetti mio zio sembra particolarmete energico questa mattina... credo che dovrei scendere ad aiutarlo. -

Mohe fece scivolare Rose su un fianco, avvolgendola scherzosamente nel lenzuolo: - Ecco qui, fata tentatrice! Devo fuggire prima che tu possa liberarti! -

Con un sorriso di sincera allegria malgrado le tensioni della giornata precedente, Mohe scese velocemente al piano di sotto, infilò pantaloni e camicia, per poi sedersi sul gradino del portico a bere una tazza di caffè riscaldato mentre infilava gli stivali coperti di fango.

- Zio, ti sei alzato di buonora stamattina - Salutò Mohe porgendo a Waquini un'altra tazza di caffè.

E' così, nipote. Ho il vento della montagna dentro di me e credo non ci sia un modo migliore per farne buon uso. -

- Cosa ti rende così nervoso, zio? Si tratta dell'incontro di ieri con quel maledetto di Hamilton? -

- Non so se sia questo, ragazzo... ma credo ci siano molti lupi dentro di me in aperto contrasto tra loro e non sono sicuro di quale io debba nutrire. -

Mohe aiutò Waquini a sollevare un paio di assi pesanti e poi fece per incamminarsi verso il suo consueto lavoro di ricognizione e di controllo dei cavalli, ma si fermò e si girò verso lo zio affermando:- Io non credo che Miss Downhill se la sia presa per quello che hai fatto a Hamilton. E' normale che non possa approvare.. però è anche vero che probabilmente nessuno l'aveva più protetta sul serio dopo la morte di James.

Si racconta che, quando il paese si ribellò al ruolo di Miss Downhill come insegnante a causa del suo avvicinamento alla nostra comunità cheyenne, un gruppo di paesani fosse andato a casa sua per intimidirla. James conficcò davanti al naso di quel miserabile di Craig Atkins, il peggiore di loro, il proprio coltello di fattura indiana, intorno al quale era legata ancora la fascia per i capelli della sua moglie cheyenne uccisa a Washita -

- James Ree era un uomo d'onore. Non avrebbe usato quel coltello se non fosse stato necessario - mormorò Waquini.

- Perchè tu zio? Lo avresti fatto? Anche tu sei un uomo d'onore. -

- Sto facendo del mio meglio. Cerco di essere il figlio saggio che tuo nonno avrebbe desiderato. Il fratello equilibrato che tua madre vorrebbe. L'uomo giusto che Emonah... che Emonah... - Waquini si interruppe.

Mohe dischiuse uno dei suoi sorrisi capaci di stemperare qualsiasi argomento: - Certamente come zio funzioni alla grande! - I due risero e Waquini afferrò il nipote dietro la nuca, in un gesto paterno e paritario al tempo stesso.

Fu in quel momento che un carro si annunciò scricchiolando al cancello del ranch.

- Buongiorno a tutti! E' gia pronta Rosemary? -

Mohe e suo zio si guardarono perplessi mentre Horn scodinzolava sul retro del carro, frustrato per non aver ricevuto il permesso di saltare a terra e lasciare sfogo alla sua danza del saluto.

- Miss Downhill, non sapevo vi doveste incontrare con Rose. - ripose Mohe stupito.

- E' vero *Miss Downhill* - interruppe Waquini, sarcastico nel tono e visibilmente infastidito dal fatto che Ann non avesse condiviso i suoi intenti dopo gli attimi intensi del giorno prima.

- *Noi* non lo sapevamo. -

- Devo passare a casa mia, in città. Ci sono molte cose che devo sistemare laggiù. Poichè si tratta di giornate un po' particolari, ovviamente non avete piacere di sapere Rosemary da sola sulla strada verso la scuola. In questo modo vi risparmieremo di accompagnarla come ogni giorno al lavoro e ci faremo compagnia sconfiggendo insieme timori e pensieri. -

- I pensieri sono nemici forti, Emonah, ma non quanto gli uomini di Hamilton! Credi davvero che la tua presenza possa essere un deterrente per quegli avvoltoi? Al contrario, vedervi insieme non farà che attirarare l'attenzione su di voi, come foste una provocazione vivente. - Waquini sentiva il cuore incalzare le parole, senza accorgersi che dalla casa era ormai arrivata Rose, perfettamente pettinata e pronta per la lezione.

- Non era nostra intenzione provocare ulteriori disagi, Waquini, solo che Mrs Ree ed io credevamo di essere abbastanza sicure di giorno nel mezzo del paese, avendo l'una per l'altra come testimone. Sarebbe un segnale di normalità se potessimo girare senza un guardaspalle, capite? -

Il silenzio di Waquini non era tanto dovuto al dubbio che la posizione della ragazza fosse effettivamente sensata, ma piuttosto all'improvvisa fitta allo stomaco che gli provocava l'appellativo *Mrs Ree* riferito ad Ann. Non era mai stato geloso di James. Perchè mai avrebbe dovuto esserlo. E lo stava diventando ora? Geloso di un fantasma. Di un defunto che aveva salvato la vita a suo nipote. Geloso di un ricordo. Dell'uomo che forse lui non sarebbe mai riuscito ad essere.

Nel frattempo Mohe balbettò qualche rimostranza ma le due donne erano già salite sul carro e si stavano allonanando con la scusa del ritardo che incombeva.

- Secondo me vogliono solo tornare a sentirsi libere. Vivono da recluse o sorvegliate da tanto tempo ormai... - borbottò Mohe poco convinto.

- Meglio recluse che percosse, uccise, dileggiate, o.. peggio - rispose Waquini con sguardo scuro.

Gli occhi dei due Cheyenne si incrociarono per pochi istanti: il tempo di recuperare due cavalli ed incamminarsi sulle tracce del carro.

- Non si accogeranno neppure della nostra presenza - disse Waquini.

Rose arrivò a scuola soltanto qualche minuto in ritardo e chiese ad Ann di rimanere per riprendere confidenza con la classe e con i programmi, ma lei si liberò in fretta perchè il compito che l'aspettava era gravoso e sarebbe stato meglio svolgerlo al più presto.

In poco tempo fu a casa o per lo meno in quella che riteneva essere stata la sua casa, quella della sua famiglia, la dimora in cui avrebbe voluto costruire il suo futuro insieme a James ed alla piccola Sage che, in quella strana mattina, era rimasta tra le braccia di Asha. In effetti l'amica aveva insistito per accompagnare Ann in questo percorso necessario attraverso i sospesi della sua vita di moglie, madre, vedova a soli trent'anni. Eppure la risposta era stata forte e senza repliche: si trattava di un momento difficile che doveva affrontare da sola. Dalla popolazione cheyenne aveva imparato che i riti di iniziazione non si svolgono solo nel momento in cui un giovane diventa uomo, ma in tutte le fasi della vita in cui ci si ritrova a dover rinascere, e poco a poco ritrovare la propria solidità ed indipendenza. Se non altro, l'indipendenza dal dolore.

Quando aprì la porta d'ingresso, Ann si rese conto che Cameron ed Asha avevano rassettato, riordinato, pulito casa non solo per darle un aspetto curato e gradevole, ma anche per eliminare le tracce più sfacciate di mancanza, di dolore e di morte.

Ann si sedette per qualche istante su una sedia di cucina, persa tra i suoi pensieri, quando vide la luce proveniente dalla finestra appena aperta che si rifletteva sul tavolo pulito e metteva in evidenza l'alone opaco in cui la superficie di legno povero si era consumata sotto le mani di James che lavorava, preparava il tabacco, mangiava, scriveva sui suoi spartiti.

Una stretta afferrò il petto di Ann che tuttavia si avvicinò e passò la propria mano sulla superficie ruvida. Aveva bisogno di dare concretezza a quella malinconia profonda che la legava da mesi ormai. Soltanto afferrandola avrebbe potuto scioglierne i nodi e depositarli nel cuore.

Il caminetto sembrava essere morto e gelido da millenni... zeppo della cenere di una vita piena di calore. Horn si accoccolò dove era solito dormicchiare durante le serate domestiche, ma le sue orecchie appiattite sul collo e lo sguardo desolato che rivolgeva alla padroncina era più commovente di un uggiolio.

Ann ricordava quando venne annunciato il battesimo di Sage ad Asha, Cameron e Mohe... si erano stretti come una famiglia. Fu un'immagine piena di gioia che sfumò a poco a poco nel

166

ricordo di Waquini seduto su quella poltrona, quando era venuto a trovare la neonata. Tra tante memorie legate a James, momenti unici di quotidianità, di vita, di nascita, Ann si chiedeva per quale ragione lei si ricordasse del piccolo tocco tra le sue dita e quelle di Waquini, intorno ad una tazza di the. Si sedette sulla stessa poltrona, come fosse in braccio a James forse, o forse al fluire di ricordi in cui tutto sembrava giusto e vero.

Il momento più difficile fu entrare in camera da letto... là dove il dreamcatcher penzolava pieno di polvere e gli abiti erano stati riposti nell'armadio, lasciando un profumo di lenzuola pulite e di mancanza di vita.

Ann aprì il guardaroba, prese una camicia di James e ne respirò il profumo. Qualcosa era rimasto, ma non a sufficienza per sentire davvero quella presenza che la giovane donna temeva e cercava al tempo stesso.

- Non puoi essere sparito James. Non del tutto. O forse te ne sei andato da me perchè ti senti tradito? Io non ho dimenticato, non voglio dimenticare! - A questo punto Ann iniziò a piangere davvero, con il volto nascosto nella camicia, forse più per senso di colpa, di disorientamento, di ricordo di un amore che l'aveva profondamente cambiata, che l'aveva salvata da se stessa e dalla grettezza del mondo.

Fu allora che, voltandosi sbadatamente verso il letto, colpì con un braccio l'altra anta dell'armadio che si aprì, lasciando cadere un raccoglitore in cuoio. Molti fogli volarono sul pavimento: erano gli spartiti dell'uomo che attraverso la musica aveva superato il dolore, il rancore, aveva raggiunto l'amore e trovato un luogo dove coltivarlo. Era la stessa musica che disgraziatamente non lo aveva protetto, facendo sì che si trovasse proprio al posto sbagliato nel momento dello scontro tra Hamilton e Mohe. Quella musica che sembrava essersi fatta sentire per l'ultima volta tra i crepitii della chitarra arsa sul rogo di sepoltura costruito da Waquini.

Ann si inginocchiò per raccogliere i fogli, sentendo la testa vuota, forse incapace di provare quello che doveva, o forse capace di farlo al punto tale da aver bisogno di un blocco, di uno scudo, di una narcosi emotiva che le consentisse di attraversare i resti della sua vita come fossero foglie secche in una giornata autunnale.

Ognuno di questi spartiti era familiare agli occhi di Ann, che li toccava sui margini per non sbavare l'inchiostro segnato da James, per non sovrapporre le proprie impronte a quelle di lui che avevano a volte sfocato i tratti a matita fino a renderli appena riconoscibili.

Poi, tra gli altri, ecco comparire uno spartito mai visto prima. Incompleto, appena tratteggiato. Sotto il pentagramma si distinguevano poche parole, alcuni versi d'amore corretti, cancellati e poi riscritti. Si parlava di un fiume, forse il Tongue River. Un fiume che scorre e allontana i dolori. Si parlava di una quercia, probabilmente quella che portava ancora il nome di Emonah dal momento in cui James lo aveva inciso per lei. Poi si parlava di un profumo capace di guarire ogni male, quello della salvia, certamente in onore del nome di Sage. I versi erano confusi, illeggibili per la gran parte, ma nell'angolo del foglio, distanti da ogni nota, spiccavano queste parole scritte non a matita bensì con un inchiostro deciso.

E quando non potrò più incontrare la Luna Nuova,
Quando i miei occhi resteranno chiusi nella sua Ombra,
Essa risorgerà.
Perchè non si spegne la volta celeste, non si fermano le stagioni.
Questo ci rende immortali dentro di loro.

Essa risorgerà.

La corazza emotiva di Ann si fratumò improvvismante in lacrime trasparenti e liberatorie. Lacrime che cadevano sullo spartito ma che la ragazza non si preoccupava di asciugare perchè proprio nelle parole che sfumavano inumidite dal suo dolore, ancora le sembrava di poter abbracciare James.

Piano sfilò la fede dal suo anulare, arrotolò il foglio come fosse una stretta pergamena, e lo infilò nell'anello al posto del suo dito. Rimase in quella posizione per un periodo che sembrò interminabile. Poi prese la canzone, stretta nel simbolo della loro promessa nuziale, e la ripose sopra tutti gli altri spartiti. Chiuse tutto nella cartella e con immenso affetto la ripose nell'armadio.

Era pronta per andare forse. O forse non lo sarebbe stata mai. Ma a questo servono le scadenze, le ore che passano, le persone che attendono: a proseguire, a scendere le scale, ad attraversare insieme ad Horn il salotto pieno di voci silenziose, a chiudersi la porta alle spalle.

Chissà, pensò Ann tra sé e sé, forse le sarebbe stato impossibile tornare a vivere in quella casa dopo tutto quello che era stato. Forse sarebbe potuta servire a qualcosa di diverso. Forse un giorno, quando lei stessa si fosse sentita pronta, sarebbe potuta diventare la scuola del paese, dividendo per sempre la strada dell'istruzione da quella della chiesa. Forse a James questa idea sarebbe piaciuta.

Rose stava aspettando già da tempo ormai, ma non si permise di fare alcuna domanda quando vide uscire Mrs Ree con il viso composto ma gli occhi gonfi.

Quando furono entrambe sul carro e ripresero la strada di casa, Rose ruppe il silenzio: - Come se non sapessimo che i ragazzi ci hanno seguito! -

Ad Ann scivolò un sorriso mentre si massaggiava l'anulare nudo e Rose annuì piano.

23.

Waquini e Mohe, galoppando verso casa attraverso vie secondarie, così come erano arrivati a Sheridan per non farsi scorgere dalle ragazze, tenevano le mascelle serrate e lo sguardo fisso verso la montagna.

Erano simili i due giovani uomini, con il profilo squadrato, le sopracciglia scure arcuate come l'orizzonte, i capelli sciolti come il respiro e la stessa autorità in sella di una radice che abbraccia crescendo la natura circostante, assecondandola senza perdere la propria fibra.

Quando si fermarono per abbeverare i cavalli, Waquini scese con un balzo e, rabbioso, si avvicinò a sua volta allo specchio d'acqua passandosi le mani tra i capelli con violenza.

- Quel maledetto! - sibilò.

Mohe era ancora in sella, guardava lo zio e taceva, sebbene il suo volto lasciasse trasparire tutta la preoccupazione e la confusione per quanto avevano appena visto percorrendo strade raramente battute, ai margini del paese, dove le baracche degli uomini confinavano con la boscaglia.

- Non ne siamo sicuri zio - provò ad azzardare.

- Certo che ne siamo sicuri! Che l'aquila della lungimiranza possa strapparmi gli occhi se non sto dicendo il vero! -

- Sono certo che tu ne sia convinto, ed io stesso credo che ci sia una somiglianza incredibile tra i cavalli nel recinto degli uomini di Hamilton e quelli di Cheyenne Falls, ma non possiamo esserne assolutamente sicuri finchè non ci accerteremo del fatto che effettivamente ci sia stato un furto alla riserva. - obiettò Mohe.

- Nipote, tu conosci bene il nostro Popolo ma non sei mai vissuto con la nostra Gente. Io invece ho trascorso con loro la mia intera esistenza da Cheyenne e riesco a riconoscere i nostri mustang. Intorno agli occhi e sul posteriore si possono vedere ancora i residui della tinta usata per disegnare i nostri simboli. Hanno provato a cancellarli ma non è bastato: solo la pioggia li avrebbe lavati completamente. -

Mohe scese a sua volta da cavallo e si accoscìò di fianco a Charlie che beveva intingendo appena le labbra nello specchio d'acqua gelido.

Waquini continuò: - E gli zoccoli? Li hai visti Mohe? -

- Si, i cavalli erano scalzi - rispose il ragazzo piano.

- I loro piedi non hanno mai conosciuto una ferratura, era evidente come il giorno! - inveì Waquini.

- Bene, zio... allora se ne siamo sicuri dobbiamo denunciare Hamilton e i suoi uomini alle autorità. Ne parlerò con mio padre che porterà la questione in Consiglio e poi... -

- Fermo, nipote! Non faremo nulla di tutto ciò.-

Mohe tacque.

- A chi credi che darà retta il vostro Consiglio? A Hamilton o all'indiano a cui quel maledetto ha giurato vendetta e al mezzosangue che gli ha rubato la figlia? -

Mohe annuì: - Magari se la prenderebbero anche con Rose... -

- E se gli Anziani alla riserva hanno scoperto il furto, probabilmente staranno pensando ad una rivalsa. Se il Consiglio saprà che Hamilton ha rubato loro i cavalli, qualsiasi vendetta egli possa subire avrà un nome ed un cognome ai loro occhi. -

- Non ci avevo pensato - mormorò Mohe.

- E' naturale, nipote. Tu sei giovane e trasparente... ma purtroppo siamo in guerra ragazzo mio e dobbiamo agire d'astuzia se non vogliamo regalare loro il nostro sangue. -

- Cosa è giusto fare allora? -

- Io ora cavalcherò fino a Cheyenne Falls e parlerò con gli Anziani. Non riceverò una buona accoglienza, è vero, ma lo devo al nostro Popolo. Tu non sei obbligato a venire, Mohe. Torna a casa, resta con Rosemary e lavora per il tuo futuro. -

- No. Non tornerò a casa. Io sono figlio di mio Padre e porto con orgoglio il suo cognome. Ma sono anche figlio di mia Madre e porto con altrettanto orgoglio il suo sangue. Verrò con te alla Riserva e farò ciò che serve per aiutarti. Mi prendo cura di una donna, di un ranch... sono un uomo ora, zio. -

In meno di un'ora i due uomini arrivarono a Cheyenne Falls.

Waquini si sentiva nudo nel fare ingresso alla Riserva che per tanto tempo era stata la sua casa, lasciata in una mattina ormai tanto lontana tra gli sguardi di spregio del suo stesso Popolo, per cui ormai lui era un traditore, un reietto, un opportunista che aveva scelto la strada dell'uomo bianco come aveva fatto la sorella tanti anni prima.

Ma essere un guerriero, un uomo d'onore, significava anche sfidare la vergogna, il pregiudizio, per fare la cosa giusta.

Mohe non si era mai reso conto fino a quel momento di quanto fosse forte l'ostilità che suo zio aveva subìto quando aveva lasciato alle spalle Cheyenne Falls per trasferirsi al suo ranch, per aiutarlo e combattere insieme a lui. Lo ferivano gli sguardi taglienti che provenivano da volti familiari, volti amici da sempre.

Hiamovi[11], uno degli Anziani più rispettati della comunità, vecchio amico del padre di Waquini, si alzò da terra, dove stava intagliando un lungo flauto con un piccolo orso in legno inciso sulla parte anteriore. Di fianco a lui si trovavano alcuni

---

[11] Nome Cheyenne dal significato di "capo alto"

giovani, tra cui la nipote Ayashe[12], coetanea di Mohe e sua compagna di giochi prima, di avventure poi, sin dall'infanzia.

Hiamovi restava immobile di fronte a Waquini, senza proferire alcuna parola. Alcuni abitanti della riserva si avvicinarono ma senza violare lo spazio che un'immaginaria area di confronto dipingeva intorno ai due uomini. Anche i ragazzi intorno al fuoco tacquero ed Ayashe cercò Mohe con lo sguardo, per poter vedere oltre le storie di tradimento che aveva sentito raccontare negli ultimi mesi e ritrovare l'amicizia rassicurante di un compagno fidato.

- Vengo per parlare di una questione importante - iniziò Waquini.

- Da parte dei bianchi? - chiese Hiamovi.

- No, loro non sanno che siamo qui. -

Seguì un attimo di silenzio, finchè l'Anziano rispose: - Tuo Padre era uno straordinario Uomo di Medicina, Waquini. Era saggio e coraggioso. Un Uomo capace di restare. -

- Hiamovi, io non sono scappato da voi. Ho scelto di aiutare mio nipote e la famiglia di mia sorella perchè anche loro stanno combattendo un nemico. Ci sono molte battaglie da combattere. -

- Cambiare battaglia significa essere un traditore - rispose l'uomo con forza, tra i cenni di assenso delle persone intorno.

- Non è vero - interruppe Mohe. - Prendersi cura della propria famiglia non è forse il primo insegnamento di uno Cheyenne? Questo è ciò che sta facendo mio zio. Solo se sopravvivremo potremo fare in modo che sopravvivano anche i valori della nostra Gente. - Il ragazzo non sembrava voler smettere di parlare e, sebbene Hiamovi fosse sul punto di zittirlo, venne trattenuto dalla mano della nipote che si alzò da terra e gli

---

[12] Nome Cheyenne dal sognificato di "piccolo/a"

toccò appena la manica, come se chiedesse di pazientare solo un secondo.

- Gli Cheyenne ed i loro Fratelli hanno un nemico grande e potente. Così potente da non permettere una guerra contro di lui in questo momento. Ma fuori da questa Riserva esistono altri nemici, nemici della creazione di un mondo diverso ma giusto, dove si potrà ottenere la pace e anche nuovi diritti per la nostra Gente. Mio zio ha avuto il coraggio di sfidare voi tutti ed uscire a combattere. Se questo per voi è un uomo vile, un traditore, allora mi dispiace. Mi dispiace perchè non ho capito nulla della cultura di cui mi parlava mio nonno. Mi dispiace perchè non porterò più con orgoglio quella parte di sangue nelle mie vene. -

Un silenzio basito avvolse i presenti e lo stesso Waquini fissò il nipote con un orgoglio quasi commosso. In quel momento non gli interessava cosa pensassero gli abitanti della Riserva di lui. Non era più importante.

- Sei cresciuto, Mohe. Tua madre e tuo zio hanno fatto un buon lavoro con te - soggiunse quindi Hiamovi.

- E' vero. E anche mio padre Cameron. - aggiunse Mohe con fierezza.

L'Anziano sorrise e si rivolse quindi a Waquini: - Di cosa volevi parlarci? -

- Sono venuto per domandare se siano stati rubati dei cavalli qui alla riserva - rispose lui.

A questo punto un gran vociare sommerse la domanda e Hiamovi dovette rivolgersi direttamente a molti degli uomini presenti per calmare gli animi e poter rispondere.

- Come fai a saperlo? -

- Credo di averli visti. Conosco le persone che li hanno portati via. -

Di nuovo una folla di voci si affastellò, tra grida di rabbia, dichiarazioni di battaglia ed imprecazioni sia in lingua indiana che inglese.

- Non lasceremo che, insieme alla Terra, alle nostre famiglie, alla libertà, ora ci portino via anche i nostri cavalli! Andremo a prenderceli, anche se questo dovesse significare uccidere i militari, incendiare la città e scappare insieme alle nostre bestie! - gridò lo stesso Anziano con gli occhi improvvisamente pieni del livore fiammeggiante che si incendia sopra anni di frustrazioni.

- No! - pregò Waquini - No! Non è la strada giusta! Un'azione come questa vi farebbe passare dalla parte del torto. Sarete voi ad aver rotto gli accordi con l'uomo bianco e non ci sarà più alcuna possibilità di vedere le loro firme sulle leggi in cui stiamo sperando. Non esisterà più l'opportunità di fare nuove trattative e di ricongiungervi con parte delle vostre famiglie che vi stanno aspettando. E cosa sarà allora di questa riserva? Della nostra Gente? Ve lo dico io: non resterà neppure il ricordo di noi, se non quello di codardi guerrieri che hanno ucciso donne e bambini in una pacifica città e che non sono stati in grado di mantenere la parola data. Non vi avranno rubato solo i cavalli, allora, ma la dignità, la memoria, l'onore. Avranno vinto due volte! -

Le parole di Waquini sembrarono mettere tutti a tacere. Allora aggiunse: - Questo vi direbbe mio Padre. -

- Cosa dovremmo fare allora secondo te? - chiese Hiamovi dopo qualche attimo.

- Fidarvi di me. Vi chiedo solo di fidarvi di me. -

- E' una richiesta importante. -

- Lo so. A voi la scelta. -

Dopo pochi minuti, qualche rapida consultazione, qualche cenno di assenso e qualcuno di dissenso, infine l'Anziano si volse verso Waquini e rispose: - E sia. -

Non servì altro, non vi fu un gesto, una spiegazione, un ringraziamento. In fondo entrambi gli uomini sapevano di doversi qualcosa a vicenda. Hiamovi doveva a Waquini un'opportunità, se non altro per rispetto verso il Padre defunto. E Waquini sapeva di dovere alla sua Gente la dimostrazione di essere ancora dalla loro parte.

Mentre Mohe e suo zio si allontanavano dal campo, Ayashe li raggiunse di corsa e fermò il ragazzo mettendogli una mano sulla spalla. Si trattava di un tocco delicato, morbido, ma anche fermo e deciso come l'animo delle giovani cheyenne che conservavano la grazia della loro femminilità mescolata alla resistenza delle betulle, piegate dal vento solo per potergli resistere.

Quando Mohe si girò vide gli occhioni scuri di lei che lo fissavano con un sorriso. I dentoni di ragazzina avevano lasciato spazio ad una bocca di donna, cangiante come il profilo del fuoco.

- Ecco qui - disse lei facendogli scivolare in mano una fascetta di perline da portare intorno alla fronte - E' un portafortuna. Tienilo con te. - E detto questo, corse via.

24.

Quella notte aveva cambiato tutto.

Waquini aveva ancora davanti agli occhi lo sguardo di sua sorella, sospeso tra l'orgoglio di donna cheyenne ed il rimprovero per aver coinvolto Mohe in un'impresa tanto rischiosa.

Cameron invece era più difficile da interpretare: non poteva appoggiare l'iniziativa del cognato, e men che meno apprezzare il fatto che il figlio vi avesse preso parte. Eppure, dal suo istinto di uomo e dalle sue ferite ancora aperte, faceva capolino la certezza che, qualora fosse stato messo messo a parte del piano, lui stesso non si sarebbe tirato indietro. Forse proprio questa esclusione era la delusione più bruciante e, forse, era questo il motivo per cui Mohe e lo zio avevano deciso di non metterlo nella posizione di dover scegliere.

Tuttavia appartenevano Ann gli occhi lucidi di delusione e di rabbia che guardavano Waquini in quella mattina percorsa da un freddo anomalo per la stagione, quando ormai l'azione si era compiuta ed era stata rivelata tra le mura del ranch dei Burton.

Soli, sotto il portico di legno, l'uomo e la donna si fissavano come fossero aceri ancorati a terra dalle radici ma percorsi da un fremito di linfa ed immobili in un presagio di vento.

Waquini aveva intuito che nulla sarebbe tornato come prima quando, nella notte nera e mobile come fosse la pupilla del cielo, una trentina di cavalli al galoppo avevano fatto vibrare il dorso della Madre Terra, in una fuga senza legge dai recinti appena fuori dal paese, verso le montagne, verso quel fazzoletto di terra in cui uomini e animali vivevano nell'illusione di una libertà coatta.

Entrando nella Riserva dal fianco della montagna, dove la boscaglia confondeva i sentieri e nessuna guardia sorvegliava i confini, i due cheyenne erano stati sicuri di non incontrare alcun ostacolo al loro proposito, per poi lasciare i cavalli entro i limiti del territorio indiano, ricomparsi come per opera degli Spiriti. Quegli Spiriti che Waquini in cuor suo aveva pregato mentre galoppava dietro alla piccola mandria, con il torso scoperto ed il viso segnato da un tratto di colore nero, simbolo di vittoria e successo, ed un tratto viola, simbolo di forza e di magia. La Terra aveva dato l'impressione di essere percossa come un tamburo dalle stesse mani di Wakan Tanka[13] ed il fiato bianco di condensa dei cavalli si disperdeva nell'aria come fosse una nuvola bucata da decine di frecce. Quella notte di primavera inoltrata infatti sembrava essere cristallizzata in un ricordo di inverno sui sentieri più alti della Bighorn Mountain, come se il tempo fosse stato paralizzato in un brivido che percorreva le schiene degli uomini ed il dorso della Terra.

Mohe aveva spinto il gruppo dei mustang posizionandosi sul lato opposto rispetto allo zio, pertanto gli era quasi impossibile riuscire a scorgerlo nella fioca luce della luna ed attraverso la fitta coltre di polvere che si alzava da quella piccola valanga vivente e fremente di muscoli, di riottose criniere scosse da colli possenti come larghi tronchi di quercia. Avendo perso il contatto diretto con Waquini, il ragazzo si era sentito solo, ma in un'accezione nuova e positiva. Libero, indipendente, parte integrante della mandria stessa, sufficientemente uomo da scegliere la via, ma abbastanza vicino allo spirito del branco da riuscire a farne parte.

Quando i cavalli ebbero raggiunto finalmente l'area prescelta, Waquini e Mohe li lasciarono disperdersi intorno al minuscolo

---

[13] Grande Spirito

affluente del Tongue River, e rimasero soli, ciascuno sotto una diversa ombra proiettata dalla luna attraverso nubi isolate. Nulla era più buio e più consistente del nero di quel pezzetto di mondo quando le nuvole lo isolavano dal riflesso argenteo del cielo.

Fino all'alba e forse oltre, la mente di Waquini non aveva potuto far altro che ricordare come un grido avesse allora spezzato la sinfonia della notte, mentre due ali enormi, più scure del nero a cui l'occhio si era abituato, si erano aperte dai rami vicini per scendere fino a pochi metri dai suoi occhi, e poi prendere nuovamente quota, con gli artigli nascosti in seno alla notte e gli occhi rivolti già altrove. Waquini non era stato in grado di comprendere cosa avesse voluto comunicargli lo Spirito del Gufo, molto spesso simbolo di un destino drammatico, ma altrettante volte, invece, ambasciatore di un messaggio proveniente dal mondo dell'aldilà, per mettere in guardia il destinatario dalla sua stessa sventatezza nello sfidare i propri limiti.

La mattina successiva, tuttavia, non esisteva sfida negli occhi di Waquini mentre fissava Ann. Orgoglio forse, ma non sfida.

- Ho fatto quello che andava fatto, Emonah. Quello che era giusto per evitare un nuovo spargimento di sangue, un nuovo scontro tra la mia Gente e la tua. - affermò con veemenza.

- La *mia* Gente e la *tua*? Siamo ancora a questo punto, Waquini? Siamo ancora su due fronti diversi? Credevo di averti dimostrato di tenere al destino degli Cheyennne quanto a quello degli abitanti di Sheridan. Quello che ci divide non è l'appartenenza a Popoli differenti, ma il diverso modo di stabilire ciò che è giusto! -

Nuovamente Ann si trovava nella posizione di contestare un'iniziativa a suo parere irragionevole che era stata presa a sua insaputa, come era già capitato con Waquini e con James prima di lui. Non era più disposta a sopportare di essere tenuta in disparte mentre chi le stava a cuore sembrava lanciarsi alla cieca in un burrone nella convinzione di poter volare.

La giovane donna sembrava finalmente aver lasciato che i suoi pensieri si condensassero in parole e non appariva minimamente incline a volerne smorzare i toni: - Credi veramente che un furto in piena notte sistemerà la situazione senza conseguenze? Credi che non ci saranno ripercussioni da parte degli uomini di Hamilton? Che non saranno dirette a noi? -

Lo sguardo di Waquini si fece irrequieto ma non si spostò dagli occhi di Ann che proseguì: - Ti rispondo io, visto che tu non lo farai: no, non ci hai pensato. Perchè tu agisci così, segui il tuo istinto, senza valutare le conseguenze. Quando hai creduto che io fossi in pericolo, ti sei lanciato in un agguato a Hamilton in piena notte... Quando hai voluto riabilitare il tuo nome agli occhi degli Cheyenne, hai rubato un'intera mandria a nostra insaputa... -

- Non è questa la ragione per cui ho fatto ciò che ho fatto - sbottò Waquini - Ho restituito, non rubato, quei cavalli perchè se non fosse successo certamente la gente della Riserva avrebbe programmato una vendetta e ci sarebbe stato ulteriore spargimento di sangue. -

- E pensi che non ci sarà? - ora la voce di Ann era rotta dalla rabbia - Credi che la reazione della città sarà pacifica? Noi tutti siamo coinvolti e avremmo dovuto poter decidere insieme il da farsi. Ma tu non agisci così. Ti comporti ancora come se fossi... - la ragazza si interruppe e Waquini incalzò: - Come fossi che cosa Emonah? Come se fossi ancora un guerriero senza padrone che non accetta le regole dell'uomo bianco? Mi dispiace deluderti, ma sono ancora e resterò per sempre uno Cheyenne, qualsiasi cosa questo significhi. -

- Questo non vuol dire che tu debba comportarti come... - Ann si interruppe di nuovo.

- Come uno di loro? Come un *indiano?* - Non era mai stata pronunciata questa parola tra loro, questo termine vagamente dispregiativo che i bianchi utilizzavano per connotare negativamente gli appartenenti alla cultura nativa, per dare loro un abito di selvaggia inferiorità.

- E' così, Waquini. Tu sei molto più di questo. - fu la risposta secca, non più gridata.

- Ti sbagli. Io sono esattamente questo. Io non ho regole, Emonah, non ho padroni e non basterà farmi dormire sotto un tetto per rendermi diverso da ciò che sono. - Le parole di Waquini suonavano altrettanto calme ma vibravano di dolore e di orgoglio al tempo stesso.

- Senza curarti di ciò che accade a chi ti vuole bene? A ciò che può accadere a te stesso, e di conseguenza ferire chi ti ama? - Ora gli occhi di Ann iniziarono ad inumidirsi ma Waquini non mutò espressione.

- Io morirei per te Emonah. Subito, senza pensarci due volte. Non solo per quello che provo per te ora. Lo avrei fatto anche prima. Perchè la mia esistenza non è mai valsa e mai varrà quanto la tua vita. -

- Waquini.. -

- Ma morirei anche per la mia famiglia, per la mia Gente, per i miei valori. Sono un guerriero, sono il figlio di un Uomo di Medicina cresciuto tra gli Spiriti, sono come il bisonte che attraversa le praterie... nessuno può addomesticarmi e sarà necessario uccidermi per fermare il mio percorso. -

Per la prima volta nella sua vita, Ann sentì un sentimento straziante: la consapevolezza di non poter permettersi di volere ciò che l'aveva attratta, coivolta, spinta a mettere in discussione tutta la sua vita.

- Lo so, Emonah. Io non merito una donna come te. Un uomo come James ti meritava, non io... - Waquini si avvicinò e passò le dita sulla guancia di lei. Ann gli prese la mano con le proprie e piano girò il viso come per nascondere una lacrima nel suo palmo e respirare per qualche istante il profumo della sua pelle.

- Lo sai cosa provo per te. Forse ti amavo già prima che mi fosse consentito. E sicuramente ti amerò finchè la Madre Terra mi presterà il suo respiro. So che anche tu provi un sentimento, Emonah, ma questo non potrà mai bastare. Devi compiere una scelta. Io non sarò mai diverso da ciò che vedi. Posso imparare a vivere in modo differente ma non potrò mai essere una persona diversa. -

Waquini spostò la mano dalla guancia di Ann e piano le sfiorò il mento per indurla a sollevare lo sguardo e poter spiare oltre le sue ciglia umide indugiando per un lungo momento nel privilegio del dubbio, nell'istante di sospensione in cui poteva sperare di non dover lasciare andare l'unica cosa nella vita che lo avesse fatto sentire migliore di ciò che credeva di essere in realtà.

- La scelta è tua- mormorò di nuovo lui, in un tono gentile ma fermo, mentre ogni fibra del suo corpo lo dipingeva fiero come l'ombra del mattino che si staglia al suolo più imponente della sua stessa origine.

- Anche io sono quella che vedi. Sono madre, sono parte di un mondo che critico e che lotto per cambiare, ma che si basa sulla speranza di un futuro che risponde a regole senza le quali vedo solo dolore e paura. - Non c'era mai stata tanta sincerità nelle parole di Ann, che proseguì: - Ma tu non hai paura. Tu sei come il vento e come tale devi restare. E' proprio perchè ti voglio bene che devo lasciarti andare. -

Waquini annuì piano, con la mascella serrata e lo sguardo ancora fisso negli occhi di lei. Le spostò una ciocca di capelli che sembrava legarle il collo, poi si girò piano e fece per allontanarsi. Solo quando fu distante diversi metri dalla ragazza e non fu più visibile il velo umido che aveva spento la fiamma nei suoi occhi, si girò e, sperando quasi di non poter essere udito, piano mormorò: - Ti ho persa per sempre. -

Ann rimase ferma, immobile, in silenzio. Waquini se ne andò senza voltarsi e chiedendosi se veramente lei non lo avesse sentito.

25.

Rose accarezzava piano il puledro che aveva visto nascere tanti mesi prima. Era ormai un cavallino strutturato, pieno di vita e spesso riottoso. Era abituato a vivere all'aperto, così come la madre, ma quel giorno si trovava nella struttura provvisoria che era stata edificata nell'attesa di riavere una vera e propria scuderia al posto di quella bruciata. Il giovane sauro non aveva un buon rapporto con gli spazi chiusi, probabilmente anche a causa del grande trauma dell'incendio, avvenuto quando aveva appena un mese di età, ma mai dimenticato tra le pieghe dell'inconscio.

Rose era rimasta particolarmente legata a quella creatura un po' difficile di carattere ma piena di energia. Non aveva mai assistito al miracolo di una vita che sboccia, fino al momento della nascita di quel cavallo di cui tuttora si prendeva cura con un affetto particolare, come se in lui riscontrasse, giorno dopo giorno, la fiducia nella crescita ed in un nuovo inizio.

Mohe le arrivò alle spalle piano, senza che la ragazza neppure si accorgesse della sua presenza mentre sostava davanti alla porta aperta del box.

- Hai davvero una predilezione per quel piccolo mascalzone! Potrei anche ingelosirmi... -

Lei sorrise   - La sua nascita è stato il nostro primo vero momento insieme. Credo di dovergli essere grata. -

- Allora non sei più arrabbiata per quello che ho fatto ieri notte? -

- Non sono mai stata arrabbiata. Solo non mi piace scoprire le cose quando ormai sono avvenute. Ora non sei più solo, Mohe, siamo una coppia. -

- Hai ragione, amore, ho sbagliato... - ammise lui, quando una voce attraversò l'edificio come una lama ghiacciata.

- Sì, hai sbagliato ragazzo. -

- Papà! - esclamò Rosemary in un misto tra stupore e spavento.

- Hamilton, cosa fa qui? Non è il benvenuto. - aggiunse Mohe frapponendosi istintivamente tra la ragazza ed il padre.

- Ascoltavo la tua confessione riguardante il furto di ieri sera , giovane Burton. -

- Non capisco di cosa stia parlando - rispose Mohe cercando di essere convincente.

- Credi che non abbia capito chi ha portato via i cavalli ai miei uomini per lasciarli alla Riserva? Basterebbe un uomo meno intelligente di me per dedurlo. Ma non ha importanza, ragazzo, a tutto c'è un rimedio. Avete preso qualcosa a me, ora io prenderò qualcosa a voi... - sogghignò Hamilton assestandosi il cappello sulla fronte, mentre l'altra mano restava appesa con fierezza al bavero della giacca.

- Cosa vorresti dire con questo? - chiese quindi la ragazza spaventata.

- Lo vedrai, Rosemary. Anzi, loro lo vedranno. Perchè tu ora verrai con me. -

- Non ci pensi nemmeno - si fece avanti Mohe.

- Ascoltami bene, mezzosangue. Come ti ho detto, voi avete preso qualcosa a me, i miei uomini prenderanno qualcosa a voi. Anzi, per dire la verità, lo hanno già fatto. Ma iniziamo con il recuperare ciò che è già mio, cioè mia figlia. Questa è una questione tra me e lei, quindi fatti da parte. -

Hamilton fece per spingere Mohe da un lato, mentre con una mano aveva già quasi arraffato il braccio della figlia, ma in un istante il ragazzo lo colpì con un pugno, facendolo allontanare di qualche metro. L'uomo si toccò il labbro con il dorso della mano, quasi a volersi accertare che esistesse ancora dopo il colpo fulmineo che gli era stato assestato. Sollevò allora lo sguardo, mentre la fronte restava appena abbassata, e piano aggiunse: - Ti piace il gioco duro, figliolo? - Allora estrasse dal taschino della giacca la stessa pistola che era già stata rivolta contro Mohe in quella notte lontana. Quella stessa pistola che aveva ucciso James.

Rosemary sgranò gli occhi e fu sul punto di gridare qualcosa, quando il ragazzo fu addosso a suo padre con un movimento rapido, degno del suo sangue cheyenne. Riuscì a far cadere l'arma dalle mani di Hamilton, poi lo colpì nuovamente, con una rabbia che non aveva mai avuto sfogo fino a quel momento. L'uomo tuttavia non sembrava voler cedere e nuovamente si gettò sulla pistola che giaceva a terra. Fu allora che Mohe lo spinse via con violenza, scagliandolo inavvertitamente verso la porta ancora aperta del box in cui si trovava il giovane sauro. Hamilton gli finì quindi tra le zampe, gridando un'imprecazione.

In quel momento il mondo si fermò per un attimo nella mente di Rosemary. A rallentatore vide il padre volare tra gli zoccoli del cavallo che, spaventato dalle grida e dall'irruzione violenta in uno spazio tanto angusto che già temeva, si girò di scatto e, non potendo fuggire, reagì assestando con i posteriori una serie di calci al vento. Uno di essi fece un rumore sordo, attutito. Il rumore di un ceppo spezzato da un'ascia.

Rose voleva ancora gridare, ma semplicemente non fu in grado di farlo, mentre vedeva il sangue allargarsi sulla paglia della lettiera, sotto la tempia del padre, intorno al quale il cavallo sembrava proseguire in una macabra danza di panico e di angoscia.

In pochi istanti la ragazza gli fu accanto, inginocchiata di fianco al suo viso, mentre Mohe fece ingresso nel minuscolo spazio per contenere il cavallo ed evitare che anche Rose venisse accidentalmente ferita.

Solo dopo pochi istanti i due incrociarono lo sguardo. Quello di Mohe, colpito e preoccupato per lei. Quello di Lady Hamilton, colmo di lacrime mentre il suo abito arrossiva.

- Rose, amore.. - mormorò il ragazzo, lasciando il cavallo ed allungando una mano verso la spalla di lei che schivò il suo gesto.

- Mio padre è morto. E tu lo hai ucciso. -

Improvvisamente la ragazza che Mohe amava, che aveva scelto di abbandonare la propria vita per costruirne una con lui, che aveva avuto il coraggio e la fermezza di conservare i suoi valori nonostante la figura paterna, la ragazza che pronunciava poesie guardando la montagna di fronte alla riserva, che si commuoveva davanti ad un puledro appena nato, la ragazza che gli faceva il solletico con i suoi capelli al mattino e che sognava ad occhi aperti con lui la sera.... quella ragazza era di nuovo un'estranea, con l'espressione gelida di una nobildonna inglese.

- Rose, cosa dici? E' stato un incidente... lo hai visto anche tu... -

- Immagino che questo incidente non ti provochi un grande dolore, o mi sbaglio Mohe Burton? -

- Tuo padre voleva portarti via contro la tua volontà. Voleva ammazzarmi per la seconda volta. Si tratta dell'uomo che ha ucciso James... - Il tono di Mohe era sconcertato e le parole uscivano incerte dalla sua gola, come se improvvisamente non fosse più sicuro neppure di quello che era appena accaduto e volesse in qualche modo rassicurare se stesso e giustificarsi per il sollievo che in fondo aveva appena provato.

- Si tratta di mio padre, Mohe. Nonostante tutto lui è mio padre e mi voleva bene a modo suo. Lui era tutta la mia famiglia. - rispose lei, commossa e glaciale al tempo stesso.

- Io sono la tua famiglia Rose. Ti amerò come un marito, parlerò con te come un amico e ti proteggerò come un padre - aggiunse il ragazzo, inginocchiandosi quindi di fianco a lei, nella speranza di trovare un contatto con quella parte di Rosemary che sembrava essere morta insieme al padre. Quella parte che era nata insieme al cavallino che ora lo aveva ucciso.

Fu in quell'istante che dalla porta comparve Asha, di corsa, mentre si affrettava alla ricerca del figlio gridando - Mohe! E' sparita Sage! Devi aiutarci a ritrovarla! L'hanno rapita.... -

26.

Ann sentiva il cuore muoversi nel petto come uno scoiattolo tra i rami. Si era accorta della mancanza di Sage quando era rientrata in casa dopo la conversazione con Waquini. Sapeva che chiunque sarebbe potuto entrare a prelevarla, poichè Cameron ed Asha erano al lavoro in stalla e lei era rimasta a lungo sotto il portico, sul retro della casa, anche dopo che Waquini se n'era andato. Aveva pensato, aveva pianto, si era pentita, poi era stata fiera della sua scelta, ed infine era stata travolta da tutte queste emozioni contemporaneamente, sentendosi completamente sopraffatta. C'era voluto qualche lungo momento prima di sentirsi in grado di rientrare in casa e controllare se la piccola si fosse svegliata. La pensava al sicuro, nel suo lettino, anche perchè la finestra della stanza della bimba si affacciava direttamente sul portico, per cui Ann era certa che l'avrebbe sentita piangere se la piccola avesse avuto bisogno di lei. Evidentemente chiunque l'avesse presa era riuscito a non farla svegliare, ed era sgattaiolato via indisturbato usando la porta principale. A quanto pare Horn era stato impegnato in una delle sue scorribande ed era mancato da casa per un pochino di tempo, proprio nel momento sbagliato, quando la sua protezione ed il suo abbaio di avvertimento sarebbero stati fondamentali.

Non appena scoperta l'assenza di Sage, Ann si era precipitata da Asha e Cameron per dare l'allarme e, mentre lui era immediatamente partito per andare in città, avvertire le autorità ed organizzare una squadra di ricerca, Asha ed Ann concordarono che molto probabilmente non si era trattato di un rapimento immotivato ad opera di uno sconosciuto, bensì di una vera e propria vendetta mirata. Considerando gli avvenimenti della notte precendente ed il preciso avvertimento che Waquini aveva rivolto in passato a Hamilton affinchè non toccasse Ann, la deduzione non fu poi così complicata.

Asha era quindi corsa ad avvertire Mohe e Rose, mentre Ann aveva convinto tutti di voler restare nei paraggi della casa per aspettare di ricevere una qualsiasi richiesta di riscatto o rivendicazione dell'atto, per poi decidere come intervenire. Nella realtà dei fatti, Ann aveva pianificato di parlare direttamente con Hamilton e sapeva che Asha e Cameron non glielo avrebbero lasciato fare da sola. Quello che desiderava, invece, era un confronto diretto con l'uomo che le aveva portato via suo marito ed ora le aveva sottratto la figlia.

Arrivò in città quando ormai Cameron era partito con un gruppo di uomini per iniziare la ricerca della bimba, quindi sperò di poter avere un confronto con Hamilton a quattr'occhi, ma quando arrivò alla locanda le dissero che l'inglese se n'era andato per occuparsi di questioni personali.

Convinta che fosse quindi diretto dai Burton per trattare la restituzione della piccola, Ann percorse al galoppo la distanza che separava Sheridan dal ranch, mentre le lacrime scendevano mute, fredde, come se fossero sgorgate dal nulla. Il dolore era così grande e diffuso da pervaderle tutto il corpo e, mentre volava verso casa con l'immagine della sua bimba addormentata davanti agli occhi, si rendeva conto che l'unico luogo in cui si sarebbe sentita vagamente rassicurata in quel momento di angoscia sarebbe stato l'abbraccio della persona che aveva allontanato. Il tempo del tragitto scorse in modo convulso, simile al sonno confuso e tormentato, tra sogno e veglia, di chi cerca di riposare malgrado la febbre alta.

Quando arrivò infine a destinazione, Ann scese in fretta di sella e si precipitò verso casa ma rimase delusa quando vide che non c'era il cavallo di Hamilton nel cortile. Si accucciò a terra, come se si fosse accasciata sotto il peso del dolore, quando improvvisamente sentì un pianto leggero. Un pianto che avrebbe riconosciuto tra mille.

Pensò che si trattasse della sua immaginazione, di una proiezione reale quanto quelle che aveva visto e sentito durante il viaggio. Ma questa volta il suono persisteva.

Fu allora che si alzò in piedi e, stravolta ed incredula, si avvicinò alla porta di casa, terrorizzata dalla possibilità che si trattasse solo di un miraggio.

Invece, al riparo nel vano della porta, sotto i raggi morbidi del sole di primavera, c'era Sage avvolta in spesse coperte e rannicchiata su un cuscino in una larga cesta, mentre Horn le sedeva accanto scodinzolando e toccandola appena con il naso umido, come era solito fare, suscitando una gorgogliante risata.

Ann non poteva credere a quel miracolo. Si avvicinò di corsa e la prese in braccio per accertarsi che fosse vera. Sentiva la pelle fresca del visino contro le proprie guance bollenti. La piccola la guardò e sorrise, con larghi occhioni castani totalmente innocenti e privi di ogni consapevolezza.

L'emozione fu tale che Ann si sentì quasi svenire. Il mondo intorno a sè girava a tal punto da confonderle i sensi e farle temere che si trattasse davvero di un sogno.

Solo quando si fu calmata, si accorse che vi era un foglio dentro alla cesta e lo prese tra le mani, temendo una minaccia od un avvertimento. Invece si trattava di un biglietto scritto in stampatello, con la calligrafia malsicura di chi ha imparato da poco ad usare la matita e non ha ancora pratica con le parole scritte. La firma era solamente una "W".

Ann scorse avidamente le poche righe:

Emonah,

oggi lasciando casa tua ho sentito i serpenti di Hamilton mentre parlavano del rapimento di Sage. Li ho seguiti e l'ho riportata a casa. Lei sta bene.

Perdonami. Avevi ragione su tutto tranne che su una cosa. Io ho paura. Ho paura di pensare la mia vita senza di te.
Proprio perchè ti amo devo lasciarti andare come hai fatto tu stessa. Per questo oggi parto. Gli Spiriti mi indicheranno la via.

Grazie per avermi reso un uomo migliore anche se purtroppo non basta.

Sii felice Emonah. La tua presenza rende orgogliosa la Madre Terra ed ha reso orgoglioso me anche solo per aver meritato la tua amicizia.

W.

———— ❧ ———— ☙ ————

Ann non aspettò neppure il rientro di Asha. Mandò uno degli lavoranti più fidati di Cameron ad avvertirla del ritrovamento di Sage e lasciò la piccola con la moglie dell'uomo, una signora pratica ed affidabile con cui la bambina restava spesso quando Ann ed Asha erano via insieme. Non avrebbe voluto separarsi dalla bimba per nessuna ragione al mondo, soprattutto dopo l'immensa paura che ancora non era del tutto passata. Aveva bisogno di guardarla e di toccarla continuamente per accertarsi che fosse lì con lei, sana e salva.

Tuttavia un pericolo reale non poteva che avere la meglio su un pericolo scampato nell'ordine delle priorità.

Dopo essersi fatta assicurare da Mrs Hall di restare chiusa in casa con la bimba fino all'arrivo dei Burton, sellò un cavallo e partì immediatamente nonostante ormai il pomeriggio fosse iniziato da un pezzo e la meta non sarebbe stata raggiunta prima di due ore abbondanti.

Ann era più che certa che il luogo dove Waquini avrebbe chiesto consiglio agli Spiriti si trovasse nella terra sacra dove si era svolta la cerimonia funebre di James diversi mesi prima. Forse in un'altra vita.

In quell'occasione lui le aveva raccontato che, presso la cascata che il fiume formava ai piedi della montagna, il padre Ehane aveva montato spesso la *tenda del sudore*: al centro del tepee venivano poste alcune pietre rese incandescenti da un fuoco e l'acqua che vi si gettava produceva quel vapore che, unito ai canti ed alle erbe che bruciavano tra le fiamme, aiutavano lo spirito a staccarsi dal corpo per raggiungere una meditazione mistica. In questo modo, la persona poteva attraversare le proprie paure, i propri demoni, i propri errori, affrontandoli ed uscendo dalla tenda con lo sguardo puro e forte della nuova consapevolezza.

Waquini doveva trovarsi per forza in quel luogo.

Ann non era assolutamente certa di riuscire a ripercorrere la strada e, sebbene sapesse che se avesse chiesto ad Asha non ci sarebbe stato il rischio di sbagliare, era anche consapevole che l'amica avrebbe voluto accompagnarla. Quindi non valutò neppure l'idea di andare a chiamarla, non solo perchè avrebbe perso tempo prezioso, ma soprattutto perchè si trattava di qualcosa che doveva fare da sola.

27.

- Ho capito cosa mi fa più paura! - esclamò Ann.

Il sole era ancora lievemente tiepido anche se si stava abbassando verso ovest. Le ombre lunghe degli alberi rigavano il fiume attraverso la piccola ansa che la ragazza in qualche modo aveva ritrovato anche troppo facilmente. Il pensiero di James l'aveva accompagnata, la prima volta, attraverso quella terra e, in qualche modo, era convinta che lui stesso ora la stesse guidando. Non aveva idea del fatto che Waquini, la notte precedente, fosse stato accarezzato dallo Spirito del Gufo, messaggero dei defunti, ma se lo avesse saputo sarebbe stata ancora più certa di averlo al suo fianco, per quanto contraddittorio potesse sembrare. Per un attimo aveva pensato che fossero invece gli Spiriti stessi a guardare con benevolenza questa sua impresa ed il pensiero la rassicurò.

Quando scorse la cascata e vide davanti un piccolo cerchio di pietre, sebbene rade ed imprecise, fu sicura che l'uomo che si trovava al centro, semisdraiato a terra con una coperta arrotolata dietro la schiena, fosse Waquini.

Ann si avvicinò ulteriormente e gridò più forte: - Ho capito di cosa ho davvero paura! Ho paura di stare senza di te. Ho paura di non sentirmi mai più viva come mi succede quando sono con te. Ho paura di non sentirmi mai più protetta come quando sono tra le tue braccia. Ho paura di vivere il resto della mia vita senza sentire la scossa di un tuo bacio e di morire senza aver mai fatto l'amore con te. -

Ann camminava e si avvicinava a quell'uomo accucciato mentre gridava queste parole. Non aveva tempo per sentirsi stupita di se stessa. Era troppo impegnata a sentirsi libera.

Waquini chiuse per un attimo gli occhi, come per fermare quel momento. Avrebbe voluto strapparlo alla vita per chiuderlo tra le mani. Si alzò in piedi, lentamente, portandosi fino al limite del suo cerchio. Un'intera vita valeva la pena di essere vissuta solo per quel singolo istante.

- Io scelgo te. - disse Ann, arrivata ormai a sua volta a pochi passi dalle pietre, mentre il respiro si faceva pesante di emozione.

Waquini allungò una mano e, quando la ragazza la prese, la avvicinò a sè all'interno del Cerchio Sacro.

Ann vedeva le labbra di lui tremare e gli occhi brillare di una luce commossa che risaltava l'orgoglio del giovane guerriero. La forza di un uomo spicca immensamente nel momento della sua vulnerabilità.

- Ti amo - aggiunse Ann con fierezza, con una verità orgogliosa ed inconfutabile come la rotta degli uccelli migratori che scelgono la propria destinazione noncuranti degli ostacoli lungo la via. Waquini guardava immobile le labbra di lei quasi come se volesse accertarsi che non si trattasse di un inganno della sua mente ad opera degli Spiriti che lo stavano accompagnando attraverso il suo viaggio interiore: come poteva quella creatura così profondamente giusta, colta, elegante, troppo forte per dimenticare il passato e troppo fragile per lasciarlo andare... come poteva quella creatura restare in piedi di fronte a lui e dire di amarlo con la stessa semplicità con cui un tiepido raggio di sole spacca intere lastre durante il disgelo? Waquini si sentì percorso da un sentimento nuovo: amore, desiderio e amicizia erano ormai fusi da tempo, ma alla paura di perdere tutto questo si sostituì il timore di averlo davvero ed esserne all'altezza.

Il viso di Ann in quell'istante rispecchiava quello di lui, ondulante tra due realtà: l'uomo che sperava di essere diventato e l'uomo che non sarebbe stato mai e che Ann aveva deciso di accogliere ugualmente. Senza pronunciare una parola, Waquini baciò Ann nel respiro dell'appartenenza e dell'accettazione in cui nulla viene abbandonato ma tutto si intreccia tra i sensi e le silenziose promesse di una sicurezza irresistibile da cercare l'una nell'altro.

La ragazza fece appena in tempo ad abbracciarlo e sentire inumidirsi la mano, quando Waquini improvvisamente si accasciò al suolo e rimase in ginocchio, mentre lei stessa, stupefatta, lo seguì a terra cercando di sostenerlo. Non appena vide la propria mano coperta di un liquido rosso, Ann guardò il fianco di lui e si rese conto che una grande macchia di sangue gli intrideva la casacca.

- Mio Dio, Waquini! Sei ferito? Cosa è successo? -

- Non ha importanza - disse lui in un soffio. Lo sguardo era quello di un puma ferito: ancora lucido e fiammante, ancora pieno di orgoglio e forza, ma reso languido dal dolore e dalla prefigurazione di una fine ormai prossima: - Non ha più importanza. Sei venuta a prendermi, Emonah. Hai scelto me quando tutta la tua vita gridava di allontanarmi. - Questo bastava per sciogliere un sorriso debole sul viso dello Cheyenne che cercava di allontanare la mano di Ann dalla ferita perché non si impressionasse e la stringeva tra le sue come simbolo di nuovo tesoro da chiudere in uno scrigno che neppure l'aldilà avrebbe potuto violare.

- Sì, ma ora dimmi, cosa ti è capitato? Dobbiamo cercare un medico! - incalzava Ann terrorizzata.

- No, va bene così. Se in questa vita ho fatto qualcosa di buono, tanto da meritare il tuo amore, allora non potevo sperare in un destino migliore. Non baratterei cento vite, dentro o fuori dalla riserva, per i minuti che mi hai appena regalato. - Waquini sorrideva con una dolcezza che Ann non gli aveva mai visto prima.

- No, no, no. Tu non mi lascerai. Io non posso perderti. Devi dirmi cosa ti è successo ed io cercherò aiuto. -

- Quando ho preso Sage, uno degli uomini di Hamilton mi ha visto scappare con la bambina e mi ha sparato alle spalle - aggiunse lui - Sono riuscito a portarti la piccola e cavalcare fino a qui. Pregavo gli Spiriti per poter avere il tuo perdono: se hanno preso la bambina è stata colpa mia. -

- Non è stata colpa tua, Waquini. Tu hai cercato di fare la cosa giusta. Noi tutti ci proviamo, a modo nostro... a volte falliamo ma continuiamo a provarci... e per questo, anche nelle differenze, noi ci assomigliamo. E per questo non ho nulla da perdonarti. -

Ann parlava tra le lacrime, mentre Waquini le accarezzava il viso. Era sereno, come se nulla ormai potesse ferirlo davvero.

La ragazza notò che poco distante era stato acceso un piccolo fuoco - Bene, ora resterai al caldo ed in poche ore io ti porterò aiuto. -

- No, Emonah. Il conforto della tua presenza è più di quello che merito. Non rischiare per me. Non faresti in tempo comunque ad arrivare in città ed, in ogni caso, il medico non verrebbe di sicuro per me. -

- Non andrò in città - esclamò Ann senza più lacrime, con una nuova decisione negli occhi. A Waquini fu chiaro in fretta quale fosse l'intenzione di lei.

- Emonah, ti prego. Non voglio che.. -

- Ora basta. Sono io che non voglio. Non voglio perdere anche te, non ora che ti ho trovato. Quindi combatti, guerriero. Non morire prima che io sia tornata con un aiuto, va bene? -

Waquini sorrise: - Non esiste una battaglia che non combatterei per te. -

Ann lo baciò piano e a lungo.

Poi corse fino al suo cavallo e galoppò via, lungo quello che gli Cheyenne avrebbero definito il sentiero che incontra la montagna.

Quando arrivò a Cheyenne Falls ormai il sole stava per tramontare.

Ann ricordava perfettamente uno degli accessi al bosco della riserva dove Waquini, mille vite prima, l'aveva condotta per aiutarla a scrivere il suo libro sulla cultura nativa. La penombra della sera la aiutò ad introdursi nella boscaglia ed attraversarla senza essere notata. In altre circostanze si sarebbe fatta intimorire dalle ombre della notte che avanzavano, rese viventi dall'eco di canti lontani. Avrebbe visto danzare i profili dei rami e chiudersi i cespugli sui sentieri. Ma non quella sera. Quella sera era lei stessa lo spirito da temere.

Quando arrivò all'accampamento, si accertò che non ci fossero soldati nelle vicinanze e, approfittando probailmente della loro cena, corse alla tenda di Hiamovi.

Gli Cheyenne che la vedevano sgusciare tra i tepee la salutavano festosamente, non potendo immaginare che la maestra dei loro figli fosse tornata dopo tanto tempo per una ragione oscura.

Ann ricordava bene dai racconti di Asha e di Waquini che Hiamovi, l'anziano della Riserva, fosse a sua volta un Uomo di Medicina ed avesse in diverse circostanze collaborato con Ehane per curare i feriti o i malati delle loro Popolazioni.

Quando la vide arrivare, l'uomo si alzò e la salutò con un cenno del capo - Haáahe[14], giovane maestra. -

---

[14] *Salve* in lingua Cheyenne

- Buonasera Hiamovi, so che non ci vediamo da molto tempo e che le sembrerà strano vedermi comparire così improvvisamente... ma ho bisogno di lei.-

- Dimmi, Emonah - rispose lui visibilmente incuriosito.

- Si tratta di un segreto, Hiamovi, i soldati non sanno che sono qui o non mi permetterebbero mai di chiederle questo. -

Lo Cheyenne fece cenno ad Ann di entrare nella sua tenda e di sedersi, poi si accomodò a sua volta di fronte a lei e tacque in attesa di una spiegazione.

- L'uomo che amo è stato ferito. Si trova nel territorio sacro cheyenne a poche miglia da qui e la città sarebbe troppo lontana per cercare aiuto. -

Hiamovi annuì in silenzio.

- Inotre si tratta di un uomo che il nostro medico non avrebbe piacere di curare, mentre la vostra Gente ha verso di lui un grande debito e so che tutti i valori cheyenne che ho imparato a conoscere e di cui ho scritto rimandano, tra gli altri, ad un importante comandamento: la riconoscenza. -

- Cosa è successo a Waquini, figlio di Ehane? - chiese Hiamovi in risposta, con lo sguardo di chi aveva capito sin dal principio chi fosse la persona per cui la ragazza cercava di intercedere.

- Ma come ha fatto a.... - Ann rimase interdetta poi sorrise e continuò: - Gli hanno sparato alle spalle mentre salvava mia figlia dai suoi rapitori. Ha bisogno di cure. Solo lei può aiutarci. -

Hiamovi ancora non rispose.

- Waquini non avrebbe mai chiesto aiuto. Pensa che per il fatto di essersene andato non abbia più diritto ad appartenere a questa Comunità. Ma non è così. Lui ha rubato i cavalli per voi e proprio per vendetta quegli uomini hanno rapito mia figlia. Waquini sarà sempre uno cheyenne. Se ha lasciato la Riserva è solo perchè noi.... -

Hiamovi la interruppe: - E' stato perchè lui ha scelto te. -

Ann rimase impietrita per qualche frazione di secondo di fronte a quella rivelazione che lei stessa non aveva ancora portato alla coscienza. Poi proseguì: - Sì, è vero. Ed io ho scelto lui. Ma questo non significa che non amiamo la nostra Gente. Waquini si farebbe uccidere per voi... e lo ha quasi fatto. -

- Bene Emonah, la nostra Gente vi aiuterà. Ora radunerò alcuni uomini e, appena la notte sarà scesa completamente, usciremo dalla riserva da diversi punti, in modo che nessuno si insospettisca. Allo stesso modo introdurremo Waquini nella mia tenda e lo curerò in segreto. Nel frattempo tu resterai qui nascosta. -

- Non ci scopriranno i soldati? - domandò Ann preoccupata.

- Il governo deve aver ridotto il denaro destinato alle riserve, quindi non ci arriva solo meno cibo ma, fortunatamente, anche meno guardie. Non sarà difficile fuggire per alcuni di noi. Se restiamo in questo luogo non è perchè non siamo in grado di scappare, ma perchè non esiste più vita per noi oltre quella montagna - spiegò Hiamovi alzandosi lentamente da terra.

- Grazie... Grazie di cuore. Néáeše[15]! - ripetè Ann con slancio e con sollievo.

Hiamovi si girò e sorrise - Giovane maestra, se noi ti restituiamo Waquini, tu dovrai regalarci un piccolo cheyenne! -

Per la prima volta in quell'interminabile e convulsa giornata, Ann lasciò andare una piccola risata.

Solo il fatto che Waquini sopravvivesse era superiore a quello che fino a poche ore prima avrebbe definito il suo più grande desiderio: vedere Hamilton morto.

---

[15] *Grazie* in lingua cheyenne

28.

Asha tacque attonita di fronte alla scena che le si prospettava.
Un surreale spettacolo macabro ed incomprensibile.

Il cavallo era adesso stretto in un angolo, immobile, con le orecchie appiattite sul collo e lo sguardo lucido di tensione.

Mohe e Rose erano in ginocchiati uno accanto all'altra, palesemente illesi ma profondamente scossi, mentre lui guardava lei e lei fissava il padre.

Il corpo ormai senza vita di Hamilton dava ad Asha la sensazione di non essere reale, forse per la circostanza incomprensibile, o forse perchè steso a terra inerme in una posizione tanto innaturale appariva come un fantoccio bastonato a sangue in un orrido teatro delle marionette.

Mohe riuscì a spostare lo sguardo sulla madre per un istante ed in un momento realizzò ciò che gli era appena stato detto.

- Sage.. rapita? - la sua voce era afona e lo sguardo appariva affranto.

Asha si avvicinò di qualche passo ed il suo silenzio era palesemente interrogativo, tanto da non necessitare alcuna parola per domandare cosa fosse accaduto. Specialmente nelle situazioni d'emergenza la natura cheyenne della donna si faceva strada nelle sue vene e le parole superflue erano le prime a scomparire.

Mohe riusciva a distinguere soltanto la sagoma della figura di sua madre, mentre la guardava dal basso in alto in controluce, verso il sole che entrava dalla porta.

- Hamilton era venuto a riprendere Rose.. - farfugliò - Aveva parlato del fatto di portare via qualcosa a noi... Sage... -

A quel punto Mohe si alzò in piedi e disse con voce più stabile, rivolgendo uno sguardo alla sua donna, poi fissando la madre: - Ma ora Hamilton è morto e noi riavremo Sage. Non l'ho ucciso io, non sono un assassino. Ho desiderato farlo, l'ho immaginato, l'ho sognato più volte di quante io possa dire. Una parte di me forse vorrebbe perfino poter affermare di averlo fatto. Ma non è così. - Allora si rivolse a Rosemary che lo fissava da terra con occhi indecifrabili e zeppi di lacrime e ripetè: - Non è così, Rose. E' stato un incidente, provocato dalla sua voglia di riprenderti con la forza e di puntarmi contro l'arma che ha ucciso un mio amico. Ne risponderò davanti alle autorità ed alla mia coscienza, ma ne sarà valsa la pena se d'ora in poi la vita delle persone che amo sarà al sicuro. Compresa la tua, Rose. -

Allora la ragazza scattò in piedi, pallida in volto, con gli abiti e le mani intrise di sangue.

- Cosa ne sai della mia vita, Mohe? Mio padre avrebbe ucciso per me. - La voce era rotta dal dolore ma solida come una lama. - Ho criticato le sue scelte, l'ho sfidato, l'ho abbandonato, ma lui non ha mai rinunciato a me. E se non fosse stato per colpa mia, per la mia ostinazione a voler essere tua, a voler rinnegare tutto ciò che sono sempre stata... lui ora non sarebbe morto. - Soltanto allora la ragazza sentì sgorgare lacrime di dolore e di rabbia, lacrime che provenivano da un luogo della coscienza che credeva morto per sempre, che aveva ripudiato, che aveva creduto non fosse in realtà neppure mai esistito davvero dopo aver trovato insieme a Mohe una nuova Rosemary. Invece era lì, più vivo che mai, trafitto in un cuore che non aveva mai smesso di battere.

Urtando Asha come se fosse un oggetto posto sulla sua strada, la ragazza corse verso la porta e Mohe fece per seguirla, quando la madre lo afferrò per un braccio e lo fermò, costringendolo a guardare verso di lei.

- Lasciala andare, figlio mio. -

- Ma mamma, hai sentito quello che ha detto? -

- Ho sentito, Mohe. Il dolore è uno strumento potente e imprevedibile. Quando divampa può bruciare un albero intero, lasciando illese solo le radici. -

Le parole di Asha, così semplici ed apparentemente ingenue, avevano dipinto le spirali più segrete del sentire umano, lasciando Mohe di fronte alla certezza che Hamilton, perfino nella sua morte, era riuscito a portargli via una delle cose che aveva più care al mondo. Avrebbe voluto ucciderlo di nuovo, una seconda volta ma ora volontariamente. Però non poteva.

- Andiamo, dobbiamo avvertire Ann della morte di Hamilton: questo significherà probabilmente poter riavere Sage. Inoltre dobbiamo avvertire il Sindaco di quanto è successo. Non temere, quando le autorità conosceranno la dinamica dell'accaduto sicuramente approveranno il fatto che tu abbia soltanto agito per difesa personale. - Asha cercava di riportare Mohe alla realtà e, tra lo sbigottimento e la preoccupazione per il figlio dopo la reazione di Rosemary, iniziava a farsi spazio nel suo cuore il sollievo immenso dell'immaginare le loro vite di nuovo senza l'avvoltoio che aveva straziato le loro famiglie e che non si sarebbe fermato fino a quando non avesse lasciato solo i resti delle loro speranze.

In quell'istante Jason Hall, l'uomo inviato da Ann, si avvicinò con tanta concitazione da rivolgersi ad Asha senza neppure notare cosa stesse riposando sulla paglia.

- Mrs Burton! - esclamò - La sto cercando a nome di Mrs Ree. Le porto una notizia meravigliosa. Sage è stata ritrovata! -

Asha lo guardò incredula - Ritrovata? Dalla squadra di ricerca di Cameron? Sta bene? -

- Sì sta bene, Signora. E' stata ritrovata davanti alla porta di casa, per quanto sembri incredibile. Credo che suo fratello abbia qualcosa a che fare con questo miracolo, ma Mrs Ree non mi ha spiegato i dettagli. Ha voluto che venissi immediatamente da lei, in modo che potesse tornare al più presto a casa dalla bambina che per adesso si trova con mia moglie. -

- Con tua moglie? Perchè non è con Ann? - incalzò Asha, ormai disorientata dal vortice degli eventi.

- Perchè è partita. Ha detto che doveva occuparsi di una questione di vitale importanza e che non avrebbe potuto aspettare neppure un minuto. Io temo sia andata da Hamilton. -

- No, Jason. Non temere. Mio figlio Mohe ha affrontato Hamilton per tutti noi - rispose Asha con orgoglio, appoggiando una mano sulla spalla del figlio.

29.

L'attesa sembrava infinita. Ad un certo punto l'ingresso del Tepee di Hiamovi si allargò ed entrò una ragazza. Si trattava di Ayashe, la nipote di Hiamovi che Ann conosceva molto bene, non solo per la sua amicizia con Mohe, ma anche perchè era stata una sua allieva durante le lezioni del sabato alla riserva.

- Buonasera, maestra - sorrise la giovane, mentre si inginocchiava a terra e srotolava due larghi fagotti di pelle in cui si trovavano molti sacchetti e qualche arbusto legato con morbidi lacci.

Ann rispose al saluto, domandandosi in che modo la ragazzina fosse coinvolta nell'azione di quella notte appena iniziata e già intollerabilmente lunga.

- Mio nonno Hiamovi mi ha incaricato di farle compagnia, mentre preparo le erbe. -

- Le erbe? - improvvisamente Ann si sentì attraversata da un brivido di angoscia al solo pensare che ci si affidasse ad una ragazza per la scelta della cura che avrebbe dovuto salvare la vita a Waquini.

- Sì, infatti. Vede, le erbe sacre hanno un ruolo importante nella guarigione di un uomo, ma non saranno le piante, bensì gli Spiriti, a restituire la vita a chi soffre. Mio nonno dice sempre di non essere un guaritore, ma soltanto uno strumento nelle mani di Spiriti guaritori. -

- Certo, capisco. Non che io non mi fidi degli Spiriti, Ayashe, tuttavia spero che i vostri rimedi medicamentosi abbiano un'azione efficace. -

- E' così, si fidi Emonah. Alcune erbe verranno bruciate sul fuoco, perchè attraverso i loro effluvi gli Spiriti possano percorrere l'aria insieme al canto. Mio nonno farà macerare arnica, artemisia e monarda, forse perfino un po' di estratto di betulla, ed applicherà il composto sulla ferita. Solo lui conosce il giusto quantitativo di ogni ingrediente e, una volta offerto agli Spiriti, ogni ferita verrà purificata. Il sangue smetterà di sgorgare perchè la Natura può cicatrizzare ogni perdita. -

Ann sembrava sinceramente tranquillizzata dalla sicurezza della ragazza che improvvisamente non pareva più così giovane: - Sai molte cose Ayashe. Sembra che tu abbia dimestichezza con tutto questo. -

- E' così, maestra. Un giorno sarò una Donna di Medicina. Imparerò da mio nonno e guarirò i malati quando lui non ci sarà più. So che può sembrare strano per una donna, ma non importa. Sento che sarà questa la mia strada e sono convinta che un giorno le persone si fideranno di me come si fidano di lui. È un grande Uomo di Medicina, così come lo era Ehane, io non sarò mai alla loro altezza.. però sono pronta ad imparare. Waquini ha lasciato la nostra vita, Mohe non è neppure nato tra gli Cheyenne. La discendenza di Ehane ha preso una via differente. Quindi la responsabilità di portare avanti la nostra Medicina è dentro di me. - Ayashe si fermò per un attimo e fissò Ann per saggiarne la reazione.

- Sarai una meravigliosa Donna di Medicina, ragazza mia. Hai già in te la forza della convinzione, la determinazione ad imparare e la fede nella guarigione non solo del corpo. Essere donna forse ti obbligherà a dover dimostrare di più, ma tu non vivere questo come un ostacolo ma come un'occasione per essere il meglio di quello che puoi diventare. -

Il sorriso della ragazza non si fece aspettare. Aveva sempre avuto una grande ammirazione per Ann, per la sua forza quando aveva sfidato i pregiudizi dei bianchi per frequentare la riserva, per portare la conoscenza anche nelle loro terre, per scrivere insieme a Waquini il libro che ora restava come unica testimonianza della loro cultura.

- Le posso confidare un segreto? - si arrischiò poi.

- Naturalmente - rispose Ann che non aveva voglia di fare conversazione, eppure trovava la presenza di Ayashe rassicurante e fresca come un alito di ossigeno.

- Vorrei imparare qualcosa anche dal vostro mondo, Emonah. - Ann la guardò stupefatta.

- Se ho appreso qualcosa dal suo lavoro qui, è proprio che possiamo sempre trarre aspetti buoni dalla conoscenza che viene da luoghi diversi, come la scrittura ad esempio. Magari da qualche parte esiste una Donna di Medicina bianca che potrebbe consigliarmi un suo rimedio, oppure io potrei suggerirlo a lei. Entrambe potremmo trarne beneficio. Un po' come è successo tra lei e Waquini. -

La commozione ebbe la meglio su Ann, stanca, preoccupata , ed ora così profondamente intenerita nel comprendere che tutto ciò che aveva fatto fino a quel momento l'aveva condotta proprio lì, in quell'istante, a veder sbocciare i fiori che aveva coltivato con tenacia per tanti anni. Ogni sofferenza, ogni attimo di sconforto ed ogni sconfitta erano valsi la pensa, solo per sentire quelle parole.

- Mi dispiace maestra, non volevo farla intristire.. - si preoccupò Ayashe vedendo gli occhi rossi ed il viso colpito di Ann.

- Non mi hai intristito, al contrario. Se c'era qualcosa che potesse farmi sentire meglio stanotte, non poteva che essere la speranza. Ringrazio il mio Dio, oppure gli Spiriti, per avermi mandato te stasera.-

Rassicurata, ed ancora più entusiasta di ciò che stava facendo dopo aver conociuto il parere di Ann, la giovane cheyenne ricominciò a lavorare su uno strano decotto.

- Vedrà che questa mia tisana gioverà enormemente a Waquini. Contiene gambel, fiori di achillea e ginepro.

208

Combatteranno il dolore e le infezioni e certamente consentiranno al fisico di purificarsi anche interiormente, lasciando andare il male e rigenerando l'anima. -

Mentre Ayashe stava ancora parlando, improvvisamente l'ingresso della tenda si spalancò e, silenziosi come volpi nella notte, fecero il loro ingresso due uomini che reggevano le estremità di una spessa coperta sulla quale era steso Waquini.

Lo adagiarono al suolo e si dileguarono in fretta, lasciando che Hiamovi entrasse da solo nel tepee.

Il corpo del ferito appariva inerme ed Ann, senza neppure domandarsi se fosse o meno consentito all'interno di quella strana liturgia, si precipitò al suo fianco per controllare che fosse ancora vivo.

Gli occhi erano chiusi, le braccia ciondolavano come prive di nerbo e le labbra, secche e screpolate come corteccia, apparivano pallide e prive della vita di sempre.

- Waquini... no... tu non sei... - Ann toccava la pelle fredda e balbettava.

Fu allora che, pesanti e spesse come quelle di un bambino, le palpebre si sollevarono appena, solo di qualche millimetro, tanto da schiudere le lunghe ciglia nere e umide e lasciar intravedere una scintilla che galleggiava appena nel torpore dell'iride.

- Ti avevo promesso... che non sarei morto... - sussurrò Waquini in un soffio, con le labbra quasi immobili.

Quando Ann le coprì con le proprie, si rese conto che la presenza alle sue spalle di Hiamovi significava essere totalmente indesiderata in quel luogo.

Sgattaiolò quindi al lato opposto della tenda e si sedette con il cuore che batteva così rumorosamente da coprire i crepitii del fuoco.

L'anziano, aiutato da Ayashe, tagliò la casacca di Waquini e per la prima volta anche Ann vide le ferite. Erano due ringraziando il cielo. Il proiettile era entrato dalla schiena per poi uscire dal fianco e questo non poteva che significare due cose: in primo luogo, non esisteva più una pallottola da dover estrarre ed in secondo luogo, la traiettoria del colpo era così trasversale da far sperare che non avesse leso alcun organo vitale. Tuttavia, la quantità di sangue perso era stata enorme, soprattutto a causa degli spostamenti, e naturalmente il pericolo di un'infezione era altissimo.

Come previsto da Ayashe, alcune foglie vennero sbriciolate sul fuoco ed Ann sentì forte l'odore di salvia.

Le tornò in mente quando lei stessa aveva riempito la *ferita* nel libro di Waquini, provocata dalla freccia del suo stesso Popolo, riempiendola simbolicamente di salvia. Ed ora proprio quel popolo stava salvando la vita di Waquini, dopo che era stato colpito nel trarre in salvo la piccola Sage, il cui nome significava per l'appunto *salvia*.

Hiamovi ultimò il suo composto mentre Ann pareva assorta nei suoi ricordi, poi Ayashe lo lasciò e si sedette di fianco ad Ann, come per non interferire in un momento sacro.

Fu allora che Hiamovi iniziò a cantare. Era un canto strano, inciampato, come se l'energia che rispecchiava fosse ancora interrotta. Con un oggetto simile ad una grande mano composta di piume e penne, l'Uomo di Medicina spargeva il fumo simbolicamente sul corpo di Waquini e sul proprio viso, mentre chiudeva gli occhi e cantava, cantava, cantava suoni modulati, a volte strazianti come un grido di dolore, altre volte morbidi e rassicuranti come una ninna nanna. Talvolta Hiamovi apriva gli occhi e li alzava al cielo ma si trattava di sguardi vuoti, come se lui non fosse presente dietro quegli occhi. Come se fosse altrove. Come se fosse qualcun altro a cantare per lui.

Ad un certo punto Hiamovi prese tra le mani il suo composto, mentre si trovava inginocchiato a terra, e stese le mani davanti a sè. Poi lo avvicinò al suo corpo e lentamente lo rivolse alla sua sinistra ed alla sua destra. Dopo qualche istante lo alzò al cielo e lo abbassò fino a terra.

Lo sguardo di Ann fissava ipnotizzato quanto stava accadendo e Ayashe, certa di non essere neppure sentita da Hiamovi nel suo stato di trance, le sussurrò: - Così come nella Ruota di Medicina, anche in un rituale di guarigione i punti cardinali hanno un significato sacro. Per questo la cura viene offerta al Nord, simbolo dei venti freddi di purificazione, della saggezza, della resistenza e dell'austerità, poi al Sud, simbolo di vita, fertilità e calore, all'Est, simbolo della luce, della pace, e della comprensione, ed infine all'Ovest, simbolo della maturità, della pioggia autunnale e della conclusione di un percorso. Poi il decotto viene offerto al Cielo ed alla Madre Terra. -

Ann sentì in un attimo che ciò a cui stava assistendo aveva perfettamente senso. Così come tanto tempo prima Waquini le aveva spiegato la verità della Ruota di Medicina da raccontare nel suo libro, anche ora, nell'enorme cerchio di quella tenda, tutto aveva perfettamente senso. Da dove era partita ora era tornata.

30.

Mohe stava seduto sui gradini d'ingresso del suo ranch.

La notte era ormai inoltrata ed il buio limpido sembrava saturo di un vuoto laccato, lucido come gli occhi dei cervi che scrutano lo scomparire del mondo nel fitto del bosco.

L'aria era gelida appena prima dell'alba ed i troppi pensieri sembravano aver scurito la pece delle ultime ore per cancellare ogni flebile luce prima di lasciare posto al sole nascente. Mohe non aveva alcuna voglia di vederlo sorgere. Avrebbe voluto spendere altre dieci notti nel silenzio tonante di quel buco in cui il mondo appariva cieco, togliendogli l'impressione di non riuscire a guardare il domani.

Eppure oggi avrebbe dovuto essere un trionfo.

Gli uomini del Consiglio, insieme a suo padre che era stato intercettato durante la sua inutile ricerca di Sage, erano calati in massa sul ranch di Mohe per constatare l'evidenza della morte di Hamilton. I Burton si aspettavano che le ragioni del ragazzo fossero discusse e calpestate per fedeltà verso il capobranco riverso al suolo, invece, con grande stupore, apparve subito chiaro che il re morto non faceva più poi tanta paura. La sua corte di giullari, scudieri e cicisbei taceva con precauzione, ma sembrava serbare nello sguardo la scintilla di sollievo nel vedere il giogo ormai sciolto. L'interrogativo più grande appariva essere il giudice Adams, arrivato solo da pochi mesi in città e coinvolto nel Consiglio dallo stesso Hamilton, allo scopo di far scorrere gli ingranaggi dei propri intrighi con l'olio della legge interpretata a proprio vantaggio. Adams sembrava aver tratto profitto da questo sodalizio, fino a quando la moglie non aveva ereditato una vasta proprietà agricola situata in una delle aree che lo stesso Hamilton aveva penalizzato per strutturare il nuovo assetto delle terre intorno a Sheridan. A quel punto il giudice si era trovato in una posizione che avrebbe certamente gestito con difficoltà e, forse proprio per questo motivo, trovare l'inglese disteso a terra con la testa fratturata non costituiva un grosso danno per i suoi interessi.

La versione dei fatti fornita da Mohe era ineccepibile e la stessa Rosemary, interrogata dal giudice, non potè che confermare con secchi cenni del capo la sequenza dei fatti che era stata riferita dal ragazzo. Tutti imputarono il suo silenzio allo shock dovuto alla perdita del padre e ci si accontentò del suo silenzioso assenso per considerare approvata la ricostruzione degli eventi che era stata fornita dal giovane Burton.

Cameron aveva veemementente portato agli occhi dei colleghi del Consiglio il fatto che lo stesso Hamilton fosse stato scagionato senza indugio quando aveva ucciso James per quello che era stato definito un atto di legittima difesa. Le sue parole erano state perentorie, come avesse dovuto smantellare un muro che invece a poco a poco si era rivelato sempre più effimero. Il Sindaco Watkins, non appena appresa la caduta dell'autorità di Hamilton, era sembrato già pronto a mostrarsi compiacente nei confronti di chi, ancora vivente, dimostrava la propria autorevolezza con più vigore. A tratti assecondava Adams, a tratti Cameron, a tratti i rappresentanti dei mandriani e degli agricoltori che parevano equamente sollevati dall'accaduto.

- Watkins, le sono bastate poche ore per superare il cordoglio per Lord Hamilton, a cui mi è sembrato che andasse tutta la sua stima e devozione fino a ieri - punzecchiò il giudice, senza peli sulla lingua, con un tono sarcastico, smorzato leggermente non certamente dal suo rispetto per Watkins, ma piuttosto dalla consapevolezza di essere in prima persona l'esempio di come l'eliminazione di Hamilton avesse risvolti positivi per ciascuno dei presenti.

- La scomparsa dello stimatissimo Lord Hamilton costituisce una perdita gravissima per la nostra città, Giudice Adams - rispose Watkins con i suoi modi cerimoniosi, come di consuetudine. Tutti alzarono lo sguardo, oppure lo abbassarono, facendo in fondo i conti con i compromessi che erano stati disposti ad accettare per stringere un patto con il diavolo nei mesi passati. Nessuno, a parte Cameron, poteva dirsi davvero trasparente e nessuno si sentiva di sbilanciarsi in alcun senso proprio adesso che il destino aveva scelto per loro, eliminando dai giochi l'uomo che aveva tenuto in scacco la città negli ultimi tempi.

Mr Moore, il titolare dell'emporio, era tra tutti il più facile da interpretare: con gli occhi fissi sul cadavere di Hamilton gli si poteva leggere in volto il sollievo di non dover reggere più il confronto con quell'uomo dalla personalità tagliente e superba, ma nelle sue mani sudate che scivolavano l'una sull'altra si coglieva lo spirito del commerciante, già preoccupato per gli investimenti che sarebbero andati a vuoto e deluso dall'illusione di profitto svanita nel nulla.

Fu Peter Wright, uno dei principali mandriani della zona di Sheridan insieme a Cameron e Richard Warren, che, dopo aver assistito a qualche ora di conversazione, di espressioni di dispiacimento, di testimonianze trascritte a verbale, di valutazioni da parte del Dottor Pierce, infine esplose in un - Andiamo, non fingiamo di essere dispiaciuti per la morte di questo gran bastardo! -

Tutti rimasero fermi per un istante, in silenzio, e lo guardarono spiandosi a vicenda per capire se fosse necessario opporsi ad un'esclamazione così poco conveniente. Rimandando di attimo in attimo, nessuno parlò, neppure il Reverendo Foster, e dopo pochi minuti ripresero i rituali di congedo come se nulla fosse, consapevoli del fatto che la vita di Sheridan sarebbe ricominciata forse da dove era stata interrotta dall'arrivo di Hamilton, ma la perdita dell'innocenza di quella comunità, le modifiche apportate nella sua evoluzione, gli eventi che avevano segnato le loro esistenze sarebbero rimasti incancellabili, proprio come l'esclamazione di Wright, che nessuno aveva contrastato e che nessuno aveva nemmeno avuto il coraggio di condividere apertamente.

Soltanto Cameron pareva sul punto di unirsi a quel moto di onestà, ma gli parve più prudente tacere per il bene del figlio che si trovava proprio al centro della bufera. Ma, come si sa, l'occhio del ciclone resta immobile quando tutto il resto gira vorticosamente, e così si sentiva anche Mohe.

Il padre si era reso conto dello stato emotivo sospeso del ragazzo e cercava di dispensargli pacche sulle spalle o parole di conforto sul fatto che l'accaduto non fosse stata una sua colpa, oppure sulla certezza che Rosemary avrebbe capito non appena avesse metabolizzato la perdita.

Mohe annuiva ma non era il senso di reponsabilità per quanto accaduto ad Hamilton che lo disturbava, bensì la scomparsa di Rose dopo la sua strana reazione e la silenziosa testimonianza, a cui si sommava la prolungata assenza dello zio Waquini. La famiglia era sollevata dal ritrovamento di Sage, ma nessuno aveva ignorato il fatto che dalla mattina lo cheyenne non avesse dato alcuna notizia. Anche la rapida partenza di Ann era sembrata inconsueta e forse preoccupante, dato che era logico pensare che non volesse separarsi dalla figlia dopo lo spavento di quel giorno.

Nulla pareva chiaro in quella strana giornata, durante la quale tanti eventi si erano rincorsi intrecciandosi e complicandosi senza dare spiegazioni.

Quando i visitatori se ne furono andati dal ranch, portando con sè i resti di Hamilton, Mohe si precipitò in casa per cercare Rose, ma la ragazza si era barricata in camera e non pareva nella condizione di poter parlare con nessuno, e tantomeno di affrontare il suo compagno per confrontarsi sull'accaduto.

Mohe era rimasto a lungo fuori dalla stanza, pregandola di aprire, anche solo per bere o mangiare qualcosa, ma tutto taceva. Non si sentiva un singhiozzo, una preghiera. Solo una tranquillità che sarebbe sembrata inquietante se l'udito affilato del giovane cheyenne non avesse colto alcuni fruscii, piccoli passi o qualche minimo movimento.

Asha aveva lasciato la casa del figlio poco dopo i membri del Consiglio, preoccupata ma allo stesso tempo consapevole di doversi prendere cura anche di Sage durante l'assenza di Ann. Ora la bambina sembrava trovarsi al sicuro dopo la morte dell'aguzzino che ne aveva ordinato il rapimento. Gli uomini di Hamilton si trovavano infatti senza un padrone, senza paga, senza ordini, per cui avrebbero agito secondo i loro voleri che certamente non coinvolgevano più le vite dei Burton nè quella di Ann.

Cameron si era fermato più a lungo al ranch, per rassettare la scuderia e far scomparire le tracce del sangue e della collutazione, evitando che fosse il figlio a doversene occupare.

Quando vide Mohe uscire dalla casa con gli occhi pieni di sconforto, il padre gli si avvicinò e gli afferrò un braccio come per stabilizzarlo: - Ha bisogno di tempo, ragazzo mio, e forse ne hai anche tu. So che tua madre te lo ha già chiesto, ma mi sento di ripetertelo anche io: vieni a casa questa notte. Domani tutto sembrerà diverso. -

- No papà, questa è la mia casa ora. Tu al mio posto te ne andresti per poter dormire meglio? -

- No, figliolo, non me ne andrei. Allora faremo così, resterò con te. Non siamo obbligati a parlare se non ne hai voglia... come sai io non sono bravo in queste cose, c'è tua mamma per questo! - entrambi sorrisero appena, quasi automaticamente, ma quell'accenno ad una consuetudine familiare aiutò a stemperare lievemente l'atmosfera.

- No grazie, papà. Questo deve fare un uomo: affrontare situazioni come quella di stanotte senza perdere se stesso. Questo direbbero gli Cheyenne... -

Dopo un abbraccio che aiutò Mohe più di quanto volesse ammettere, Cameron se ne andò, promettendo di tornare con Asha la mattina seguente.

Da quel momento il ragazzo non aveva mai lasciato il portico di casa: non voleva allontanarsi, nel caso in cui Rose scendesse, ma neppure entrare in casa, dove si sentiva soffocare.

Restava immobile a fissare il buio, fino a sentire gli occhi che si dilatavano al punto di perdere la capacità di cogliere alcuna forma e, restando incantato, lasciava che i pensieri scorressero nella sua mente non visti, come fantasmi indistinti nella notte.

Poco prima del sorgere del sole, con la testa appoggiata alla colonna di legno della verandina, il sonno aveva avuto tuttavia la meglio, ma si interruppe brusco quando sentì aprirsi la porta alle sue spalle.

Comparve Rosemary, vestita di tutto punto, con i capelli raccolti elaboratamente come avveniva nei primi tempi. Gli occhi erano gonfi ma non più arrossati, mentre l'espressione era contratta, non fredda ma rigida e distante.

- Rose, mi sono preoccupato tanto! Ma... come mai hai le valigie con te? - Mohe stava vedendo realizzato davanti a sè il sogno angoscioso che era appena stato interrotto: - Non vorrai andartene vero? Rose tu sai che è stato un incidente! -

- Sì lo so, Mohe - rispose lei fredda - Ma non si tratta di come si sono svolte le cose, bensì di quello che mi hanno fatto capire. -
- Hai capito di non essere più innamorata di me? - intervenne il ragazzo con la stessa schiettezza dello zio.
- Ho capito di non appartenere a tutto questo. Non ho mentito quando ti ho detto di volerti bene, ma credo che la più grande forza da cui ero mossa fosse la necessità di affrancarmi, di crescere al di fuori dell'influenza di mio padre. Non condividevo molte delle sue scelte e volevo essere diversa. Solo dopo averlo perso ho capito che lui stava dirigendo le mie azioni quando vivevo con lui, ed allo stesso modo le dirigeva quando l'ho lasciato. Nel primo caso agivo per compiacerlo, nel secondo per avversarlo, ma mai smettendo di amarlo. Ora mio padre è morto, Mohe, e tu lo hai ucciso - la voce di Rosemary si incrinò a questo punto e le lacrime si affacciarono riverberandosi negli occhi fissi e umidi del ragazzo davanti a lei.
- Non posso convivere con questo-
Mohe le si avvicinò per prenderle le mani ma lei fece un passo indietro : - Non rovinare quello che c'è stato, rendendo questo momento ancora più penoso. - ingiunse seria.
- Rose, supereremo tutto questo. L'amore ci aiuterà ad andare oltre.. -
- Tu sei come tua madre, tuo padre, perfino tuo zio... voi credete che l'amore possa tutto. Ma non è così, Mohe. L'amore è come la poesia: regala alle immagini un abito di emozioni, accende i dettagli, attribuisce significati enormi a fatti di poco conto, ma infine un albero resterà sempre un albero, un cavallo sarà un cavallo, le stelle resteranno sempre le stesse sfere di luce lontane e totalmente noncuranti delle nostre vite -
- Le nostre vite? Cosa ne sarà delle nostre vite se vuoi spegnere le stelle? - domandò quindi il ragazzo che avrebbe voluto saper

usare mille parole in quel momento e invece si sentiva soffocare per i sentimenti inespressi o inesprimibili che si arrotolavano in gola.

- Io tornerò in Inghilterra, dalle mie zie, nel mondo a cui appartengo. E vivrò come mio padre avrebbe voluto, ma lo farò a modo mio. Mentre tu continuerai la tua vita quaggiù e dovrai portare quanto accaduto ieri nella tua coscienza. Chissà, un giorno, io credo, sarai felice. -

A poco valsero le parole sconnesse di Mohe, il tentativo di avvicinare la ragazza, le lacrime mal trattenute. Lei prese il carro, promettendo di pagare uno degli uomini che avevano lavorato per suo padre affinchè glielo riportasse una volta arrivata alla locanda.

Non erano neppure le sei del mattino e le ruote di legno scricchiolavano già verso il cancello del ranch, lasciandosi alle spalle un giovane uomo a cui si era appena sgretolato il sogno di un futuro per il quale credeva di poter regalare l'anima in ogni istante.

Di nuovo immobile, come se ormai questa condizione fosse parte delle sue stesse membra, lasciò ciondolare la testa in avanti ed osservò una grossa goccia rotolante che abbandonava l'angolo di un occhio per percorrere il naso fino alla punta e cadere a terra seguita dal suo sguardo.

Nulla sarebbe stato più lo stesso. Lui non sarebbe stato più lo stesso. O almeno, ne era convinto.

Era un assassino, ma non abbastanza uomo da aver saputo far restare la propria donna. Forse Dio o gli Spiriti pensavano che non fosse stato in grado di superare la sua iniziazione come avrebbe fatto un vero cheyenne, non un mezzosangue. Immerso in questi pensieri, infilò in tasca le mani con un gesto automatico e sentì qualcosa tra le dita. Qualcosa di rigido ma flessibile. Lo prese tra l'indice e il medio e lo guardò.

Fu allora che si ricordò di quell'oggetto.

- E' un portafortuna. Tienilo con te -

Così gli aveva detto Ayashe facendogli quel regalo.

31.

Il corpo di Waquini tremava come la terra sotto gli zoccoli di una mandria di bisonti, malgrado la temperatura nella tenda di Hiamovi fosse più calda di quanto si riuscisse a sopportare.

Ann tuttavia non poteva nè voleva lasciarla, sia per evitare il rischio di essere vista, che per l'intenzione di restare accanto a colui che probabilmente ora avrebbe potuto chiamare il suo uomo. Il solo pensiero già bastava a farle mancare il respiro, senza poi voler indugiare nelle emozioni degli ultimi giorni che le offuscavano davvero la vista, inducendola ad avvicinarsi all'ingresso del tepee per lasciar entrare una lama di aria fresca che, gelida sulla sua pelle bollente di vapore, pungeva le narici e bruciava fino ai polmoni.

- Ormai siamo spariti dal ranch da più di un giorno - mormorò Ann davanti a Hiamovi ed Ayashe - Io non lascerò Waquini a nessun costo, ma al tempo stesso sono immensamente preoccupata per quello che può pensare Asha. -

Hiamovi la guardò in viso mentre lei fissava il terreno - Sua sorella deve essere avvertita, non mi perdonerei mai se Waquini dovesse... senza che Asha possa... -

- Emonah, non si parla di morte davanti ad un guerriero che sta combattendo - ingiunse Hiamovi per costringere Ann a non accarezzare un pensiero tanto doloroso.

Fu allora che Ayashe intervenne con la sua voce cristallina, anche se sempre rispettosa quando parlava in presenza del nonno: - Potrei andare io stessa ad avvertire Mohe, poi lui contatterà la madre. Sono già stata al suo ranch a trovarlo quando aveva iniziato a domare i cavalli sulla sua terra. Ricordo molto bene la strada! -

Ann alzò lo sguardo in un attimo di conforto, ma Hiamovi immediatamente interruppe la nipote: - E' troppo pericoloso

Ayashe. Non possono entrare anche loro di nascosto: rischieremmo di essere scoperti tutti quanti e sarà Waquini a pagarne il prezzo più alto. -

- Potrei uscire ufficialmente, chiedendo un permesso alle guardie. Basterebbe una scusante e mi consentirebbero di lasciare la riserva per poche ore. Nonno, sai bene che i soldati non sono più numerosi come tempo fa: la mole di lavoro è molta ed i loro controlli sono quindi più superficiali, soprattutto visto che non ci sono più disordini da molto tempo nelle riserve della nostra zona. Non avrebbero bisogno di un documento approvato dal responsabile degli Affari Indiani per autorizzare una ragazzina: basterà una semplice registrazione formale. -

- Questo è vero - aggiunse Ann guardando Hiamovi con un'aspettativa che sarebbe stato difficile deludere a cuor leggero - Waquini stesso mi raccontava quanto fosse difficile uscire da qui proprio perchè lui è un guerriero, quindi un potenziale pericolo. Mentre una giovane donna non costituisce alcun rischio e sicuramente basterebbe un semplice permesso giornaliero firmato qui a Cheyenne Falls. -

- Può anche essere che questo sia vero, ma sarebbe comunque necessaria una valida scusa - mormorò Hiamovi prendendo ancora una boccata dalla sua lunga pipa di catlinite.

- La scuola! - affermò quindi Ayashe - I libri di scuola sarebbero una buona scusa: è già capitato che dovessimo andare a prendere libri o carta su cui scrivere in città quando Miss Downhill oppure Lady Hamilton non potevano fare lezione per un po' di tempo. Ormai la scuola è sospesa da qualche settimana e, sapendo quanto io la ami, nessuno si sorprederà se chiederò di andare a domandare istruzioni e materiale alla maestra ed informarmi su quando le lezioni riprenderanno. Asha e Mohe potranno rientrare con me, con la scusa di aiutarmi a portare il materiale, ed una volta dentro potranno muoversi come durante una normale visita.-

L'intraprendenza della ragazza aveva conquistato completamente Ann e, sebbene Hiamovi dissimulasse in parte la sua ammirazione per la nipote, il suo orgoglio era facile da cogliere nella considerazione che nutriva per lei, lasciandole esprimere le proprie iniziative e valutandole come provenissero da un uomo adulto.

- E' rischioso ma potrebbe funzionare - sentenziò quindi l'anziano dopo qualche momento di silenzio - Dopotutto madre e figlio sono cheyenne: sapranno tenere il segreto ed il contegno come un sialia[16] a cui venga distrutto il nido. -

Ann si sentì sollevata dal fatto di pensare Asha finalmente al loro fianco, in parte perchè non sopportava di saperla divisa dal fratello in un momento tanto penoso, ed in parte per sentire lei stessa conforto anche nella sola presenza dell'amica, della sorella, della colonna portante di ogni riparo che lei stessa avesse mai cercato di costruirsi per difendersi dai dolori inferti dalla vita.

- Hai sentito, amore mio? - sussurrò dopo pochi istanti al viso addormentato di Waquini - Tra poco saranno qui anche tua sorella e tuo nipote - e sorrise piano, passando una mano sulla fronte umida e bollente. L'infezione e la perdita di sangue avevano provato il fisico del giovane guerriero fino a farlo sprofondare in una febbre alta e costante.

Guardando il suo corpo, in cui la tempra cheyenne veniva fiaccata dal dolore senza esserne del tutto piegata, la mente di Ann non potè fare a meno di ritornare al loro primo incontro,

---

[16] Uccello dal piumaggio color azzurro, o azzurro rossastro (da cui il nome bluebird). Uno dei pochi generi di turdidi che vive nel continente americano, dove è considerato simbolo di ottimismo e di felicità.

tanto tempo prima, quando Asha la condusse alla riserva per conoscere il suo mondo. Alla giovane maestra era sembrato tutto così strano in quel luogo dove lo spazio ed il tempo parevano seguire regole proprie, scanditi dalla misura dei passi e dal ritmo dei flauti.

Waquini era comparso davanti ad Ann come una creatura selvatica del bosco si manifesta ad un viandante. Longilineo come un fusto di acero, ma solido come la roccia coperta di muschio. Era impossibile non ricordare quello sguardo sfrontato e orgoglioso, ma al tempo stesso accogliente e affidabile. Ann era stata immediatamente conquistata dall'alternanza costante tra un'ironia mascherata ed una fierezza vagamente sfacciata, tra il desiderio di apertura e di sfida, tra galanteria ed irrequietezza. Dopo che Ann si fu proposta di aiutarlo a scrivere il libro contenente gli insegnamenti cheyenne per i posteri, questa sorta di testamento di un Popolo in agonia, i loro incontri si erano fatti frequenti e densi di contenuti profondi, di momenti di condivisione di un mondo che Ann riusciva ad intuire riflesso negli occhi scuri di lui. Lei stessa si era specchiata in quegli occhi per molto tempo, come amica prima, quasi come una sorella, e poi a poco a poco come una donna in cui lui stesso vedesse riverberare quella parte di sè che forse non era mai venuta alla luce prima.

Ora, vedere il vigore di quel corpo di uomo mai del tutto domato che fremeva come la fiamma sopra i tizzoni ardenti era un dolore insopportabile per Ann che si sentiva bruciare di febbre a sua volta e non poteva che pensare di essere la responsabile di quanto accaduto.

- Se non fosse stato per me... - mormorò piano fissando il suolo.

Fu allora che alcune parole imprecise, mormorate, vennero pronunciate dalle labbra quasi immobili di Waquini. Ann si precipitò ad avvicinare il proprio viso a quello di lui, per cogliere qualsiasi cosa volesse farle sapere. Inizialmente temeva si trattasse di un vaneggamento dovuto alla febbre, invece le parole si fecero più forti e convinte.

- Se non fosse stato per te non rischierei di morire - disse distintamente Waquini e alla giovane donna si fermò il cuore. Ma lui proseguì, sbattendo appena le palpebre pesanti e umide, sotto le quali lo sguardo pareva visibilmente offuscato ma restava fisso nella direzione di lei. - Non potrei morire perchè non sarei mai stato davvero vivo. E allora non sarebbe valsa la pena di esistere per cento anni.-

Ann non riuscì davvero a trattenere i singhiozzi mentre stringeva la mano di lui e, perdendo lei stessa la lucidità, continuò a mormorare frammenti di sensi di colpa, mentre gli occhi di Waquini si aprivano sempre di più, si schiarivano e accompagnavano le parole che a poco a poco smettevano di inciampare nel respiro interrotto: - Se ora sono ridotto in questo stato è stato solo per colpa mia, perchè ero troppo cieco e orgoglioso per darti ascolto. Ho sognato in queste lunghe ore, ho rivisto i miei errori. Quegli errori nonostante i quali hai detto di amarmi... -

Ann cercò di interromperlo, di dire che lei lo aveva amato proprio per lo sciocco orgoglioso pieno di vita e di coraggio che era sempre stato, ma lui, con voce più ferma ed il tono grave che nelle consuetudini native profuma di giuramento, soggiunse: - Emonah, diventerò l'uomo che tu volevi io fossi. -

- Io ti voglio vivo, Waquini. Solo questo. Non ti voglio diverso perchè se tu cambiassi perderei anche quella parte di me che ti appartiene da tanto. -

32.

Nonostante le insistenze dei genitori, Mohe aveva rifiutato di andare a casa con loro quel giorno.

Aveva raccontato quello che era accaduto con Rosemary ma l'intero discorso appariva ancora permeato dal desiderio di giustificare e difendere il comportamento di lei, per quanto potesse apparire crudele.

Né Asha né Cameron si erano lasciati andare ad alcun commento riguardo alla ragazza ma nel loro sguardo si coglievano gocce di rabbia in cui si specchiava una delusione non stupita. Proprio la sensazione che in fondo i genitori si aspettassero la scelta di Rosemary innervosiva Mohe al punto da fargli desiderare di restare nel proprio ranch anzichè cercare rifugio dove lo aveva trovato nella sua vita di bimbo e di adolescente.

Forse voler restare da solo era una scelta da uomo, o forse si trattava invece di un capriccio di bambino, in ogni caso il ragazzo aveva bisogno di tempo, di un lungo abbraccio e del suo lavoro con i cavalli. Lo scorrere dei giorni non poteva essere accelerato, l'abbraccio era stato lungo da parte della madre ed energico da parte del padre, ed il lavoro proseguiva come sempre, identico ad ogni altro giorno, perchè il lato buono e quello cattivo del vivere con gli animali sta anche nel fatto che loro siano uguali e diversi ora dopo ora, plasmandosi sulle onde degli umori, degli istinti, delle relazioni delle condizioni fisiche e ambientali, ma mai, proprio mai, muteranno sulla base della rabbia o della compassione, dell'abbandono agli eventi di una vita che riusciranno a sentire ma non a comprendere nella sua deludente razionalità.

Elina era davanti a lui, nel pascolo umido, e lo guadava con gli stessi occhi della madre Charlie. Mohe ricordava esattamente il giorno in cui Ann gli aveva regalato la sua cavalla, in un atto di affetto e generosità che aveva fatto di quel momento uno dei frammenti di memoria più belli della sua vita. La maestra era scesa dalla cavalla e aveva messo le redini nelle mani del ragazzo sorridendogli con aria materna e complice allo stesso tempo.

- Devo andarmene dalla città per un po', Mohe - gli aveva spiegato - E mi mancherai tanto, così come mi mancherà la mia Charlotte, anzi, la nostra Charlie. Però sapendovi insieme, sapendo con quanto affetto vi accompagnerete attraverso la vita, sorriderò nel pensare al giorno in cui ho dovuto rinunciare a lei. - Mohe aveva visto la sua maestra trattenere a stento le lacrime mentre baciava il collo sauro e profumato della quarter, per poi proseguire: - Charlie già sente quanto la ami e non esiste luogo migliore in cui possa stare un cavallo se non nel cuore del suo umano. Siamo fortunate, io e lei, ad aver trovato un giovane uomo con un sogno grande che in piccola parte potrà realizzarsi anche grazie a noi. -

Le cose erano andate proprio come aveva sperato Ann: Charlie fu la prima fattrice dell'allevamento che Mohe aveva sognato fin da bambino. Era una cavalla così forte, elegante, animata da un sangue cristallino che raccontava l'esuberanza di una razza leale.

Forse nè Asha nè Cameron avevano creduto del tutto al ragazzo quando aveva promesso che la primogenita di Charlie sarebbe stata il suo regalo per Ann, per sdebitarsi non solo del dono che gli aveva fatto ma anche di tutto quello che gli aveva insegnato, dell'affetto, della fiducia.

Invece Elina era lì, con lo sguardo intelligente, fiero, sempre meno imprevedibile e più fidato. Si avvicinava il momento, pensò Mohe, ed Elina era quasi pronta per essere consegnata alla compagna per cui era stata domata.

Ora sembrava più tranquilla rispetto a qualche tempo prima, anche se il ragazzo in questo momento dubitava non poco della propria capacità di comprendere l'affidabilità di un altro individuo, specialmente di sesso femminile.

Mentre riempiva le mangiatoie, controllava i cavalli, si sincerava della loro salute, Mohe si rese conto che qualcosa mancava completamente in quella fredda giornata di sole. Forse erano i colori, forse i profumi, o forse i suoni. Qualcosa gli era stato tolto.

Perso nei propri pensieri, improvvisamente sentì una una voce alle sue spalle. Era Ayashe che lo chiamava, trafelata, correndo verso di lui come se fosse rincorsa dalla notte.

Mohe le si fece incontro stupito, confuso, immediatamente riportato alla realtà. Lo spaventava vedere la sua amica di sempre cercarlo con tanta disperazione, ma al tempo stesso vide quell'affetto sincero che solcava i prati a larghe falcate e per un attimo essi tornarono ad essere verdi.

Ayashe cercò di raccontare l'accaduto nel modo meno confuso e più rassicurante possibile, tuttavia i suoi capelli lucidi disordinati al vento, gli occhi spalancati e le labbra contratte decretavano il fallimento di qualsiasi tentativo di essere rincuorante.

Mohe sellò Charlie e diede all'amica un cavallo tranquillo ma veloce da poter montare a pelo come nella tradizione cheyenne, poi, insieme, si precipitarono a casa dei genitori per riferire l'accaduto.

Passò un tempo incredibilmete breve prima che il carro dei Burton con a bordo Mohe, Asha ed Ayashe fosse alle porte di Cheyenne Falls. Il piano era perfetto: Cameron sarebbe stato al ranch per occuparsi del proprio bestiame e di quello del figlio, oltre che, date le circostanze, per non destare sospetti. Asha aveva caricato sul carro un paio di casse contenenti qualche vecchio libro, alcuni quaderni e cianfrusaglie di vario tipo camuffate da cancelleria per giustificare di fronte ai soldati la scelta di accompagnare Ayashe e non rischiare di dare adito a dubbi che sarebbero potuti costare cari a Waquini date le sue circostanze precarie. La piccola Sage era a casa con Mrs Hall e Cameron, mentre Horn, che non si era mai separato dalla piccola specialmente dopo la disavventura del rapimento, aveva deciso di saltare sul carro senza aspettare alcun permesso, quasi come se avesse scelto di essere accanto ad Ann in quella situazione.

I militari non ebbero effettivamente motivo di dubitare dell'innocenza della piccola carovana quando entrò nella riserva nelle prime ore del pomeriggio. I volti erano molto seri, ma i modi degli ospiti non tradivano alcuna tensione e si muovevano con la quotidianità di sempre.

- Non vi vediamo da queste parti dalla partenza di Waquini - disse un soldato guardando Asha e Mohe. Ma la donna prontamente rispose: - E' così, proprio per questo abbiamo deciso di cogliere l'occasione che Ayashe ci ha fornito venendo a prendere il materiale scolastico. Lei aveva bisogno di un carro e forse noi avevamo bisogno di rivedere i nostri amici. La famiglia non sono solo i consanguinei, specialmente tra fratelli cheyenne. -

La guardia parve soddisfatta della risposta ed il cuore dei tre ricominciò a battere quando ebbero il permesso di proseguire.

Il viso di Hiamovi restò immobile quando li vide arrivare ed i suoi occhi rimasero fermi sulla nipote che a sua volta gli lanciò uno sguardo sollevato. Sebbene le labbra dell'anziano non si mossero, fu chiaro come il sole il suo sorriso simbolico, conquistato, significativo.

Asha e Mohe si precipitarono nella tenda e per un attimo rimasero fermi, stupiti forse, oppure inteneriti. Anche Horn si bloccò all'ingresso del tepee, uggiolò scodinzolando appena e si sedette piegando la testa da un lato con un'espressione attenta.

Un uomo giaceva a terra su una coperta, con il torso nudo ed i capelli sparsi sul terreno. Una donna sottile era inginocchiata al suo fianco con la crocchia scarmigliata dietro la nuca dove riposava una mano di lui, mentre l'altra era intrecciata a quella della ragazza. C'era un bacio tra loro, oppure dentro di loro. Lungo, delicato, ma talmente vero da fermare per un attimo la vita, non solo la loro.

Dopo qualche istante gli occhi di Waquini ed Ann si volsero verso l'ingresso ed Asha fece un passo avanti: - Stai meglio a quanto pare, fratello. -

Lui sorrise appena mentre Ann scattò in piedi muovendo le labbra come per proferire giustificazioni mute e, peraltro, non richieste.

Mohe si avvicinò allo zio porgendogli la mano ed egli, come suo solito, gli tese la propria stringendogli l'avambraccio, come nel costume della sua Gente.

Asha guardò fissa Ann negli occhi come se sapesse già tutto, come se lo avesse saputo da molto tempo, come se si compiacesse del fatto che finalmente anche l'amica ne avesse preso atto. Disse soltanto: - Náséé'e[17] - e le afferrò entrambi i polsi disegnando tra loro un cerchio che significava più di un abbraccio: era il Cerchio Sacro dei rapporti che non terminano, della vita che viene portata a compimento, dell'equilibrio che viene ristabilito, della stabilità, dell'armonia e della protezione.

Fu allora che Mohe si perse per qualche attimo nei suoi pensieri, nelle emozioni di quel momento dominate dal sollievo di scoprire lo zio salvo, dalla tenerezza di veder

---

[17] "Sorella" in lingua cheyenne

compiuto un sentimento tra due persone che amava, dalla tenaglia che gli stringeva il cuore al solo pensiero di aver visto sfumare quello stesso rapporto che aveva creduto di aver costruito per sè. Proprio in quell'istante due mani gli afferrarono le braccia come quelle di Asha avevano fatto con Ann. Ayashe stava davanti a lui, prese i suoi polsi e gli regalò il suo Cerchio Sacro.

33.

La primavera aveva tardato a sbocciare quell'anno, ma, una volta sciolte le sue trecce, aveva colorato la terra delle tinte accese di una stagione già matura e pronta a soffiare le sue temperature più calde.

Waquini aveva visto rimarginare la sua ferita rapidamente, lasciando nascere un rinnovato vigore, così come dal ramo reciso cresce un nuovo germoglio grazie alla magia irripetibile della natura.

Per Mohe era stato praticamente impossibile eseguire gli ordini della madre e di Ann che gli avevano chiesto di sorvegliare lo zio, obbligandolo ad evitare gli sforzi più impegnativi e risparmiare le energie. Forse per orgoglio, o forse per gratitudine di fronte alla seconda opportunità che la vita gli offriva, Waquini non riusciva davvero a contenere l'entusiasmo di poter essere nuovamente se stesso.

Aveva lasciato la riserva insieme ad Ann non appena era stato in grado di cavalcare senza troppo rischio e questa volta il suo congedo dalla Comunità era stato molto diverso da quello avvenuto quando l'aveva lasciata per la prima volta. La reciproca gratitudine ed il senso di appartenenza ricucito era ora resistente come la pelle di bisonte e costituiva una certezza impagabile per il giovane guerriero a cui erano state guarite non solo le ferite del corpo.

In una tiepida mattina soleggiata, in cui l'erba della prateria ondeggiava come se il vento stesse muovendo la pelliccia della terra, Ann si godeva i sorrisi generosi della sua bimba che sembrava diventare ogni giorno più simpatica e curiosa. I suoi occhioni espressivi mettevano ormai a fuoco più aspetti del mondo di quanti si potesse credere e la loro luce ricordava quotidianamente alla sua mamma lo sguardo di James, riempiendola di una tenerezza morbida e matura.

Nelle ultime settimane Ann aveva ripreso il suo posto di insegnante per portare a termine l'anno scolastico dopo la partenza di Rosemary, ma questo impegno, per quanto gradito, aveva fatto sì che Sage passasse gran parte delle sue mattinate con Asha, con Mrs Hall e, qualche volta, perfino con *zio Mohe*. Ora la scuola era finita e finalmente Ann poteva tornare a trascorrere le sue giornate con la piccola, mentre iniziava a pensare al futuro. Non sarebbe potuta restare a lungo a casa dei Burton, per quanto la famiglia allargata avesse regalato a tutti i suoi membri reciproco sostegno, conforto ed una considerevole dose di allegria.

Mentre Ann era assorta nei suoi pensieri con la piccola in braccio, tre cavalli entrarono nel ranch ad un galoppo tranquillo ma sostenuto: Waquini e Mohe erano in groppa a due di essi, mentre il terzo veniva condotto dal ragazzo.

Asha uscì di casa non appena li sentì arrivare, sorrise ad entrambi senza chiedere cosa li portasse da loro, poi si diresse verso l'amica e, regalandole il medesimo sorriso, le prese la bimba dalle braccia e fece qualche passo indietro.

Ann, visibilmente stupita, si domandò cosa stesse succedendo e quale avvenimento fosse già stato apparentemente deciso senza che lei ne fosse a conoscenza.

- Emonah, ti chiedo di venire con me oggi. Ti chiedo di accompagnarmi in un viaggio. Ti chiedo di fidarti di me ancora una volta. - esordì Waquini senza troppe cerimonie ma con un'evidente emozione nella sua voce, appena incrinata ed ammorbidita dalla tenerezza che emergeva solo quando si rivolgeva ad Ann oppure a Sage.

Alla ragazza fu chiaro che non avrebbe avuto senso domandare dove sarebbero dovuti andare perchè se lui avesse voluto farglielo sapere, certamente glielo avrebbe già detto. Una cosa che aveva imparato della comunicazione tra gli Cheyenne consisteva nel significato delle omissioni: se qualcosa non veniva detto, voleva dire che non doveva essere ancora svelato.

- Waquini... io... - rispose Ann incerta, guardando Sage che tuttavia stava già gorgogliando suoni di gioia tra le braccia di Asha.

- Io mi fido, lo sai. D'accordo, verrò con te. Sarà un viaggio lungo? -

- No, Emonah, non serve che porti nulla con te. Penserò io a tutto -

Se da un lato Ann non amava intraprendere iniziative di cui non aveva il controllo, dall'altro si sentiva incuriosita e stranamente impaziente di acconsentire alla richiesta di Waquini.

Si girò verso le scuderie per procurarsi una cavalcatura, ma Mohe la fermò: - Aspetti, Miss Downhill. -

Il ragazzo scese da Charlie e piano avanzò verso Ann tenendo ancora stretta in mano la corda che allacciava il cavallo che aveva portato con sè. O meglio, la cavalla.

- Questa è Elina - iniziò con orgoglio misto a tenerezza - ed è la primogenita di Charlie. Molto tempo fa le promisi che la prima figlia della nostra Charlotte sarebbe stata il mio regalo per lei. Non ho mai dimenticato quella promessa ma i tempi sono stati più lunghi del previsto per poter completare l'addestramento e per sentirmi sicuro nel consegnarle questa creatura. E' intelligente e vivace come la madre, sana, forte e bella. Ha visto il buio e la paura di quest'inverno come noi tutti ed ha rischiato di perdersi, ma ha resistito ed è riuscita a superare il dolore. Questa cavalla non è solo il simbolo del mio affetto e della mia gratitudine per lei, Miss Downhill, ma anche della rinascita e del coraggio che risiede nelle creature sensibili. Credo che voi vi assomigliate molto... - azzardò infine, porgendole la corda che teneva ancora in mano.

Momento dopo momento, Ann si sentiva sempre più stupita, emozionata, incredula. Guardava la cavalla, poi Mohe, poi di nuovo la cavalla, in un tumulto di commozione e gioia che combattevano contro l'incertezza di poter accettare un dono così importante.

Aveva riconosciuto Elina. Non avrebbe più potuto scordarla dopo gli attimi che avevano condiviso in seguito alla perdita di James, quando la cavalla combatteva contro i suoi fantasmi ed Ann rincorreva i propri. I momenti trascorsi insieme alla ricerca di un nuovo equilibrio, gli istanti rubati sulla sua groppa per ritrovare sicurezza in se stesse attraverso la fiducia l'una nell'altra erano scolpiti nella memoria di entrambe. Ann non poteva neppure scordare che quei momenti erano stati tra i primi trascorsi vicino a Waquini in modo nuovo anche se inconsapevole, tormentato, colpevole e contrastato. Quella cavalla era stata un'ancora, un ponte, un simbolo fin dal primo istante. Non avrebbe mai immaginato che il Cerchio si sarebbe chiuso ancora una volta.

- Mohe, non riesco neppure ad esprimere come mi sento davanti all'immensità di questo tuo gesto. E' talmente prezioso, inestimabile, da rendermi quasi impossibile poterlo accettare. -

- Miss Downhill, dopo la morte di suo marito non è passato giorno in cui io non mi sia sentito in colpa per quanto accaduto. Probabilmente non ne passerà mai uno senza che io ci pensi, ed è giusto così. Non voglio dimenticare. Elina in qualche modo rappresentava gli ideali per cui tutti noi abbiamo combattuto, per cui James purtroppo ci ha lasciati. Preparare questa cavalla per lei, sebbene non potesse aggiustare   neppure un piccolo angolo della sua ferita incalcolabile, mi aiutava a pensare di poterle donare un piccolo soffio di vita, una solida schiena, rossa come il sole che rinasce ogni giorno, su cui poter proseguire nel suo percorso. Per questo desidero che lei la prenda oggi, per il suo viaggio insieme a Waquini.-

Ann sentì lacrime calde e copiose scendere lungo le guance ed in pochi passi fu accanto a Mohe. Lo strinse forte, in un abbraccio lungo, catartico, risolutore di tanti dolori rimasti ancora appesi ad un filo. Anche il ragazzo era commosso, ma cercò di nasconderlo finchè non si rese conto che non solo la madre, ma anche lo zio trattenevano a stento l'emozione.

Elina spinse il muso giocosamente tra Ann e Mohe, spezzando l'emotività del momento in un sorriso fresco e genuino. La sua nuova umana le si avvicinò con rispetto, ma con una naturalezza inaspettata che risiedeva certamente in una sintonia, una somiglianza, ma anche nella confidenza che proveniva nel loro mometo insieme di molti mesi prima che neppure la cavalla pareva aver scordato e di cui nessuno, ad eccezione di Waquini, era a conoscenza.

Non appena fu sellata, la cavalla accettò senza alcuna riserva Ann sulla sua schiena: lo sguardo franco mirava all'orizzonte e le orecchie dritte si muovevano continuamente per non lasciarsi sfuggire alcuno stimolo, alcuna informazione, alcun comando. Il costato era sensibile e fremeva appena sotto la minima pressione, ma Ann non era inquieta nonostante la reattività di Elina: si sentiva carica di energia positiva, respirando a pieni polmoni la stessa aria che le aveva regalato ossigeno in quella giornata ormai così lontana in cui, di nascosto da tutti ma con l'aiuto di Waquini, aveva già portato la propria sensibilità su quella groppa speciale.

Nonostante l'entusiasmo, l'emozione, i mille ringraziamenti e la concentrazione sulla cavalla avessero distolto la ragazza dallo scopo del viaggio che stava per intraprendere, la curiosità si fece spazio in modo ancora più intenso non appena fu il momento di partire. Forse non era la meta sconosciuta del viaggio a farle battere il cuore in modo incalzante, bensì la solennità che i tre cheyenne sembravano condividere: una solennità di cui si stentiva inconsapevole protagonista.

Il percorso si inerpicava sulla Bighorn Mountain attraverso la folta vegetazione e le superfici erbose che coprivano le pietre larghe e piatte. Man mano che gli zoccoli scalzi dei cavalli iniziavano a suonare come morbidi tamburi sulla superficie sempre più dura della strada, il paesaggio appariva più ampio sotto le balaustre di rupi. Ann si fermò per qualche istante ad osservare il Tongue River che nasceva poco lontano e scendeva tra le pieghe del massiccio, fondendosi ad esso dove rocce e piante lo inglobavano come se fiume e montagna fossero un'unica anima di pietra immobile e di acqua morbida che scorre insieme ai minuti, alle miglia, alle stagioni, alla polvere di roccia sgretolata dal passaggio e trascinata dalla natura lontano da se stessa, in un intreccio capace di conservare le identità di ogni elemento, pur mescolandoli in una tavolozza di suoni e colori che reclamavano la propria primavera.

Waquini era silenzioso in quelle che sembravano essere le ultime miglia di un lungo percorso ed appariva agli occhi di Ann come una statua stagliata verso il sole ed il vento forte, addirittura violento, che penetrava tra le rocce più alte e correva con furia verso il declivio alla destra dei viaggiatori. Guardando con attenzione si potevano scorgere gruppi di mustang selvaggi mentre pascolavano sull'erba verde che copriva il profondo pendio sul quale isolatamente spuntavano pochi alberi coraggiosi, affacciati sugli strapiombi, contro la furia del vento, lambiti dalle code svolazzanti dei cavalli selvatici.

Il cielo azzurro e limpido illuminava di un sole caldo la strada deserta, riverberandosi sulle pareti chiare e scaldando l'aria tesa che reclamava di essere respirata ad ampi polmoni. Il silenzio era totale, fatta eccezione per il fischiare del vento ed il grido sporadico di qualche aquila. Neppure gli zoccoli dei cavalli, ora appoggiati su un suolo terroso, osavano più spezzare la calma di quell'atmosfera sospesa tra equilibri potenti, tra mancanze assolute di voci, di suoni, di rumori, e pienezze altrettanto assolute di spazi, di luoghi, di un vuoto che traboccava di un misticismo indefinito, palpabile, manifestato nell'estrema espressione dei fenomeni.

Waquini ed Ann proseguivano piano, uno di fianco all'altra, senza dire una parola. A tratti Ann ebbe la sensazione di sentire una preghiera ma non ne fu sicura fino a quando lui si tolse la casacca e scoprì il petto, aperto verso il cammino che intraprendeva, marcato al centro da un piccolo segno di vernice rossa, simbolo di fiducia e di felicità, e bianca, simbolo di purezza e condivisione. Ann non riusciva ad entrare ancora totalmente nel mondo di Waquini, ma quando lui le sorrise e le strinse la mano, fu sicura di farne parte in un modo profondo e suggestivo, anche se non poteva ancora dire di averlo compreso.

Quando arrivarono in cima ad un'altura, a circa diecimila piedi d'altezza, un enorme spiazzo si aprì di fronte a loro, cosparso di migliaia di pietre. Erano disposte in un gigantesco cerchio diviso in numerosi spicchi ed il centro era costituito da un assembramento di piccole rocce. Altri cumuli di pietre si trovavano appena al di fuori della circonferenza, in luoghi ben precisi.[18]

Waquini ed Ann scesero da cavallo e lo cheyenne respirò a fondo prima di spiegare: - Questo è un luogo sacro, Emonah. La Ruota di Medicina che vedi di fronte a te venne posizionata quassù in un tempo che l'uomo non conosce, centinaia e centinaia di lune fa. Si dice che gli Spiriti abbiano guidato quest'opera ed ancora oggi, per gli uomini e le donne non soltanto cheyenne, ma di qualsiasi Popolazione, visitare questo luogo almeno una volta nella vita significa compiere un percorso spirituale ed esistenziale. -

Ann guardava Waquini e la Ruota davanti a loro. Si sentiva emozionata, turbata, stupita, perfino impreparata per essere di fronte a tanta sacralità e quindi forse senza riuscire a provare ciò che sarebbe stato giusto sentire. Il suo uomo piano continuò: - L'allineamento del centro con i poli che trovi segnati fuori dalla circonferenza hanno un valore importante nell'interpretazione del cielo. Il teschio di bisonte al centro è invece un dono agli Spiriti, così come gli oggetti che trovi depositati lungo i margini in seguito alle cerimonie che si svolgono in questo luogo. - Waquini tacque per un attimo, poi proseguì: - Sono stato solo un'altra volta in questo luogo, diversi anni fa. Ero con mio padre Ehane che, in qualità di Uomo di Medicina, aveva il compito di portare a termine un importante rito propiziatorio. Oggi lui non c'è più, ma io sono qui. Gli Spiriti mi vedono. Sono qui con te. -

---

[18] Nella *Bighorn National Forest*, in Wyoming, si trova il sito storico della *Medicine Wheel/Medicine Mountain National Historic Landmark*. La Ruota di Medicina, risalente a diversi secoli fa, si trova ancora oggi su un suolo sacro ed è meta di pellegrinaggi e di rituali per numerose popolazioni native. La struttura precolombiana si colloca a circa 10.000 piedi (3.000 m) di altezza e consiste in una circonferenza di 80 piedi (24 metri) di diametro.

Ann allungò una mano per accarezzare i capelli dello cheyenne, ma lui la prese tra le sue e la baciò velocemente. Poi le chiese di attendere.

La ragazza fece in tempo a sedere per terra e pensare a lungo alla magia di quel luogo pieno di mistero ma al tempo stesso rassicurante, prima che Waquini facesse ritorno con due piccole fascine di legno che collocò a poca distanza l'una dall'altra. Prese quindi una borsa di pelle scamosciata e se la posizionò a tracolla, poi, piano, si avvicinò ai due piccoli cumuli di rami e li incendiò.

Ann era in piedi ora e Waquini le fu accanto con lentezza, le prese entrambe le mani e la portò vicino a sè.

- Emonah, noi siamo questi due fuochi. Ci troviamo a Sud della Ruota di Medicina perchè in questo luogo si colloca la fiducia l'uno nell'altra, il calore del sole e la purezza. Se tu lo vorrai, io ora unirò i nostri Spiriti. -

Ann lo guardava commossa: finalmente capiva il significato di quanto stava accandendo e si sentiva veramente sopraffatta ma non sembrava più interessarle il fatto di non essere preparata, poichè si sentiva pronta. Questa era l'unica cosa importante.

Dopo un cenno di assenso pieno di emozione da parte della donna, Waquini prese ancora un po' di legna e la gettò tra i due fuochi in modo che le fiamme, spinte dal vento, incendiassero quel piccolo ponte e formassero un unico grande fuoco.

Il rosso che rappresentava il Sud nella simbologia della Ruota di Medicina, ora si riverberava negli occhi di entrambi, quindi Waquini strinse un po' più forte una mano di Ann, come per tenerla più saldamente durante un percorso accidentato, e dolcemente continuò: - Allora adesso proseguiremo insieme, Emonah. Questo si chiama il Rituale dei Sette Passi: tu sai che si tratta di un numero sacro per la nostra Gente. Ad ogni passo che compirò intorno al fuoco corrisponderà un mio dono che sarà anche una promessa verso di te e, solo se lo vorrai, anche tu mi seguirai con un tuo proposito. Potrai andartene in ogni momento ma, se resterai e completeremo il nostro percorso, allora saremo uniti. -

Ann sentiva le gambe tremare, gli occhi scottavano forse per il calore delle fiamme nella giornata già calda, forse per il vento forte, o più probabilmente per la grande emozione. Waquini le lasciò la mano e marcò un grande passo lungo un'immaginaria circonferenza intorno al fuoco.

- Emonah, io desidero donarti questi crini di cavallo che sono segno di rispetto perchè da oggi questo sentimento sarà alla base di qualsiasi mia decisione. Non agirò mai più tenendoti all'oscuro delle mie azioni e terrò la tua parola sempre al centro della mia capacità di vedere il mondo. -

Dalla borsa di pelle lo Cheyenne estrasse una treccia di crini di cavallo, sauri proprio come Charlie ed Elina, e li porse ad Ann che li ricevette compiendo a sua volta un grande passo che ricalcava quello di lui.

- Waquini, io ti dono lo stesso rispetto, la promessa di non tarparti mai le ali e non chiederti di rinunciare a te stesso. Io ti amo come uomo, come compagno, come cheyenne, come guerriero e come allievo di un Uomo di Medicina. Non ti chiederò mai di rinunciare a qualcosa che ti apparteneva da prima che io ti conoscessi. -

L'uomo sembrava perfino più alto, orgoglioso, forte delle parole della sua donna e fiero mentre il torso nudo e sudato riverberava la danza delle fiamme. Mosse quindi un nuovo passo e prese dalla borsa un sonaglio, simbolo sacro della libertà. - Ora ricevi questo mio dono. Con esso mi impegno a tutelare la tua indipendenza. Sei una maestra, una donna dall'agile intelletto. Io mi sono innamorato della capacità che hai di maneggiare il pensiero come io impugno un tomahawk. Non voglio che tu rinunci a questa indipendenza per il fatto di essere la mia donna. -

Ann ricevette questo dono con il cuore particolarmente gonfio di gioia e rispose: - Anche tu non dovrai mai rinunciare ad essa. Ma la verità è che la tua libertà sarò io, perche ti seguirò in ogni percorso tu debba compiere sulla Madre Terra. -

Waquini allora fece un nuovo passo e porse ad Ann una piccola pietra scolpita in una grossolana forma di cane: - Questa è la fedeltà, Emonah: io ti dono me stesso e nessun'altra persona o idea mi possiederà. -

Ann sorrise pensando a quanto il sasso assomigliasse ad Horn, e capì per quale motivo Waquini aveva ritenuto opportuno lasciarlo a casa: questo era un rituale sacro e soltanto loro due erano parti integranti di quel momento di devozione reciproca.

- Anche io ti dono la mia fedeltà, amore mio. Ti apparterrò sempre con il corpo, con la mente e con lo spirito. -

A questo punto Waquini estrasse dalla borsa un cerchio di pelle morbida scamosciata su cui erano disegnate alcune figure umane. - Questo Cerchio Sacro contiene la famiglia. Mi impegno ad accogliere tua figlia, a difenderla, amarla e farla sorridere come se fosse mia. -

Ann afferrò quel simbolo preziosissimo e, profondamente commossa, rispose: - Questo lo hai già provato, Waquini, ed io te ne sarò eternamente grata. Io ti prometto che saremo davvero una famiglia e, se Dio o gli Spiriti lo vorranno, avremo figli nostri. -

Waquini sorrise compiaciuto e porse ad Ann una pietra al cui centro erano presenti il rosso, il nero, il giallo ed il bianco: i colori della Ruota di Medicina. - Io sarò la tua forza, solida come questa roccia. Ora e per sempre, sarò con te quando avrai bisogno di me e anche quando non ti renderai conto di averne. -

- In fondo è sempre stato così - sorrise Ann ricevendo il dono - ed io sarò la tua, perchè qualsiasi guerriero ha bisogno di un abbraccio in cui sentirsi sicuro. -

Dopo aver compiuto il sesto passo, Waquini porse ad Ann una lunga penna: - Questo è il simbolo della fede, della virtù, della forza e della saggezza. Spero che tutto questo non manchi mai nella nostra vita insieme.-

- Non mancherà, Waquini. Se uno di noi vacillerà in uno di questi aspetti, l'altro riuscirà ad averne per entrambi. -

Infine, dopo aver compiuto l'ultimo passo, Waquini fissò Ann negli occhi ed estrasse dalla borsa un oggetto con particolare attenzione. Si trattava del libro. Il loro libro. Quello che avevano scritto insieme e che era stato *trafitto* dalla Gente cheyenne quando Waquini aveva lasciato la riserva, per poi venir *guarito* da Ann utilizzando la salvia. - Questo è il futuro, Emonah. Il futuro che tu hai voluto regalare alla mia Gente trascrivendone le tradizioni. Il futuro che hai voluto donare a me quando hai riempito questo buco di freccia con l'erba che porta il nome di tua figlia. Io dono a te il futuro. Sarà tuo ogni mio istante su questa terra e, probabilmente, quello che continuerò a vivere nella Casa degli Spiriti. -

Ann si commosse ancora più profondamente. Le lacrime cadevano morbide sulle sue guance ma il sorriso non lasciava le sue labbra. Prima di prendere il libro dalle mani di Waquini si sganciò la catenella che portava al collo, a cui era appesa una letterina d'argento con la lettera A, simbolo del suo nome. - Waquini, anche io ti regalo il mio futuro e, per farlo, ho bisogno di consegnarti il mio passato. Ann Downhill prima ed Ann Ree poi, lasciano qui, intorno a questo fuoco, il passo alla vita futura di Emonah. Non dimenticherò mai quello che sono state, ma ora ciò che importa è ciò che io sono e che sarò. Insieme a te. -

Lo cheyenne prese in mano la collanina e sentì la gola stringersi per quell'immenso atto d'amore che gli consentiva di stringere la mano ai suoi stessi fantasmi.

Emonah e Waquini allora si abbracciarono con forza, mentre il vento confondeva i loro capelli e la commozione mescolava qualche lacrima in gocce di purificazione simili alla ruguada che scioglie la notte e prevede il giorno nelle sue sfere di cristallo.

Dopo un lungo bacio, profondo, maturo, privo di pudore davanti agli Spiriti che lo scaldavano con le loro fiamme, Waquini mosse un passo indietro e con solennità aggiunse: - Ciò che un Anziano direbbe in questa circostanza può essere pronunciato da noi stessi, uno di fronte all'altra, ed entrambi di fronte alla Madre Terra ed al Cielo che ci osserva:

Ora non sentirete più la pioggia, perchè ciascuno sarà riparo per l'altro,
Non sentirete più freddo, perchè ciascuno sarà calore per l'altro,
Non ci sarà più solitudine, perchè ciascuno sarà compagno dell'altro,
Ora ci sono due corpi, ma soltanto una vita davanti a voi.
Andate e ritagliate il vostro spazio per entrare nei vostri giorni insieme,
e possano essere lunghi e buoni su questa Terra[19] -

---

[19] Benedizione nativa al termine di una celebrazione matrimoniale

Ann e Waquini fecero l'amore quella sera. Fu un'appartenenza profonda, totalizzante, immensamente dolce e travolgentemente forte. Non esisteva vergogna nel fondersi sotto il cielo che volgeva al tramonto, nè di farlo nuovamente sotto le stelle che venivano rispecchiate dalle pietre della Ruota di Medicina poco distante. Non vi era peccato nè sacrilegio.

L'emozione di trovarsi dentro se stessi per la prima volta non aveva più il sapore tremante della giovinezza, ma la consapevolezza dell'età adulta, di chi si è scelto non per necessità ma per una volontà potente quanto la legge degli Spiriti.

34.

In quella notte calda, il Tongue River mormorava lento mentre lasciava la Montagna alle sue spalle e si infrangeva contro le dita affusolate di Ayashe. Era seduta vicino a Mohe, al limitare della Riserva, dove l'orgoglio reclama un pizzico di libertà. Lui le stava accanto e, dopo aver parlato a lungo degli avvenimenti degli ultimi tempi, si incantò a guardare il cielo.

La ragazza gli sorrise teneramente e Mohe, scuotendo la testa, mormorò - *Le stelle resteranno sempre le stesse sfere di luce lontane e totalmente noncuranti delle nostre vite.* - Queste erano state le parole di Rosemary e lui non le avrebbe mai dimenticate. - *L'amore è come la poesia: attribuisce significati enormi a fatti di poco conto.* -

Lo sguardo di Mohe era ora rivolto al suolo, ma Ayashe gli sfiorò una mano e sussurrò: - La Poesia è come la Vita. Me lo ha insegnato Emonah molto tempo fa e mi ha prestato un libro che parlava di luoghi lontani, quasi come quelle stelle. Ascolta il mio segreto:

Siediti ai bordi della notte,
per te brilleranno le stelle.

Siediti ai bordi del Silenzio,
Dio ti parlerà[20]. -

---

[20] Tratto dalla *Preghiera del Silenzio*